Hugo Claus

Jakobs Verlangen

Roman

Aus dem Niederländischen übersetzt
von Rosemarie Still

Klett-Cotta

„Da machte er sich von dannen und grub einen anderen Brunnen. Darüber zankten sie sich nicht; darum hieß er ihn Rehoboth und sprach: Nun hat uns der Herr Raum gemacht und uns wachsen lassen im Lande." *Genesis* 26,22

„Und ihm träumte; und siehe, eine Leiter stand auf der Erde; die rührte mit der Spitze an den Himmel, und siehe, die Engel Gottes stiegen daran auf und nieder." *Genesis* 28,12

„Und er küßte Rahel und weinte laut." *Genesis* 29,11

„Und Jakob erfuhr, daß seine Tochter Dina geschändet war." *Genesis* 34,5

1

Warum das *Einhorn* schon morgens um halb zehn fast voll ist? Gewiß nicht wegen des Charmes der Wirtin Marta oder weil ihr Mann Patrick so liebenswürdig, witzig oder freigebig wäre. Nicht die Bohne, die beiden sind und bleiben Kleinkrämer, und damit basta.

Es ist ausschließlich die Schuld des seligen Rikkebot. Vor der Zeit Rikkebots wäre das undenkbar gewesen. Manchmal saß morgens um elf noch kein Hund im *Einhorn*, außer natürlich Meneer Jules, Patricks Dackel, ein haarloses, stinkendes Ding, das zu faul war, den Kopf zu heben, wenn die Klingel ging und ein Handelsreisender hereinkam, jedoch röchelte, hustete und schwankte, als ob er die Fallsucht hätte, wenn er das Wörtchen *Stout* hörte. *Worthington Stout* war sein Lieblingsbier. Wir haben diesen Dackel häufiger besoffen gesehen als Patrick, sein trotteliges Herrchen.

Apropos Handelsreisende, wir haben viele von ihnen kleingekriegt. Wenn sich so ein verirrter Mann mit seinem Kunstlederköfferchen ans Fenster setzte, konnte er lange warten, bis ihn jemand ansprach. Die meisten hockten da und begafften die stoppelbärtigen, rotäugigen Spieler, die seit dem vorigen Mittag *Rami-Whist* klopften. Die nicht so schüchternen bestellten ins Leere hinein einen Filterkaffee. Dann sagte Lisa, Patricks Mutter hinter dem Schanktisch, das Café sei geschlossen.

„Aber die Tür war offen! Das Licht ist an!"

„Meneer, hören Sie nicht gut? Wir haben geschlossen."

„Und die Leute da?" (Mit glattrasiertem Kinn zu den Kartenspielern deutend.)

„Das ist eine Privatversammlung“, sagte Lisa. Oder wenn der Mann, der Fremde, der Nichtspieler, stur blieb: „Die gehören zur Familie.“

Worauf Felix der Kater unweigerlich sagte: „Wir haben hier alle eingeheiratet.“

Meist räusperte sich so ein Mann verlegen und zog ab. Einige fluchten. Oder knallten die Tür zu.

An jenem Tag war das „Einhorn“ um zehn Uhr voll.

Eigentlich, Meneer, sind wir absolut nicht verpflichtet, uns im *Einhorn* zu treffen. Im Prinzip könnten wir auch in andere Spelunken gehen, und sei es nur wegen der Abwechslung, in unserem Provinzstädtchen gibt es genug Spielhöllen, die von der Polizei geduldet und geschützt werden, doch das tun wir nicht. Denn wir fühlen uns nur im *Einhorn* wohl.

Sie sehen uns doch wohl nicht im *Parthenon* sitzen, ein paar Straßen weiter? Mit dem ganzen roten Plüsch, den Kerzenleuchtern aus der Zeit der Schlacht der Goldenen Sporen, den Skaisesseln, die Fürze lassen, wenn man sich draufsetzt, mit dem Wirt, der aus Limburg kommt und so geistreich, so gesellig ständig Witze erzählt! Und diese Musik von *Hilversum Drei*. Musik beim Kartenspielen! Nein, nein, ausgeschlossen.

Das *Einhorn* ist so groß wie eine Schürze, stinkt nach der Senkgrube im Hof, an der Wand hängen vergilbte Reklamen von Bier, das längst nicht mehr gebraut wird, aus der Zeit, in der noch jedes Dorf eine Brauerei hatte, hinter dem Tresen steht meist der mißmutige Patrick und kaut auf einer Zigarre herum, aber wer hat Patrick je einen Witz erzählen hören? Oder ihn lachen sehen? Höchstens ein schiefes Grinsen, als beiße er in die Zitronenschale, die er immer in Rikkebots Kaffee tun mußte.

Drei Monate ist es nun her, daß Rikkebot über den Jordan gegangen ist. Drei Monate, daß er, wie Frans der Holländer sagt, den Kuckuck nicht mehr hört.

Rikkebot ist zur rechten Zeit gegangen. Er war völlig abgebrannt. Aber reden wir erstmal nicht darüber, sonst schmeckt uns der Kaffee nicht mehr, was schade wäre, denn Patrick braut einen guten. Ohne Zichorie.

Rikkebot verlangte immer eine Zitronenschale in seinen Espresso, das hatte er in Italien gelernt. Jeder nach seiner Fasson. Ein Narr tut keinem etwas zuleide.

So gegen halb elf kommt der Schulmeister Verbist herein. Noch bevor er den Seidel in der Hand hat, führt er schon das große Wort. Nein, nein, keine Angst, Verbist, dem rotbärtigen, kurzsichtigen Windei in Jeans obliegt nicht die Erziehung unserer unschuldigen Kinder, nein, sogar unser Gemeinderat, der einen Bock nach dem anderen schießt, ist so dämlich nicht, nein, wir nennen Verbist Schulmeister, weil er ein oder zwei Stunden in der Woche Zeichenunterricht an der Akademie gibt und weil er sich zuweilen vergißt und uns Vorträge hält wie seinen Studenten. Über *Integration* und *relevant*. Und ist es keine *Polyvalenz*, ist es garantiert *Deontologie*. *Démasqué* wagt er auch schon mal einzuschieben. Manchmal wettert er auch gegen sein eigenes Fach und seinen Broterwerb, denn er ist der Meinung, die Erziehung unserer Kinder sei ein Massaker, eine Verschwörung von Staat, Kirche und Schule, um uns alle von unserem ersten Schuljahr an ins Joch zu spannen und für den Rest unseres Lebens kuschen zu lassen. Schon möglich. Aber gleichwohl bekommt er für dieses Massaker drei Monate bezahlten Urlaub im Jahr.

So gegen halb elf hat Verbist schon grobes Geschütz aufgefahren. Sein roter Bart, wie von einem, der seine Kinder gefressen hat, wippt auf und ab. „Was uns fehlt in diesem Land, ist der Geist, der Geist!"

Worauf Felix der Kater spöttisch sagt: „Je größer der Geist, desto schlimmer die Bestie."

Frans der Holländer, der Felix den Kater haßt, nölt: „Und die kleinsten Hunde kläffen am lautesten."

Felix der Kater schnaubt: „Ein holländischer Hund kehrt zu seiner eigenen Kotze zurück."

Enfin, Sie merken es, der Geist weht im *Einhorn*. Draußen ein grauer Tag. Es ist mitten in der Woche.

Dann wendet sich Verbist Jaak zu, einem der Stützpfeiler des *Einhorn*. Wir nennen ihn: Tjsak, Tschok, und hin und wieder: Jakob. Er kommt täglich, aber wenn er mehr als tausend Franc verloren hat, hört er auf und schaut von seinem Stammplatz neben dem Schanktisch zu, wo es vom Flur her nach Ammoniak, Blumenkohl und Senkgrube riecht.

„Tag und Nacht", sagt Verbist, „du kannst es getrost wissen, Tag und Nacht sinniere ich in meinem Atelier, wie man einen Ab-we-sen-den malen kann!"

„Ja, fang einfach an!" sagt Jaak mit einer Stimme, die für seine hundertzehn Kilo erstaunlich hoch und dünn klingt.

Wir lieben Jaak. Er hat zwar das warme Wasser nicht erfunden, hat aber ein weiches Herz. Allerdings spielen wir nicht gern mit ihm. Er ist zu langsam. Rikkebot sagte immer: „Jaak, du mußt zählen." Oder: „Jaak, zähl wenigstens die schlechtesten Karten!"

Rikkebot war es, der Jaak ins *Einhorn* gebracht und einmal gesagt hat, daß Jaak Jakob heiße. „Jakob van Artevelde" brüllte daraufhin ein Witzbold. „So bin ich im Einwohnermeldeamt eingeschrieben", sagte Jaaks entschuldigender Sopran.

Wenn man darüber nachdenkt, hat Jaak tatsächlich eine gewisse Ähnlichkeit mit Jakob van Artevelde, der auf dem Freitagsmarkt mit ausgestrecktem Bronzearm das Volk beruhigt, der für Gerechtigkeit und Sportlichkeit war und dem darum auch im Jahr soundso der Schädel zertrümmert wurde. Denn wenn es Zwist oder Streit im *Einhorn* gibt, stellt sich Jaak mit seinen gut und gern hundertzehn Kilo dazu und braucht nur zu sagen: „Allez, allez, Jungs, seid ihr fertig?" und sie sind fertig. Oder jedenfalls fast.

Wie Jaak ins *Einhorn* kam? Das geschah so. Es war zu Rikkebots Anfangszeit im Vorhof jener gloriosen Hölle, die siebzehn Monate währen sollte, das Reich Rikkebots. In jener Anfangszeit besaß Rikkebot keinen Nagel, mit dem er sich am Hintern hätte kratzen können. Jeden Tag nervte er uns: „Hast du mal tausend Franc, wenigstens fünfhundert?" Und wir blechten halt. Klar doch. Denn was erwartete Rikkebot nicht alles, wenn sein Pa und seine Ma sterben würden? Unvorstellbar viel. Seine Ma war zweimal so reich wie sein Pa und der hatte Besitztümer, Meneer, so weit man blicken kann.

Nun hatte Pa De Bodt gesagt: „Rik, mein Junge, du bist ein Faulpelz ersten Ranges, das ist dein Problem, scheint heutzutage in Mode zu sein bei den jungen Leuten, aber wenn du glaubst, du Rotznase, daß du zu meinen Lebzeiten auch nur einen Cent von mir bekommst, so lang du nicht arbeitest..."

So wurde Rikkebot *Voyageur*, oder um es in memoriam schöner zu sagen: Vertreter. In Kugelschreibern.

An einem ganz normalen Tag sitzt Rikkebot an seinem gewohnten Platz und spielt *King*, ich glaube mit Fernand und Tino, und nippt an seinem zwölften Espresso-mit-Zitronenschale, als ein Riese im hellgrauen Kittel hereinkommt, sich hinter ihm aufstellt und dort mit seinem ganzen Fett abwartend stehenbleibt.

„Was gibt's, Jaak?" fragt Rikkebot, ohne seinen Blick auch nur eine Sekunde von den Karten zu wenden.

„Sie müssen das unterschreiben, Mijnheer De Bodt", sagt der Tarzan, und wir hören zum erstenmal seine Jungmädchenstimme.

„Gleich, Jaak." Rikkebot spielt weiter und verliert natürlich. Denn in dieser Anfangszeit ließen wir ihn nie gewinnen.

„Verflucht!" ruft Rikkebot, „so kann sich kein Mensch konzentrieren!" Er knallt die Karten auf das Tischtuch, in das eine Reklame für ein Bier eingewebt ist, das es schon lange nicht mehr gibt und nach Peter Benoit benannt wurde, dem Musikanten aus Harelbeke. Gutes Bier, dunkel, leicht süß.

„Verdammt, was ist los, Jaak?" bellt Rikkebot. Jaak gibt ihm einen Zettel. Rikkebot blickt lange darauf, seufzt, rülpst. „Setz dich, Jaak, und trink was."

Jaak bekommt ein *Stella Artois*.

„Wo ist das Zeug?"

„In meinem Dreirad vor der Tür", sagt Jaak.

Auf Rikkebots Befehl bringt Jaak das Zeug herein, Pappschachteln mit zehntausend Kugelschreibern. Rikkebot nimmt eine Handvoll heraus, hält sie hoch und sagt: „Wer gibt mir zweitausend Franc für tausend wunderbare, nagelneue, internationale Kulis?"

Verbist zieht mit einigen Kulis Kringel und Linien auf Bierfilze und kauft dreitausend. Deontologie oder nicht, zwei Franc für einen Kuli, der im *Grand Bazar* zwanzig Franc kostet, das ist ein Schnäppchen. Man braucht natürlich Akademie-Studenten, um sie wieder loszuwerden.

„Wer noch?" ruft Rikkebot. Binnen einer Minute war das ganze Zeug verkauft. „Seht ihr", sagt Rikkebot, „so einfach ist es, Geschäfte zu machen." Bei einigen Partien *Einundzwanzig* hat er das leicht verdiente Geld verloren, einen Espresso nach dem andern geschlürft und Händevoll rosa Beruhigungspillen geschluckt.

So hat Jaak den Weg ins *Einhorn* gefunden, zuerst im Kielwasser Rikkebots und später allein in seinem einsilbigen, einsamen, schüchternen Fett.

Jaak war gut zu seinen Mitmenschen. Er war es, um nur ein Beispiel zu nennen, der jeden Morgen Pier den Portier im Hinterzimmer des *Einhorn* Schlag halb sieben weckte. „Allez, Pier, aufstehen, Zeit, die Milch auszufahren." Dafür sprang Jaak jeden Morgen um sechs Uhr aus den Federn, obwohl er erst um acht in der Lagerhalle anzufangen brauchte.

Apropos, noch einer, der viel zu früh ins Gras beißen mußte, Pier der Portier. Aber er hatte keine andere Wahl, Meneer. Um halb sieben die erste Milchrunde, dann schnell schnell um zehn die Tour mit frischen Semmeln, eine Partie *Whist* zwischendurch, dann von zwei Uhr mittags bis abends Kartenkontrolleur im *Cinema Royal*, und dann wieder Kartenspielen bis halb drei Uhr morgens. Da muß man ja dran glauben. Als ob man es darauf anlegen würde, so schnell wie möglich den hölzernen Frack anzuziehen.

Aber er hat Spaß gehabt im Leben, Pier der Portier, garantiert. Und viel Zuwendung bekommen. Vor allem von uns im *Einhorn*.

Übrigens, wer ist im *Einhorn* nicht gern gesehen? Wir gehen uns zwar manchmal auf die Nerven, und es sind Typen darunter, die wir im Dunkeln am liebsten zu Pommes frites verarbeiten würden, wenn das ginge, aber trotzdem, wir mögen uns alle. Sie müßten schon ein gewiefter Schweinehund sein, wollten wir Sie an unseren Tischen nicht zulassen. Jetzt rede ich natürlich von den Stammgästen. Wer unangemeldet reinstolpert, Leute, die wir nicht kennen, strafen wir mit unerbittlicher Verachtung. Wer nicht spielt, hat hier nichts verloren.

Bon. Sie wollen etwas über jenen Morgen wissen? Wie alles angefangen hat? Nun, es war schon nach elf, an den Tischen war noch nicht viel los. Patricks Frau Marta reichte Chorizos, etwas Spanisches, herum, das brennt auf der Zunge und man braucht sofort drei, vier Biere, um wieder zu sich zu kommen. Ein alter Kneipentrick. Jaak, der offenbar gerade gehen wollte, nachdem ihn Verbist nun in Ruhe ließ, sagte ab und zu „Jaja."

Markske war da, der in seinem Leben viel mitgemacht hat, und Doktor Verbraeke, der Markske hilft, das, was er mitgemacht hat, zu vergessen mit Pillen, die selbst ein Nilpferd verrückt machen würden.

Valère der Taube, Staf von der Peperstraat, Frans der Holländer waren da. Und fast hätte ich den wichtigsten vergessen, Michel war natürlich auch da.

Bon. Das Mädchen kommt herein, eine Blondine, siebzehn, im Mini. Ich bitte Sie. Man sagt, der Minirock sei wieder in Mode. Nicht bei uns.

Wir sehen sie uns genau an und beobachten dann, hinter unseren Karten hervorblickend, Gerard die Flöte, der seit dem seligen Rikkebot unser Experte für junges Weibervolk ist. Gerard schiebt die Unterlippe vor und saugt wie auf einem hohlen Zahn, was bedeutet: „Nicht schlecht, wäre vielleicht was für Fernand oder sogar für Verbist, auf jeden Fall nichts für mich oder für wählerische Kenner in meinem Fach." Gerard die Flöte ist schwierig, das muß gesagt sein. Nie zufrieden. Entweder sind die Hüften zu breit, die Schenkel zu rund, oder das Loch ist zu schmal. Irgend etwas hat er immer auszusetzen. Erinnern Sie sich an das Gejammer, mit dem er uns drei Tage lang genervt hat, als er dahinterkam, daß die eine, die ihm so gefiel, Brustwarzen hatte, die nach *innen* wuchsen! Drei Tage Gefasel über diese Titten, ein Alptraum.

Aber diese blonde Stute, dieser Tagtraum, ist von anderem Kaliber. Wir starren. Diskret versteht sich. Was will die hier in unserem Kloster, wo selten Frauen auftauchen, außer zuweilen ein paar Ehefrauen von Spielern, die zusammen auf Tournee sind? Wir halten die Karten reglos in den Händen. Alle im *Einhorn*, sogar Verbist, sind ganz still geworden.

Ein bißchen ähnelt sie der B.B. (Von der man auch nicht mehr viel hört. Beschäftigt sie sich nicht mit dem Schutz von Seehunden oder ähnlichem?) Eine B.B. im jugendlichen Alter, mit leicht ordinärem Einschlag.

Sie geht direkt auf Felix den Kater zu, der gleich mit einem *flush* oder *full house* aufwarten wird, das sieht man ihm an, wenn er – angeblich entspannt – an seinem spröden Schnauzbart zupft. Sie legt ihre Hand auf seine Prinz-von-Wales-Schulter, diese Schlangenhaut, diese Perle, dieser Stern in unserem stillen Stall von Bethlehem. „Herr Felix", sagt sie, „Sie sind mir aber einer."

„Warum denn, Mariannchen", sagt Felix der Kater, legt tatsächlich ein *full house* auf den Tisch und nimmt die Spielkasse an sich.

„Nun, da geh ich doch extra in Ihren Salon für eine Dauerwelle, und Sie sind nicht da!"

„Aber Mariannchen, du weißt doch, daß du erst einen Termin machen mußt."

„Ich auch?" sagt sie. Sie setzt sich, streicht den Mini glatt, hebt ein Knie und steckt die rosa hochhackige Sandale zwischen die Stäbe von Felix' Stuhl, so daß, Herren Spieler aufgepaßt, die Muschel geöffnet sein *muß*. Die meisten Spieler würden sich am liebsten sofort in Kakerlaken verwandeln, die unter diesem Stuhl direkt in die Früchte des Himmels blicken. Oder haben Kakerlaken keine Augen? Doch? Wir werden gelegentlich Doktor Verbraeke danach fragen.

„Herr Felix, Sie haben mir selbst gesagt, daß ich immer kommen kann, wenn ich Lust habe", sagt Mariannchen.

Felix der Kater wendet sich ihr mit seinen schönsten Zähnen, seinen feuchtesten Lippen, seinen funkelndsten Augen zu. „Und nun hast du Lust, mein Kind?"

„Allez, Felix, teil aus. Du bist dran", sagt Markske ungeduldig.

Markske interessiert sich nicht für Frauen. Das kommt bei Sportsleuten, die zuviel geschluckt haben, häufiger vor.

„Sofort", sagt Felix der Kater nervös. Er teilt schnell aus. Wir setzen. Keine großen Summen. Ist noch zu früh. Das Wetter ist nicht danach. Das junge Ding bringt unser Spiel durcheinander.

Beiläufig sagt Felix der Kater: „Mariannchen, mein Schatz, geh in den Salon und frag Liliane..."

„Nein", sagt sie, „Sie wissen, daß ich's nicht ausstehen kann, wenn Liliane meine Haare anfaßt."

„Okay, Schatz, trink erst mal einen Martini, dann geh ich vielleicht mit." Während er das ganze *Einhorn* triumphierend in Augenschein nimmt, sagt er, Felix der Tiger: „Und dann werde ich dich mir mal gründlich vornehmen."

„Ich will keinen Martini", sagt sie.

„Was anderes?"

„Nichts. Wie lang soll denn die Partie noch dauern?"

„Hoppla, hoppla. Pardon", sagt Felix der Kater. „Du darfst mich nicht hetzen." Denn unter unseren verblendeten Augen, unter unserer Schnuppernase, verwandelt sich Marianne, die Meerjungfrau, in eine Meckerliese, eine Nörgelziege, in eine streitsüchtige Ehefrau. Diese Metamorphose ärgert Felix den Kater so sehr, daß er sich ungewöhnlich lang auf seine Karten konzentriert. Wir vermuten, daß er ein *quinte* in der Hand hat.

Mademoiselle Marianne ist offenbar beleidigt. Sie mustert den Raum und entdeckt Michel in seiner Ecke. Er blickt in die andere Richtung, direkt auf den Furunkel in Markskes Nacken. Das bekommt man unweigerlich von dem ganzen chemischen Zeug im Blut. Sogar Doktor Verbraeke kann da nicht helfen.

Michel hat geschwungene, lange Wimpern. Zu lang für eine Mannsperson.

„Hallo", sagt Marianne, „wen seh ich denn da? Michel."

„Höchstpersönlich", sagt Michel.

„Wie geht's?"

„Und selbst?"

„Geht so", sagt sie. Sie läßt den Stuhl los (dessen Sitz nun naß sein müßte, wenn man den schweinischen Heftchen glauben soll) und geht zum Telefon, schiebt den Ellenbogen des hilflos grinsenden Jaak zur Seite, nimmt den Hörer ab und beginnt ein Gespräch mit ihrem Verlobten.

Sie lacht, krümmt und windet sich, piepst, schaukelt, wiehert unter dem Radar unserer diskreten Blicke. Zehn Minuten Kichern, Wiehern, verwunderte Ausrufe. „Nein! Ist nicht wahr! Ja? Wirklich? Aber... Enfin! Komm, sag schon..."

Und was tut Staf von der Peperstraat nun, der Tricktrack spielt? Im Feuer seines Spiels (sehen Sie mich mit den Augen zwinkern, Meneer?) läßt er einen Würfel fallen, der genau – welch ein Zufall – genau vor die Füße der telefonierenden Schönheit rollt. Sie geht leicht in die Knie, streckt den Hintern raus, doch die Telefonschnur ist zu kurz, sie erreicht den Würfel nicht, was auch nicht nötig ist, denn Staf sucht schon auf den Knien, obwohl es gar nichts zu suchen gibt, der Würfel liegt direkt vor seiner Nase, eine Sechs, und dennoch verweilt Staf auf dem Boden, hochrot aus Nervosität oder vom Genuß, und blickt hinauf. Marianne spreizt achtlos ein wenig die Beine. Während sie weiter in den Hörer babbelt, der von ihrer strohblonden Haargardine halb verdeckt ist, „aber klar, Leon, natürlich. Was? Allez. Nein. Wirklich? Na hör mal..." sehen wir deutlich, daß Staf ihr Paradies auf Erden sieht.

Unsichtbarer, unhörbarer Applaus begleitet Staf, als er

zum Tisch zurückgeht. Valère der Taube spendiert ihm ein Bier und sagt grübelnd: „Ja, ja, du Schlawiner!"

Wir schmunzeln im voraus, denn wir kennen Valère in- und auswendig, er wird keine Ruhe geben, bevor er nicht Stafs ruchlose Tat herabgesetzt, zunichte gemacht hat.

Ohne irgendein Zeichen des Einvernehmens mit einem von uns geht Valère zu Jaak an den Tresen und beschimpft ihn. Macht ihn zur Sau, Meneer. Warum? Um Eindruck auf die Minigöttin am Telefon zu schinden? Nein, es ist eine List, eine des *Einhorns* würdige Taktik, doch das durchschaut Jaak natürlich nicht, der hat Sand in Augen und Ohren. Valère zieht die Schraube noch fester an und bezieht nun auch Jaaks Frau in seine Schimpfkanonade mit ein.

„Wie bitte?", sagt Jaak verblüfft, „wie bitte, meine Frau eine Schlampe? Du, Valère, wagst es, so was zu sagen?"

„Ja", sagt Valère. „Und ich sag's dir ins Gesicht. Direkt in die Augen, unter deine Hörner."

„O, du gottverdammter..." brüllt Jaak, und wie vorauszusehen war, bricht das wutschnaubende Nashorn, das sich in Jaaks weichem Fleisch verborgen hält, aus ihm heraus. Er packt den höhnisch lachenden Valère bei den Hüften und hebt ihn hoch, bis der grinsende, graue Kopf fast die Decke des *Einhorns* berührt. Jaak knackt ihn wie eine Nuß. Valère sackt vornüber und zischt verzweifelt in Jaaks Nackenhaar: „Nicht so fest, Dummkopf, ich tu doch nur so, du Narr!"

„So, so", sagt Jaak und lockert seinen Griff.

„Laß dich fallen", flüstert Valère.

„Warum?" sagt Jaak.

„Darum, Idiot."

„Aber Valère..." Der Koloß ist zerzaust.

„Um ihr Höschen zu sehen", drängt Valère mit geheimnisvollem, schamlosem Getuschel, das wir eher raten als verstehen können, denn wir füllen dieses geile Flüstern mit unserem eigenen vor uns hingemurmelten Gebet aus, Meneer, machen Sie sich da mal keine Sorgen.

„Ach so, ihr Höschen", sagt Jaak viel zu laut, wir befürchten einen Moment – zwei Narren braucht man keine Schellen umzuhängen –, daß Marianne es hören könnte, aber sie plappert lustig weiter mit ihrem Chéri, stößt modulierte Mißtöne aus. Das Gefecht hat sie amüsiert, sie nimmt natürlich an, daß sich die beiden Rammböcke wegen ihrer Rehaugen, ihres Bebeschmollmunds prügeln, sie erwartet, daß sich dieses Kontor des Kartenspiels in einen Altar verwandelt, an dem man die Vesper für ihre unantastbare Schönheit in Valères und Jaaks rauhem Gestotter singt und die Priester, in Ermangelung ihrer eingeölten Rippen, einander umklammern.

Um es kurz zu machen, die zwei rollen ganz in ihrer Nähe über den Fußboden und stoßen dann mit Ellbogen und gestreckten Armen gegen ihre gebenedeiten Knie.

„Oi oi", kreischt die Venus. Und erzählt rasch und begeistert in die Sprechmuschel, daß im *Einhorn* der Aufstand ausgebrochen sei.

Inzwischen sammeln die anderen Spieler Trümpfe, ahnen die Trümpfe in den Karten der übrigen und tun so, als sei das Gefecht nur eine unterhaltsame Einlage während der eiskalten Leidenschaft des Kartenspiels. Dann hört das Gerangel auf dem Fußboden plötzlich auf und Valère erhebt sich. Er lächelt nicht, nein, auf seinem roten Pferdezüchtergesicht zeigt sich etwas Besinnliches, Scheues, wie soll ich es hervorbringen?, Valères Gesicht, das sonst selbstgefällig, unverdrossen, lachlustig ist, ist auf einmal *ernst*.

Jaak ist auch ernst, aber das ist er immer, selbst wenn er lacht. Jetzt, wo ich darüber nachdenke, fällt mir auf, daß Jaak eigentlich immer nur mit den anderen mitlacht. Nie von allein.

Die beiden Krieger klopfen sich den Staub von den Klamotten. Marianne ist zur Toilette gegangen. „Und?" fragen wir gedämpft, als Valère wieder zu Atem kommt.

Matt, als ob er „Ich passe" sagt, sagt er: „Sie trägt kein Höschen."

„Spinner", sagen wir.

„Sie hat ein schwarzes Höschen an", sagt ein Denker resolut.

Valère nickt. „Schwarz, ja, aber es waren ihre eigenen Haare."

„Witzbold."

„Oder es war vielleicht ein Schwarm Fliegen", sagt Valère. Etwas später, nach etwa drei Cognacs, sagt er: „Wenn es ein Höschen war, dann aber ein ganz winziges. Und es war dazwischengezwängt."

„Welche Farbe?"

„Fast purpurrot."

„Tja, tja", überlegen wir.

„Schämt ihr euch nicht", schnaubt Doktor Verbraeke, „erwachsene Mannsbilder..." Aber darauf reagieren wir nicht. Auch nicht auf Verbist, der irgend etwas Hämisches sagt, so in der Art „hygienische Funktionen von Zwangsvorstellungen, also Seelenekstase." Auch nicht auf das Gekeife des Haarmeisters Felix der Kater, der seine Kundin, seinen Schützling, so schnell wie möglich unter die Trockenhaube schleppen will, das ist ihm anzusehen.

Als Marianne von der Toilette zurückkommt, redet ihr Felix der Kater tatsächlich sofort väterlich zu und verspricht ihr eine persönliche, eigenhändige Behandlung im Salon Felix, und zwar jetzt, in diesem Moment, sofort.

Marianne stakst hinter seinem Prinz-von-Wales-Hintern zur Tür, nachdem sie einen seltsam seelenlosen Blick auf Michel geworfen hat. Das haben wir alle bemerkt, Meneer.

Erst dann rattert das Verhör los.

„War das Haar pechschwarz oder hatte es einen braunen Schimmer?"

„War es gekräuselt oder eher wie ein Teppich?"

„War es eine Wölbung oder war's platt?"

„War das Höschen, falls es eins war, durchsichtig? Mit so Löchern drin? Kringelten sich da Haare raus?"

„War es feucht oder nicht?"

Die Beschuldigten, Jaak und Valère, machen ein belemmertes Gesicht. Jaak behauptet, nichts gesehen zu haben, weil er genug damit zu tun gehabt hätte, sich den aufgeregten Valère vom Leib zu halten.

„Überhaupt nichts?" rufen wir erstaunt.

„Ach, vielleicht ein bißchen Schatten."

Staf von der Peperstraat ist unser Wortführer. Er sagt: „Jaak, Jaak, Jaak, dich haben zwei Schieläugige gemacht."

Dann, und hier können die Meinungen geteilt sein, wie so oft, wenn es um nationale Geschichte geht, dann hat sich Frans der Holländer mit Michel angelegt. Frans ist Holländer, das heißt, ein Besserwisser und einer, der seine Nase in alles reinsteckt. Er lacht nicht einmal, wenn er sagt, Holland sei das Gewissen der Welt. Auch im Geschäftemachen ist er ein Holländer, das heißt, wenn er einen nicht betrügt, dann nur deshalb, weil er es vergessen hat. Zu den Weibsbildern ist er höflich, er mault ein bißchen, wenn er beim Kartenspielen verliert, aber nicht so arg wie Staf oder Valère, um nur zwei zu nennen, und außerdem ist er hyper-super-empfindsam, wegen nichts und wieder nichts beginnt er zu flennen, anscheinend schluchzt er im Kino wie eine Witwe, die keine Rente mehr bekommt, wenn das weggelaufene Hündchen oder das verloren geglaubte Kind mit schmalzigem Gefiedel plötzlich wieder auftaucht.

Gut. Nun kommt Markske auf die dumme Idee zu sagen, es sei schade, daß Rikkebot dies nicht mehr hätte erleben können, und mit dies meint er das denkwürdige Schäferinnenspiel der breitbeinig dastehenden Marianne und der beiden ringenden Gaffer. Und Frans der Holländer, der es nicht einmal gewagt hat, zu Rikkebots Beerdigung zu gehen, weil er sich kennt – denn er wäre imstande gewesen, in die Grube zum Sarg zu springen oder, noch schlimmer, der millionenschweren Mutter Rikkebots um den Hals zu fallen – Frans schüttelt den Kopf, seine Augäpfel werden zweimal so groß, rot und naß, und er sagt: „Rikkebot, jaja, unser Rikkebot, der hört den Kuckuck nicht mehr."

Worauf Michel schreit: „Gottverdammt, wann hört das ewige Gelaber, Gewinsel und Gejammer über Rikkebot endlich auf?"

Nun ist es nicht Michels Art, ausfällig zu werden, im Gegenteil, Michel ist immer ziemlich beherrscht, obwohl er es faustdick hinter den Ohren hat. Wir staunen nicht schlecht, vor allem als er hinzufügt: „Rikkebot ist inzwischen bestimmt schon ganz schön verfault in seinem Sarg, bis auf die Knochen."

Das geht zu weit. Frans scheißt Michel zusammen, ernsthaft und auf holländisch. Verbist mischt sich auch ein und kommt mit einer ganzen Litanei von Sprüchen und Redensarten im saubersten Flämisch daher, als ob er vor seiner Klasse stünde. So behauptet er unter anderem, daß Michels Problematik, wie bei allen jungen Leuten heutzutage, die verwöhnt seien und gefühllos und versandet und keinen Respekt mehr hätten und nicht mehr emp-fäng-lich seien, ja, was war noch gleich mit dieser Problematik? Fällt mir im Moment nicht ein, jedenfalls sei etwas nicht in Ordnung, sagt Verbist und beschließt, daß Michel an *Anhedonie* leidet.

„Was ist das?" fragt ein wißbegieriger Spieler. Verbist zuckt die Achseln. Doktor Verbraeke sagt, seiner Meinung nach, aber er könne sich auch irren, bedeute das: die Unfähigkeit, zu genießen.

„Was, soll das heißen, daß Michel hohle Walnüsse in der Hose hat?"

„Nein", sagt der Doktor, „es ist mehr mental. Keinen Genuß, keinen Verdruß empfinden können."

Darauf sagt Jaak, und er scheint sich für seine Einmischung entschuldigen zu wollen: „Allez Jungs, seid ihr fertig?"

„O Rikkebot", murmelt Frans der Holländer leise vor sich hin.

„Ist ja nicht gerade ein schöner Zug von Michel", sagt Jaak, „so über den jetzigen Zustand des Fleisches von unserem Freund Rikkebot zu reden, aber na ja", sagt Jaak dumpf, „so ist das Leben nun mal."

„Diesem Land fehlt der Geist, der Geist, darum geht's", ruft der Schulmeister.

„Hatte Rikkebot Geist?" fragt Michel. „He? Antworte! Nicht ein Gramm Geist im ganzen Schädel, im ganzen Rikkebot."

Das kriegen zehn Männer in die falsche Kehle. Die Kartenspieler schnauben. Die Würfel vom Tricktrack-Spiel bleiben liegen.

„Jaak", ruft Michel – und ist er wirklich so benommen durch die Operette Mariannes und der beiden Ringer? – „Jaak, du bist Rikkebot in alle Kasinos des Landes und sogar bis ins Ausland, nach Finnland, gefolgt, hatte Rikkebot ein Fünkchen Geist im Hirn?"

„Er war mein Freund", sagt Jaak.

„Meiner auch!" ruft Michel. „Aber darum geht's nicht!"

„Er hatte mindestens soviel Geist wie ein anderer", schnaubt Frans der Holländer.

„Jaak, ich warte auf deine Antwort", fordert Michel.

Jaak bohrt in der Nase, schmiert das Gefundene an seine Weste. „Geist, Geist", sagt er.

„Hatte er welchen oder hatte er keinen?"

„Keinen", sagt Jaak.

„Voilà", sagt Michel. „Jetzt hört ihr es mal von einem andern."

„Michel", sagt Valère der Taube, „du bist es nicht wert, daß wir mit dir reden."

„Genau", sagt der Holländer.

„Sagt doch gleich, daß ich hier überflüssig bin!" sagt Michel.

„Ja. Genau", sagt der Holländer.

„Du hast uns richtig verstanden", sagt Valère der Taube.

„Ich verstehe", sagt Michel auf einmal leise. Als er aufsteht, fällt es uns wie so oft auf, wie trügerisch manche Leute gebaut sind. Wenn er sich am Kartentisch mit den Karten in der Hand kratzt, sieht Michel normal aus, doch wenn er mal aufsteht und auf den weißen und schwarzen Fliesen des Linoleumbodens zur Tür geht, sieht man erst, was er für kurze Beine hat, die Deutschen nennen so jemanden einen *Sitzrie-*

sen. Obwohl die Deutschen ihn im Krieg schon aufgrund des ersten Eindrucks auf der Straße erschossen hätten, unsern Michel mit der Nase und dem Kraushaar auf dem Schädel. Sein Urgroßvater sei Portugiese gewesen, sagt Michel. Glaub das bloß nicht. Er gehört dieser Rasse an, und er kann es nicht verbergen. Auf der andern Seite hat er auch was von einem Neger. Mit dem gelblichen Teint und den vollen Lippen. Kurz gesagt, Michel ist keiner von uns.

„Allez, allez, Jungs", sagt Jaak.

„Gib dir keine Mühe, Jaak", sagt Michel, „ich hab's verstanden. Rikkebot ist hier ein Heiliger, ein Märtyrer geworden. Von mir aus, aber ich werde keine Messe für ihn singen."

Er geht zur Tür, er steht im Sonnenlicht, das sich zwischen den Vorhängen bricht.

„Salut, Jungs, und den Wind von hinten", sagt Michel.

„Du mußt noch bezahlen", sagt Patrick der Wirt.

„Weiß ich", sagt Michel. „Und das kannst du in den Wind schreiben. Hast schon genug an mir verdient." Aber er meint es nicht ernst, es klingt zu herausfordernd und grob. Patrick kaut auf seiner Zigarre.

„Und was euch betrifft, ihr Hosenscheißer", sagt Michel, die Hand auf dem Türknopf, „ich hab die Schnauze voll von euch. Der Schulmeister hat recht, in diesem Land gibt's keinen Geist. Ich bin froh, daß ich eure Fressen für eine Weile nicht sehen muß. Denn, meine Herren, ich mache eine Reise nach Amerika."

Frans der Holländer meckert, Staf gähnt, Valère der Taube blickt ungläubig drein, der Doktor grinst. Draußen ist ein Stau, viele Autos hupen, darunter ein Krankenwagen.

Michel sagt, daß wir allesamt eine miserable Spielertruppe seien, denn ein echter Spieler spiele für echtes Geld, und das gebe es nur in den Vereinigten Staaten.

Das ist natürlich Quatsch in Dosen. Denn seit das *Einhorn* existiert, hat sich dort manch ein Vermögen in Rauch aufgelöst. Wir haben einen Flachshändler in drei Wochen in den Bankrott getrieben, und der Sohn des Bauunternehmers

Poelinckx hat sechzehn Häuser verkaufen müssen. Und hat nicht Rikkebot, unser Held und unser Heiliger, unser Hausgott, in elf Monaten zwölf Millionen Belgische Franc verjubelt?

Deshalb antworten wir nicht auf den Schwachsinn dieses Halbbluts. Und unsere geharnischte Mißbilligung kitzelt seine Chromosomen, Michel bebt.

„Jaak", sagt er.

„Ja, Michel."

„Die Typen hier haben dich lang genug für dumm verkauft. Du hast mehr Seele im Leib als die ganzen Einfaltspinsel hier zusammen. Du bist mein Freund, Jaak, sonst keiner. Und darum lade ich dich ein, ihr alle seid meine Zeugen, mit mir nach Amerika zu fahren. Ich persönlich werde dir die Reise bezahlen."

Das Summen einer Schmeißfliege. Das Rascheln der Zeitung des Doktors. Das trockene Hüsteln von Markske. Der summende Bierdruckapparat. Ein Stuhl, der verschoben wird.

„Mit dem Schiff?" fragt Jaak.

„Mit dem Flugzeug. Eine Chartermaschine."

„Mich?"

„Ja, dich."

„Wohin?"

„Über den großen Teich. Hin und zurück. Nach Las Vegas, wo die echten Spieler sind. Zwölf Tage. Ja oder nein?"

„Ja", sagt Jaak. „Zu hundertfünfzig Prozent."

In die darauffolgende geweihte Stille sagt Markske: „Leck mich doch am Arsch."

So geschah es, daß der erste Keim gelegt wurde und der Gedanke an die Reise reifte und daß die beiden, der beschuldigte Michel und der unschuldige Jaak, dorthin Kurs nahmen, wo Ananas, Neonlichter und grüne Dollars wachsen, und ich muß zugeben, Meneer, wir vom *Einhorn,* wir waren mächtig beeindruckt.

2

Fluchend kramte Michel in den Taschen seiner auberginefarbenen Lederjacke, deren verdammt modische Taschen zu eng und zu schräg waren, und fand seine Schlüssel nicht. Sie lagen bestimmt irgendwo unter einer Bank im *Einhorn,* im Staub und Schmutz, zwischen Kippen und Bierfilzen, auf denen mit Kugelschreiber die Punkte des *King*-Spiels der letzten Woche notiert waren. Während er wartete und immer wieder Sturm klingelte, stellte er sich vor, wie Staf von der Peperstraat die Schlüssel entdeckte, sie heimlich in die Hosentasche steckte und dann mittags, wenn Mama schlief und er, Michel, vor dem Schalter des Stempellokals stand, ins Haus eindrang und sich ins obere Zimmer schlich, unterm Bett neben anderem das Hitlerjugendmesser, die Luftpistole und die weinerlichen Liebesbriefe von Markske fand, und wie Staf über die geheimen, lieben, persönlichen Dinge seines Feindes grinste, schnell aus dem Haus zum *Einhorn* rannte und dort seinen Waffenbrüdern zuflüsterte: „Genau wie Rikkebot. Ja. Ich hab's mit eigenen Augen gesehen. Auch eine Pistole. Auch ein Messer. Genau wie der selige Rikkebot."

Michel hörte die schlurfenden Schritte seiner Mutter, sie öffnete die Tür, lächelte ihm mit ihrem grauen Löwinnenhaupt zu. Sie hielt sich mit ihren weißen, rissigen Pranken am Türpfosten fest, um ihn durchzulassen. Ihr wattierter Morgenmantel mit dem blauen Blumenmuster öffnete sich, er wandte den Blick von ihrem knochigen Leib im Nachthemd. Sie hatte Schmerzen. Sie lächelte ihm zu. Sie war froh, daß er da war.

„So spät", sagte sie fast fröhlich und streichelte seine Hüfte. „Es gibt Kabeljau."

„Ohne Buttersoße", sagte er.

Sie lächelte immer noch, mit gelblichen, gleichmäßigen Zähnen, mit trockenen Lippen, den seinen.

„Du guckst so böse. Hast du viel verloren?"

„Nein", sagte er und wußte, daß er mißmutig aussah, unglücklich, und daß er sie an seinen Vater erinnerte, an seinen richtigen Vater, dem er in solchen Augenblicken ähnlich war. (Jan, sein anderer Vater, würde gleich von der Arbeit kommen.) Oft hatte seine Mutter ihm erzählt, daß sein Vater ohne den geringsten Anlaß unglücklich dreingeschaut hätte, sein Gesicht sei einfach so gebaut gewesen, sagte sie, sie hätte große Probleme damit gehabt, vor allem morgens beim Frühstück, wenn er mit einem beleidigten Gesicht dagesessen sei. Die Küche roch nach ihr, nach verwelkten Blumen.

„Willst du gar keine Soße?"

„Nein."

„Aber das schmeckt doch nicht."

„Tu was ich sage", sagte Michel. Sie kramte im Schrank unter der Anrichte herum.

„Hast du Probleme mit dem Magen?"

„Ja."

Michel, der keinen Genever vertrug, hatte im *Einhorn* fünf Gläschen davon getrunken. („Um mich nicht vor den andern zu blamieren. Eines Tages, schon bald, mache ich immer und überall nur das, wozu ich Lust habe. Dann trinke ich im *Einhorn* Schokolade.")

„Warum lachst du?"

Er beschloß, ihr eine Freude zu machen.

„Weil ich im *Einhorn* gewonnen habe."

„Wieviel?"

„Ungefähr viertausend Franc." Sie brummte, sagte etwas in Richtung Eisschrank. Er sah, daß ihr Haar am Scheitel schütter geworden war und nahm sich vor, ihr seine Reise nach Amerika bis zum letzten Moment zu verschweigen. Sie vom Flugplatz aus anzurufen. Oder ihr ein Telegramm aus Los Angeles zu schicken. Er hoffte, daß sie sich mit dem Kabeljau beeilen, daß der widerliche Geruch den ihren verdrängen würde.

Auf der Küchentapete waren stilisierte, ineinandergeflochtene exotische Blütenzweige, die Tapetenbahnen klafften auseinander, man sah den dunkelgrauen Zement dazwischen. Jan, der andere Vater, hatte den Raum tapeziert.

Auf dem Linoleum des Küchentischs lagen *Het Volk*, das Kreuzworträtsel darin zur Hälfte gelöst, und zwei blutige Taschentücher.

Am liebsten wäre Michel gleich in sein Zimmer gegangen, hätte BRT 2 angestellt, ein Kapitel aus *Rommel, der Wüstenfuchs* gelesen oder vor dem Spiegel mit seinem Dolch geübt. Aber er fühlte sich seltsam großzügig heute abend.

(‚Sie wird nicht mehr lange leben, und ich bin ihr Ältester, was sage ich? ihre einzige Freude. Ich warte, bis sie sich auf dem Sofa im Wohnzimmer vor dem Fernseher niedergelassen hat, die Kissen als Stütze im Rücken. Ja, so bin ich. Jedenfalls heute abend.')

Sofort ergriff ihn ein grimmiges, fast betrübtes Gefühl. Er war aus dem *Einhorn* nicht ungeschoren davongekommen, er hatte sich durch einen kindischen Geltungsdrang diesen Schwätzern gegenüber dazu verleiten lassen. (‚Hast du allen Ernstes geglaubt, du hättest sie verblüfft, geplättet, weil du diesen schwachsinnigen Jaak eingeladen hast, und übrigens, wo willst du das Geld hernehmen?')

Seine Mutter säuberte den Fisch, klagte über Jan, den anderen Vater. Wie immer, wenn sie über ihn sprach, klang ihre Stimme leicht aufgeregt.

„Er soll bloß nicht glauben, daß ich hier in der Küche sitze und warte, bis er nach Hause kommt, er kann sich seinen Kabeljau allein aufwärmen. Wenn wir mit dem Essen fertig sind, setz ich mich ins Wohnzimmer. Bestimmt. Denn er wird mir wieder in den Ohren liegen, du hast ja keine Ahnung. Ist mal wieder Monatsende, da hat er kein Geld mehr zum Saufen."

Ihr trockener Mund schnappte nach Luft.

Nach dem Essen spielten sie im Wohnzimmer Domino. Er ließ sie gewinnen, und zum erstenmal hatte er das Gefühl, daß es ihr gleichgültig war, wer gewann. (‚Sie wird sterben.')

Er wünschte, sie wäre tot, denn dann gäbe es einen abgerundeten, genauen, übersehbaren Kummer und danach eine Erinnerung, die verblassen, verschwinden könnte. Jetzt nahm die Verkalkung sie tagein, tagaus vor seinen Augen langsam, schmerzhaft in Besitz. Jetzt mußte er es mitansehen und eine Reihe scheinheiliger Manöver ausführen, um sie glücklich zu machen. Mama, Mama.

Er fragte sich, ob sie noch am Leben sein würde, wenn er von seiner Reise zurückkäme. Zu seinem Erstaunen und Schrecken merkte er plötzlich, daß seine Augen brannten. Er sagte: „Sollen wir uns *Spiel ohne Grenzen* ansehen?"

„Ja. Wenn du möchtest."

Sie schaute mehr auf ihn als auf die Mattscheibe.

„Ich würde gern mal zehn Tage verreisen, Urlaub machen", sagte er.

„Das täte dir gut", sagte sie.

„Wer weiß, vielleicht mach ich es sogar", sagte er. Dann konzentrierte sich ihr Blick auf die Kandidaten, die als Spielmänner verkleidet auf einem kreisenden Zylinder herumhüpften, während ihre Feinde sie mit Lanzen bedrohten. (‚Ich tanze auch, Mama, noch toller, noch verrückter. Dein Tod, Mama, ein Spiel ohne Grenzen.')

„So zehn Tage?" fragte sie.

„Ja. Ungefähr", sagte er.

Sie stand mühsam vom Sofa auf und holte zwei Flaschen Bier, zündete eine Zigarette an und reichte sie ihm.

„Wann war Doktor Verbraeke das letzte Mal da?" fragte Michel.

„Warum?"

„Nur so."

„Es ist mindestens zwei Wochen her", sagte sie grimmig.

„Ich werde ihn bitten, daß er mal vorbeikommt."

„Ist nicht nötig."

„Doch."

„Ich komm schon allein zurecht", sagte Michels Mutter. „Fahr nur unbesorgt in Urlaub."

„Vielleicht, hab ich gesagt."

Sie wandte ihm ihr breites, graues, starkes Gesicht zu. Sie lächelte, triumphierend und verzweifelt zugleich. Als Jan hereinkam und die Stube mit seinen überschwenglichen, harmlosen Geschichten füllte, ging Michel ohne ein Wort mit ihm zu wechseln hinauf in sein Zimmer. Vor dem Spiegel des Kleiderschranks stieß er mit entblößtem Oberkörper zwölfmal zu, kickte siebenmal ins Leere, es war idiotisch. Hinter seinen Schultern in einer Ecke des Spiegels sah er den seligen Rikkebot völlig entspannt dahocken. Als der selige Rikkebot Michels Blick spürte, zog er seine dünnen, makellosen Augenbrauen hoch, warf eine lilafarbene Pille in die Luft und fing sie mit dem Mund auf. Er murmelte was, aber Michel hörte es nur zu deutlich, denn der selige Rikkebot hatte es so oft gesagt: „Rechtschaffene Leute gehen immer nur im Notfall zu weit."

Hilflos stieß Michel in Höhe von Rikkebots Adamsapfel mit der Faust, mit gestreckten Fingern, mit der flachen Hand zu.

3

Didi summt etwas von den Beatles. Früher, als mit ihr noch alles in Ordnung war, konnte Jaak die Melodie oft mitsingen, manchmal sogar die Worte des Refrains. Wenn Didi früher ihre Englischlektion aufsagte, konnte Jaak alles perfekt verstehen. Früher.

Didi hat zuerst die Umrisse mit einem schwarzen Filzstift gezeichnet: Suske, Wiske, Tante Sidonie schön in einer Reihe nebeneinander, jetzt malt sie Wiskes Haar mit vier, fünf Buntstiften aus. Sie befeuchtet oft die Lippen. „Geht Wiske zum Karneval, weil sie so bunte Haare hat?"

„Sie geht nirgends hin. Sie bleibt schön auf dem Papier stehen", sagt Didi.

Manchmal nennt Didi ihren Vater Suske. „Doofer Suske, blöder Suske." Jedoch nie, wenn Dina dabei ist, als wüßte sie, daß es gar nicht stimmt, daß Jaak Suske nicht ähnelt, daß Jaak Papa und Dina Mama ist. Jaak achtet darauf, daß er sie nie Wiske nennt. Obwohl er es manchmal gern täte, wenn sie ihn Suske nennt. Doch der Vikar hat ihn gewarnt: „Sie vor allem nicht in ihren Wahnvorstellungen bestätigen."

Als Dina hereinkommt, macht sie sofort das Fenster auf. Jaak drückt seinen Zigarillo aus. Didi blickt gar nicht auf, malt mit rausgestreckter Zunge weiter.

Dina läßt sich in einen Sessel fallen, ihre gelbe Plastikstrohtasche hält sie zwischen den Knien fest. Jaak bekommt Angst. Er merkt an ihrem Blick, daß was passiert ist. Didi hört auf zu summen. Auch das Haar von Tante Sidonie ist jetzt seegrün, violett und orange angemalt.

„Wie war's im *Einhorn*?" fragt Dina.

„Ruhig. Bin nicht lange geblieben, ein halbes Stündchen."

Mit ihrem langen, schmalen Zeigefinger kratzt Dina über das glänzende Stroh. Früher wußte Jaak ihre Schuhgröße. Jetzt müßte er raten. Sie wippt mit dem spitzen schwarzen Pumps.

„Didi, warst du am *Nutella*?"

„Nein", sagt Didi sofort, gleichgültig. Erst jetzt sieht Jaak, daß am linken Mundwinkel seiner Tochter ein trockenes, braunes Klümpchen klebt, wie eine kleine Warze. Er nimmt Didis Gesicht in die Hände, pult die Warze weg. Sie läßt ihn gewähren, den Blick auf ihre Zeichnung gerichtet.

Dina hat Katzenaugen, die im Halbdunkel des Zimmers hellgrau und kalt anmuten. Jaak nimmt den Aschenbecher mit seinem halben Zigarillo und leert ihn im Abfalleimer in der Küche aus. Als er zurückkommt, sagt Dina zu ihrer Tochter: „Du lügst schon genauso wie dein Vater. Geh ins Vorderzimmer."

„Ich muß erst noch die Schürze von Tante Sidonie anmalen."

„Didi, du weißt, was mit jungen Mädchen passiert, die lügen. Geh sofort ins Vorderzimmer, sonst setzt es was."

Didi verläßt langsam das Zimmer. Dann hört Jaak, wie sie im Vorderzimmer schnell und mit hoher Stimme betet.

„Hat sie was gegessen?"

„Pommes. Eine Portion für dreißig Franc."

„Und was dazu?"

„Pickles", sagt Jaak. Er hat ihr an der Bude auch noch eine Dampfwurst gekauft, aber die hat Didi einem Radfahrer nachgeworfen. Früher war sie verrückt auf Dampfwurst. Jetzt kniet sie vor dem Foto der Heiligen Theresia von Lisieux. Das Tempo ihres Gebetes wird langsamer. Wieviel Gegrüßetseist-du-Maria sind noch mal fällig, wenn man gelogen hat? Der Vikar meinte, es käme hauptsächlich auf den Rhythmus, auf die hypnotische Wirkung an.

„Du kannst zufrieden sein", sagt Dina. „Alle Frauen im Salon Felix haben mich ausgelacht. Bist du jetzt zufrieden?

Und dein Kumpel Felix auch. Die denken, ich seh's nicht. Aber da muß jemand schon früher aufstehen, um mich zum Narren zu halten."

„Felix auch?"

„Er am meisten."

„Ah, ja?" Das also ist passiert.

„Ich werde es überleben, ich nehme es mir nicht so zu Herzen, aber unangenehm ist es trotzdem."

„Das glaub ich dir", sagt Jaak.

„Du fragst gar nicht, warum die sich so amüsiert haben?"

„Warum?"

Dina schreit, ohne die Stimme zu erheben. Wenn sie will, hat sie alles, auch ihre Stimme, voll im Griff. Als hätte sie ihren ganzen Körper in ein Korsett aus Aluminium gezwängt, selbst ihr knochiges Gesicht mit der dicken Puderschicht und den scharlachrot geschminkten Lippen, und ihre gepreßte, gellende Stimme.

„Hättest du es mir nicht sagen können? Auch wenn du gewußt hast, daß es gegen meinen Willen ist? Muß es erst die ganze Stadt wissen, bevor ich es weiß? Damit sie mich auslachen können und ich dastehe wie eine Schwachsinnige."

Der Vikar sagte, daß sie dieses Wort nie verwenden, nicht einmal daran denken dürften.

„Schwachsinnige?"

„Ich rede nicht von Didi, sondern von mir." Aber ihre Wut verzettelt sich. Sie steht auf. „Nach Amerika", sagt sie. „Warum nicht gleich zum Nordpol?"

„Wir kommen dort vorbei", sagt Jaak.

„Wie bitte?"

„Wir fliegen *über* den Nordpol", sagt er. „Wenn alles gut geht."

Nach dem Bußgebet geht Didi in ihr Zimmer und spielt auf dem Klavier etwas von den Beatles.

„Ich wollt's dir ja sagen, Dina, wirklich, aber Michel meinte, daß es besser sei zu warten, bis alles unter Dach und Fach ist, die Tickets, die Reservierung..."

Sie zieht den Mantel aus, wirft ihn über einen Stuhl, was nicht ihre Art ist, setzt sich wieder hin, schlägt die Beine übereinander, ihr elegantes Bein mit den schmalen Fesseln wippt auf und ab.

(‚Dina ist ein Rassepferd, du mußt nur den richtigen Blick für ihre Kapriolen haben', sagte Staf von der Peperstraat.)

„Wann gedenkst du abzureisen, Feigling?" fragt sie müde.

„Anfang nächster Woche."

„Schlag dir das aus dem Kopf", sagt sie im gleichen Ton.

„In der Firma habe ich schon alles geregelt, der Meister ist einverstanden, Leon springt für mich ein."

Dina hält die ovale Armbanduhr, die sie von ihrer Mutter geerbt hat, ganz nah an ihr Gesicht. Ihre Gebärden werden plötzlich brüsker, doch noch immer gezügelt. Sie spreizt die Knie, klemmt ihre Tasche dazwischen, kramt hastig darin, holt einen kleinen Spiegel heraus und schminkt sich die Lippen nach. Dann lehnt sie sich weit zurück und tröpfelt sich eine blaue Flüssigkeit in die weit aufgerissenen Augen, Tropfen, die man nur einmal im Monat benutzen darf, sonst bekommt man den grauen Star.

„Au", sagt sie. Die blaue Tinte läuft ihr in Streifen über die Wangen. „Au."

Mit zusammengekniffenen Augen und schmerzverzerrtem Mund tastet sie nach der Tasche und findet ein Kleenextuch. Sie betupft sich die Augenlider. Den ganzen Abend wird das Weiße in ihren Augen glänzend bläulich sein.

Didi kommt ins Zimmer und fragt: „Was spielt Mama?"

„Geh nach oben", sagt Dina.

„Ich kann nicht mehr Klavier spielen, meine Hände sind müde gespielt", sagt Didi vorwurfsvoll. Dieser Vorwurf ist ausschließlich an Jaak gerichtet. Jaak kann nie genug davon bekommen, Didi anzusehen, sie ist die schönste aller Frauen. Sie darf auf seinem Bauch herumtrampeln, auf ihm tanzen, ihm die spärlichen Haare ausrupfen.

„Dann spielst du halt nicht Klavier", sagt Dina und blickt auf die Uhr.

Nachdem von oben ein paar Tonleitern zu hören waren und dann lange Zeit nichts, sagt Dina: „Und dann auch noch mit Michel! Dieser Lump, der in seinem ganzen Leben noch keinen Finger krumm gemacht hat, der nur Flausen im Kopf hat, der den Leuten das Fell über die Ohren zieht, dieser Halbneger..."

„Neger, Neger, das ist so leicht dahingesagt."

„Er kann nix dafür, du hast recht, seine Mutter ist schuld, von mir aus, aber er ist und bleibt ein halber Türke oder Marokkaner."

„Sein Vater war Portugiese."

„Ja, ja. Das kennen wir! – Und mit dem gehst du Hand in Hand auf Reisen, mit dem Flugzeug!"

Mit einer halben Stunde Verspätung, einer halben Stunde, in der Dina ein Dutzendmal die Knie spreizt und kreuzt und anders als sonst aufrecht dasitzt, geht die Klingel und öffnet Jaak dem Vikar die Tür.

„Hallo, hallo", sagt der Vikar wie immer, als ob er telefonierte. Heute abend hat er eine schwarze Lederjacke und ein rotblaukariertes Holzfällerhemd an. Wie immer ist ein hungriger Ausdruck auf seinem spitzen Gesicht mit den flachsblonden Augenbrauen und Wimpern.

Auf dem Flur sagt Jaak: „Didi hat heute abend mindestens zwanzig Gegrüßet-seist-du-Maria gebetet."

„Tatsächlich?" ruft der Vikar aufgeweckt. „Und was hat sie angestellt?"

„Sie hat gelogen", sagt Dina.

„Ach", sagt er, und Jaak würde ihm am liebsten das teilnahmsvolle Lächeln aus dem Gesicht schlagen.

Jaak geht aufs Klo und nimmt die Sonntagszeitung mit. Die beiden werden nun über den unerschütterlichen Glauben reden, den man haben muß, über eine positive Einstellung, über das Transzendentale. Jaak mußte „das Transzendentale" mindestens dreißigmal hintereinander sagen, bevor es ihm über die Lippen ging, irgendwann wird er es im *Einhorn* Verbist gegenüber erwähnen, dem der Schreck in die Glieder fahren wird, aber die Gelegenheit hat sich noch nicht ergeben, noch nie, denn Jaak weiß gar nicht genau, was das Wort bedeutet, dieses Wort, es ist etwas, was man – wenn man seinen gesunden Menschenverstand gebraucht – als normaler Mensch im normalen Leben normalerweise nicht erlebt, es ist etwas, was sich mehr über und außerhalb unserer Welt abspielt, und deshalb klammert sich Dina so an diesen Pfadfinder von Priester, der solche Wörter benutzt so wie unsereiner „Herz-As" oder „diese Runde ist für mich, Patrick" sagen würde, und warum sollte Dina sich nicht daran hochziehen? Nach der ganzen Misere mit den Ärzten und Psychiatern, auch mit Doktor Verbraeke, die auf ihr und Didi herumkauten wie der Dackel vom *Einhorn* auf seinem Gummiknochen! Warum nicht, wenn es nur den Fluch lindert, der seit einigen Jahren über Didi gekommen ist und ihr Gehirn in das eines Schimpansen oder eines sechsjährigen Kindes verwandelt hat.

Der Vikar nippt an einem Gläschen *Elixir d'Anvers*, einem goldgelben sirupartigen Gesöff, von dem man als normaler Mensch kotzen muß. Wenn das kein Zeichen für „das Transzendentale" ist!

Wie so oft in letzter Zeit sprechen sie über einen Traum von Dina.

Morgens, bevor seine Spiegeleier mit Speck auf den Tisch kommen, muß Jaak manchmal warten, bis sie – vornübergebeugt im Morgenrock – alles aufgeschrieben hat, was sie in der Nacht in ihren Träumen erlebte. Sonst vergißt sie es, bis der Vikar kommt. Jaak hat die Zettel schon ein paarmal gelesen, während sie im Badezimmer war. Auf dem Rand eines Blattes aus dem Abreißkalender stand mit blauem Kuli in ihrer runden Handschrift: „Ein Kopf voller Dornen. Ich stricke wie wild, so schnell, daß ich die Maschen nicht mehr zählen kann. Starke Bauchschmerzen. Vikar fragen: Dornen?"

Das Gespräch stockt, als Jaak hereinkommt. „Du wirst auch nicht magerer, Jaak", sagt der Priester jovial.

„Er ißt wie ein Scheunendrescher", sagt Dina.

„Das sind die Nerven", sagt Jaak und wird sofort rasend, weil es so entschuldigend klingt. Er setzt sich mit der Sonntagszeitung in seinen Korbsessel und sucht in Dinas Gesicht nach Spuren von dem, was er einmal gesehen hat, als sie aus dem Beichtstuhl der St. Michaelskirche kam; sie schwankte, sabbelte, fand nur mühsam den Weg zu ihrem Stuhl zurück, und als er sie am Arm gegriffen hatte, um sie zu beruhi gen, hatte sie ihn, ihren eigenen Mann, voller Ekel, Schrecken und Bestürzung angesehen, als sei er es gewesen, der sie für den Fluch gegen Didi verantwortlich machte; das war in den ersten Wochen des Fluches; als sie im Weihrauch- und Kerzenduft auf dem geflochtenen Betstuhl kniete, hatte er ihr den gebeugten Rücken gestreichelt, und sie hatte ihn gewähren lassen.

Jaak findet keine Spuren.

Die beiden können es nicht lassen und reden wieder über Dinas Traum. Wie das genau vor sich geht, weiß Jaak nicht, aber der Sinn des Ganzen ist, daß Dina dem Vikar nicht nur ihre Träume erzählt, sondern alles, was sie beschäftigt. Der nimmt alles auf, lädt damit seine Akkus und entlädt diese wieder durch Handauflegen unter dem Psalmodieren indischer Gesänge auf Didi, die vor dem Foto der Heiligen Theresia von Lisieux kniet.

„Didi findet es prima. Es hilft. Es hilft", sagt Jaak ganz, ganz leise hinter seiner Zeitung. „Aber wie lange soll dieser Zirkus, dieser Hokuspokus noch dauern, bis wir hoffen dürfen, daß Didis Motor wieder in Gang kommt? Ich weiß, es hilft, jedes bißchen hilft, und es geht ihr besser, viel besser als in den ersten Monaten ihres Fluches, als sie über Dina herfiel, ihr das Dekolleté zerriß und in Dinas nackte Brust biß und daran saugte wie ein ausgehungertes Baby, und damals war sie sechzehn."

Jaak liest in der Sonntagszeitung über eine Kolonie Seelöwen, die sich entlang der kanadischen Küste in Richtung Kalifornien in Bewegung gesetzt hat. Er fährt auch in diese Richtung. Er lacht. Man hat ihm im Betrieb, in der Armee, im

Einhorn schon viele Spitznamen gegeben: „Elefant", „Nilpferd". Aber „Seelöwe" noch nie.

Dina spricht verhalten. Es stellt sich heraus, daß sie in der vergangenen Nacht von einer Wüste geträumt hat, in der sie sich verlaufen hatte, weil sie etwas suchte.

„Was hast du gesucht?" fragte der Vikar zärtlich.

„Ich weiß nicht. Ich habe nur immerzu im Sand gegraben."

„Warst du früher schon einmal in dieser Wüste?"

„Noch nie. Es war eine Wüste wie im Film, wo die Cowboys hintereinander herjagen. In Kalifornien."

„Sabbeltante", sagt Jaak.

„Komm, komm", sagt der Vikar.

„Jaak verläßt mich", sagt Dina. „Er fliegt mir davon. Der Herr fliegt nach Kalifornien."

„Ich habe davon gehört", sagt der Vikar.

„Was? Wo?" schreit Dina. Ihr Aluminiumkorsett birst, reißt.

„Das spricht sich schnell herum."

Dina schenkt ihm ein neues Gläschen *Elixir d'Anvers* ein, vergräbt das Gesicht in ihren knochigen Händen.

„Ehrlich gesagt", sagt der Vikar, „obwohl ich mich nicht mehr einmischen möchte als unbedingt nötig, aber schließlich bin ich doch der Seelsorger von euch beiden, ich glaube nicht, daß das eine gute Idee ist, Jaak, unter diesen Umständen..."

„Habe ich Ihnen was getan?" fragt Jaak.

„Darum geht es nicht. Ich glaube nur, daß du dich anstiften läßt."

„Von dem Gesindel in dieser Kneipe", sagt Dina hinter ihren Händen.

„Ich versteh es ja, Jaak, daß du nach der Arbeit auf andere Gedanken kommen willst, wo doch zwischen dir und deiner Arbeit eine Entfremdung eingetreten ist..." Er hört auf, über seinem Kopf ist ein hartes, mechanisches Stampfen zu hören.

Didi tanzt.

„Didi!" schreit Dina zur Decke. „Schlafen!", und ohne

Atem zu holen sagt sie eindringlich: „Diese Frau war wieder da, am Eingang zum *Grand Bazar*, sie wartet da täglich, bis ich in den *Grand Bazar* gehe, sie weiß, daß ich da einkaufe, und sie streckte wieder die Hand nach Didi aus und sagte: ‚Was für ein schönes Kind'."

Das Stampfen über ihren Köpfen wird dumpfer und langsamer, als ob Didi nur noch auf dem Teppich weitertanzt. Jaak darf nicht (es ist verboten) an seine zerrissene kleine Göttin denken, die fiebrig, ein Kopfkissen an die Wange gepreßt, auf dem verblichenen Perserteppich herumtrampelt.

Der Vikar entfernt Fusseln von seinem neuen Holzfällerhemd.

„Jedesmal, wenn Sie hierherkommen, sprechen Sie über Entfremdung, und daß ich ein Opfer meiner Arbeit bin", sagt Jaak. „Was wissen Sie von meiner Arbeit? Ich habe Sie noch nie in der Firma Herreman gesehen."

„Er sieht mehr als du denkst", schnaubt Dina.

Der Vikar reibt leicht über die Zeichnung in allen Farben des Regenbogens, als wolle er sehen, ob sie abfärben.

„Didi ist jetzt in einem kritischen Stadium", sagt er, „und äußerst verletzbar. Wir sind auf dem richtigen Weg, es ist Land in Sicht, aber es ist noch lange nicht picobello, und deshalb muß ich darauf drängen, daß du deine Absicht änderst, Jaak, daß du darüber nachdenkst, ob das der richtige Moment ist, sie – und ich denke auch an Dina – sie und Dina, ich möchte fast sagen, im Stich zu lassen."

Er reibt noch immer über die grellbunten, wackeligen Figürchen auf der Zeichnung.

Jaak beißt sich in die Wange, er schmeckt Blut. Er wendet den Blick von den dünnen, gestreckten Halsmuskeln des Priesters. Der gezügelte Tanz über ihnen hört nicht auf. Jaak wendet den Blick von den Händen des Priesters, den spatelförmigen Fingern mit den abgekauten Nägeln, die die Hostie hochhalten, die Toten berühren und ihnen die Letzte Ölung geben und jetzt über Didis Farben streichen. Er spürt seinen Herzschlag, der schneller ist als das Stampfen über seinem Kopf.

Er geht zur Tür. Er flieht vor den beiden, die jetzt den ganzen Abend freies Spiel haben und über Didi reden, sein ramponiertes Fleisch und Blut.

4

Weil wir vom *Einhorn*, wie eigentlich die meisten Spieler, uns etwas außerhalb des üblichen Laufs der Welt bewegen, und weil wir – wie Schulmeister Verbist es ausdrücken würde – dem totalitären oder egalitären Druck des Systems entkommen, indem wir uns in den Traum des Spiels zurückziehen, könnten Sie auf die Idee kommen, wir seien verschworene Freunde oder, wie Verbist es ausdrücken würde: solidarisch. Falsch, Meneer.

Es war ausgemacht, daß das ganze *Einhorn* mit einem Sonderbus zum Flughafen mitkommen und, nach der Verabschiedung am Flugzeug, direkt – weil wir frische Krebse essen wollten – zum Kai in Ostende weiterfahren sollte. Danach wollten wir ein oder zwei Bars besuchen und später ins Kasino gehen, wo wir so lange geblieben wären, bis wir die Bank gesprengt hätten. Schöne Gedanken. Aber Sie wissen ja, wie das ist. Worte, Worte, Worte. Felix der Kater konnte seinen Salon nicht im Stich lassen, Valère der Taube hatte einen Gerichtstermin wegen Beamtenbeleidigung oder etwas in der Art, Staf mußte seine Kinder abholen, weil seine Frau die galoppierende Schwindsucht hat, Verbist wollte mitkommen, jedoch nur, wenn Olga, sein Herzblatt, auch mitkäme, was unmöglich ist, weil Olga nach Hause will, wenn es dunkel wird, und sich den ganzen Abend Olgas Gelaber und Drängeln anzuhören, pardon, es gibt Grenzen. Enfin, das Ende vom Lied war, daß wir noch – halten Sie sich gut fest – zu viert waren. Jaak, Michel, Koko-der-Motor und ich. Im Jaguar von Koko-dem- Motor, 240 km in der Stunde schafft er spielend.

Einige sagen, Koko heißt so, weil sich seine Stimme wie bei einem Papagei überschlägt wenn er wütend wird, andere, weil er Kommunist ist, ich sage nicht aus Überzeugung, aber er stand doch auf der Wählerliste der Kommunisten, wenn auch nur, um seinem Vater, der ein liberales Gemeinderatsmitglied ist, eins auszuwischen. Und *der Motor*, ganz einfach, er ist in Motorräder vernarrt, er hat sechs Stück davon.

Wir fahren. Jaak, der hinten sitzt, ist weiß wie ein Kalkeimer. Seine Frau Dina wollte erst mit dem Bus mitfahren, doch als sie hörte, daß wir den Jaguar nehmen, hat sie es sich anders überlegt, sie wollte nicht mit Michel im selben Wagen sitzen. Der Schlag soll sie treffen!

Wir fahren also in Richtung der Wiese, wo der Metallvogel steht, der unsere Freunde über den großen Teich bringen soll. Wir unterhalten uns darüber, daß perfektes Flugwetter herrscht. Bei Aalter, in der leichten, fast unmerklichen Kurve der Autobahn, sind wir etwa zwanzig Sekunden still und gedenken Jan-ohne-Zahn, der dort in seinem BMW eingeschlafen ist, sie mußten ihn mit dem Handbesen zusammenfegen. Er war ein gefährlicher Gegner beim *Rami-Bridge*, Jan-ohne-Zahn.

Auf der Höhe von Brügge aber wird gelacht, und das nicht zu knapp, denn dort, wo die Tannen etwas dunkler sind, ist Rikkebot einmal – und ich spreche jetzt vom Jahr sechs-undfünfzig – mit seinem DS auf das Dreirad einer Wäscherei geknallt. Die Straßenwacht mußte ihn hinterm Steuer vorziehen, voll wie eine Haubitze und ohne Hose. Die zwei kreischenden Französinnen, die beide auf dem Beifahrersitz saßen, waren pudelnackt, und das Mensch von der Wäscherei hat ihnen noch ein Paar Männerhemden zum Anziehen gegeben.

Das Land ist fahlgrün. Überall sind neue Fabriken dazugekommen, so flache, weiße Schachteln mit viel Glas, so daß man drinnen an der Arbeit ab und zu ein Auge auf sein Auto werfen kann, da auf dem Parkplatz mit den Hunderten von Wagen, wie Spielzeugautos auf einem Fußballplatz zwischen properen Zypressen und Pappeln.

„Was ist los, Jaak?“ fragt Koko-der-Motor. „Fahr ich zu schnell? Wird dir schlecht?“

„Es ist die Nervosität vor der großen Reise“, sagt Michel.

„Nein“, sagt Jaak. „Es kommt daher, weil ich in der Eile…“

„Du bist doch schon seit sechs Uhr auf!“ sagt Michel.

„Ja, aber im letzten Moment konnte ich meinen Paß nicht finden.“

„Und wo ist dein Paß jetzt?“

„Hier“, sagt Jaak und schlägt auf seine Brusttasche. „Verflucht“, ruft er.

„Das darf nicht wahr sein!“ sagt Michel. „Ich bitte dich.“

Jaak flucht, sucht. „Soll ich anhalten?“ fragt Koko-der-Motor.

„Ach, da ist er ja.“

Er war in seiner Schultertasche. Ja, ja, Jaak hat sich ein Schultertäschchen gekauft, er geht mit der Mode wie das junge Mannsvolk heutzutage, das keine ausgebeulten Hosentaschen oder gar keine Taschen in den Hosen haben will.

„Und in der Eile hab ich ganz vergessen, was zu essen“, sagt Jaak.

„Das passiert dir nicht oft, wenn ich deine Statur sehe“, sagt Koko-der-Motor.

„Ich bin völlig durcheinander“, sagt Jaak.

Im Flughafen sprang er gleich zum Büfett und aß drei Sandwiches mit hauchdünnen Läppchen gekochtem Schinken, während Michel sich um die Tickets und die Formalitäten kümmerte. Koko und ich tranken ein *Trappist.* Plötzlich reißt Jaak die Augen auf und sagt mit vollem Mund:

„Mensch, guck mal, wer da ist!“

In der hellgrünen Morgensonne, zwischen den verdutzten Touristen, die viel bunter und frivoler aussehen als Reisende in einer Bahnhofshalle, prusten drei vom Einhorn und zeigen auf uns, während sie laut und holprig versuchen, Arrivederci Roma zu singen. Stolz erkennen wir Markske, das Kind,

Doktor Verbraeke, Markskes Beichtvater und Ernährer zugleich, und den Millionär Salomé.

„Die drei Grazien", sagt Michel. Es stimmt. Traurig genug, das sagen zu müssen, doch die drei einzigen, die vom *Einhorn* gekommen sind, um *au revoir* zu sagen, sind alle vom anderen Ufer. Bei Markske konnte man es beim Radrennen im Fernsehen sehen, an dem komischen Schwenken der Hüften. Salomé, der so genannt wird, weil er unter anderem eine Salami-Fabrik besitzt, hat schon ein Vermögen für junge Griechen und Türken ausgegeben. Und Doktor Verbraeke geht manchmal nachts als mondäne Tänzerin verkleidet durch die Straßen, auch wenn gerade nicht Karneval ist.

„Na schön, es sind doch verdammt noch mal Kameraden!" brummt Koko-der-Motor bewundernd und stürzt auf sie zu. Salomé, der dicker ist als Jaak, aber keine Schultern hat, hebt Koko hoch und schwenkt ihn herum. Kaskaden von Flüchen und Gelächter schallen durch die Halle, und als Jaak zu Salomé kommt, packt er ihn an den Schultern und ruft: „Das hättest du dir nicht träumen lassen, was?"

Die Touristen, die Reisenden, begaffen uns, als wären wir Affen. Markske und Michel geben sich die Hand, jedoch nicht von Herzen. Wir können uns natürlich nicht alle Affairen des *Einhorn* merken, deshalb schwebt mir die Affaire zwischen den beiden nicht mehr so deutlich vor Augen. Es ging um eine Frau, die mit Markske nach seinem Sieg in Bachte-Mariakeerne ins Bett gekrochen ist und Michel erzählt haben soll, daß unser Meister zwar stramme Waden habe, das Wichtigste allerdings ziemlich traurig ausgefallen sei, denn sie hätte es suchen müssen. Dieser blöde Uhu von Michel hatte das weitererzählt, so daß Markske eines Abends im *Einhorn* seinen Trumpf (seinen echten Trumpf!) auf den Kartentisch legte und rief: „Na, ist das eine Flöte?" Oder war es eine Affaire mit einer anderen Frau, einem ganz jungen Mädchen? Ja. Natürlich. Wir wissen, wer es ist.

Wir werden ihren Namen nicht laut sagen. Niemals. Nicht einmal in Gedanken werden wir ihn sagen. Wir würden damit einen gewissen Vater zu sehr kränken. Und Rikkebot hatte in dieser schmutzigen Affaire auch seine Finger drin. Basta! Dieser Deckel muß auf dem Topf bleiben.

Markske begrüßt Koko-den-Motor mit erheblich mehr Begeisterung. Er schiebt die Lippen vor und bringt ein schnarrendes, knatterndes Geräusch heraus.

„Aha", lacht Koko, „eine Yamaha 314."

Salomé, der seine Flaschenschultern und seinen üppigen Wanst in einen Maßanzug mit Hahnentrittmuster gesteckt hat, holt aus seinem krokodilledernen Diplomatenköfferchen eine Flasche *Courvoisier*. Daran erkennt man den echten Generaldirektor, denn sein mit dichten Wimpern versehenes, blaues, mandelförmiges Auge hat einen Blick für's Detail, und das wichtigste Detail des Middelkerker Flughafens ist, daß es keine vernünftige Bar für Weltreisende gibt. Wir lassen die Flasche kreisen.

„Na, du schwarzer Luchs?" sagt Salomé mit seiner ruppigen, versoffenen Baßstimme.

„Na, was?" fragt Michel.

„Freust du dich nicht, daß wir dir *au revoir* sagen?"

„Doch."

„Zieh dann nicht so eine Fresse."

„Seid ihr mit dem Ferrari gekommen?" fragt Koko-der-Motor. Mit einem mitleidigen Lächeln weist Doktor Verbraeke auf die großen, fettigen Scheiben hinter sich. Wo im Sonnenlicht Salomés Hubschrauber blinkt.

„Wir durften erst nicht landen", sagt Salomé, „ich sagte: Wie bitte? Geben Sie mir einen schönen Platz, oder ich lande bei Ihrem Direktor auf dem Bungalowdach!" Brüllendes Gelächter. „Nur schade, daß dieser Narr" – Salomé tippte an Doktor Verbraekes Zwerchfell – „in einer Stunde in der Universitätsklinik sein muß, wegen eines Tumors, sonst hätten wir euch ganz gemütlich mit unserer Maschine nach England gebracht."

Man kann über Salomé sagen, was man will, und es stimmt auch, daß er in bezug auf Affairen Jesuit ist und daß er den Freimaurern viel zu verdanken hat, aber er ist ein eleganter Typ. Und feinfühlig! Denn wie viele Leute seines Schlages würden von ihrem eigenen Hubschrauber sagen: *unsere* Maschine? Freilich stimmt es auch, daß dieses Drehflügelflugzeug (wie es unsere Sprachpuristen nennen möchten) damals für Markske angeschafft wurde, den Chéri der Herren, als er das Kriterium gewonnen hatte, um ihn bequem von einem zum anderen Radrennen im In- und Ausland bringen zu können. Und im Winter zum Skifahren und im Sommer nach Saint-Tropez. Schöner, sanfter Markske. Auf den Sportseiten wird nicht mehr viel über ihn geschrieben, es geht schnell zu in der Welt der Helden und Meister, schneller abwärts als aufwärts.

Doktor Verbraeke gibt unseren Fliegern je ein Fläschchen mit Pillen gegen Luftkrankheit. Was das ganze Ungetüm von Salomé in Wackeln und Schütteln versetzt und er sich vor Lachen an Markske festhalten muß. Wir lachen spaßeshalber mit, wissen aber erst, warum wir lachen, als Salomé Michel anschnauzt: „Das sind wenigstens richtige Pillen, du geiler Taugenichts!" Wir erinnern uns und wiehern. Dieser Michel!

(Denn Salomé hat Michel einmal im Hof vom *Einhorn* beiseite genommen. Es ging darum, daß er ein *Rendezvous d'amour* mit einem Pfadfinder hatte, aber befürchtete, Probleme zu bekommen, ihn vor den Kopf zu stoßen, denn in letzter Zeit, entweder vom Alkohol oder vom Stress, stehe *er* nicht mehr, und er wollte eine Medizin oder eine Spritze, die un-fehl-bar sei, damit er sicher sein könne, daß *er* im richtigen Moment wie eine Eisenstange *stehen* würde.

„Ich würde ja Doktor Verbraeke fragen, doch der ist so eifersüchtig, er würde es Markske erzählen, und der Junge ist in letzter Zeit selbst so nervös, da müßte ich mir eine ganze Oper anhören, nein, Michel, du bist ein flinker Teufel, erledige das doch für mich."

„Kein Problem", sagt Michel, „der wird stehen wie der Eiffelturm!"

Und Michel bringt eine Coca-Cola-Flasche voller Pillen aus Amsterdam mit, wo man in solchen Sachen bedeutend weiter ist. Es klappte. Salomé war im siebten Himmel. Nicht zweimal, nicht dreimal, sondern die ganze Nacht war, wie man hörte, eitel Freude.

Salomé war so zufrieden, daß er, der Industrielle, eine der Pillen einem Studenten mitgab, der sie analysieren und in ausreichender Menge nachmachen sollte, damit er bis zu seinem Neunzigsten wie eine Maschinenpistole schießen könnte. Sie ahnen es schon, Meneer. Richtig! Die gründliche Analyse im Labor der Universität ergab, daß die Pille genau die Formel ABC 334 (oder so ähnlich) enthielt, die man normalerweise gegen den Bandwurm beim Federvieh verwendet. Das *Einhorn* wälzte sich vor Lachen auf dem Boden!

„Okay", sagte Michel, „aber hat es geholfen?"

„Ja", bekannte Salomé.

„Warum beschwerst du dich dann?"

„Du hast recht", sagte Salomé, „ich sollte mich nicht beschweren. Aber sei mir nicht böse, Michel, ein zweites Mal nehm ich sie nicht, deine Pillen aus Amsterdam."

Worauf die Gesellschaft im *Einhorn*, nachdem sie sich müdegelacht hatte, noch lange über die Tatsache diskutierte, daß die Maschinerie der Liebe durch das, was im Gehirn passiert, und nicht von dem Glockenspiel da unten gesteuert wird.)

Die rothaarige Hostess winkt, man drängelt sich vor dem Ausgang, der *Courvoisier* ist alle.

„Soll ich Dina grüßen?"

„Wenn du das tun könntest. Merci", sagt Jaak kreidebleich.

„Und schreib uns mal eine schöne Karte", brüllt Salomé. „Nicht vergessen. Darüber freut man sich immer."

„Verflucht!" Jaak rennt zum Souvenirladen und kauft eine farbige Ansichtskarte vom Middelkerker Strand und einen bauchigen Kugelschreiber aus Plastik, in dem man den gewölbten Flughafen in rosa und blau sehen kann. Am Rand des

Schalters, während Michel ihn anmeckert, schreibt Jaak in Schönschrift die Karte. „Liebste Dina, liebste Didi, wir sind gut abgeflogen. Viele Küsse. Papa."

„Aber Jaak, du bist doch noch nicht abgeflogen!" sagt Markske.

„Scheibenkleister!"

Nun könnte man mit Fug und Recht einwenden, daß Markske immer nur in den Ferien zur Schule gegangen sei, aber die Bemerkung war so dumm nicht, Jaak und Michel könnten im Grunde gleich nach dem Start wieder runterdonnern, in ein Flammenmeer, Löschen unmöglich, und dann säßen Dina und Didi im Wohnzimmer und hätten als letztes Lebenszeichen von ihrem Mann und Vater eine Ansichtskarte mit einer schändlichen Lüge, eine Lüge bis in den Tod.

Wir sehen, wie Jaak sich den Verläßlichsten unserer Gruppe aussucht, er gibt Koko die Karte und erklärt ihm, er solle sich die Ein-Uhr-Nachrichten im Radio anhören, und wenn kein Flugzeug abgestürzt sei, könne er die Karte in den Kasten stecken.

„Du kannst seelenruhig schlafen", sagt Koko. Wir begleiten unsere beiden bis an den Rand der Plattform, bis dahin, wo eigentlich das Vaterland aufhört. Salomé erklärt noch rasch ein paar Tricks für's Pokern mit Amerikanern. Jaak hält seine Bordkarte wie einen Trumpf vor seiner Brust. Michel guckt zerknautscht, als ob er am liebsten mit uns ins Kasino gehen würde.

Wir winken und singen *Arrivederci Roma.*

5

Zwischen den meist Englisch sprechenden Mitreisenden klemmt Jaak mit Fettwülsten in der Kleidung wie ein blonder, kahl werdender Buddha in seinem Sitz und hält die Bordkarte in der verkrampften Hand.

„Fühlst du dich nicht wohl?"

„Nicht so ganz", sagt Jaak. „Und ich sitze so beengt." Michel lockert Jaaks Sicherheitsgurt etwas, Michel reicht ihm die dünnen Sandwiches mit Käse und Tomate, Michel erklärt ihm, daß Jaak auf der ganzen Reise für zwei Millionen versichert sei.

„Bekommt das Dina, wenn..."

„Natürlich."

„Dieses Luder!" sagt Jaak, was ihm sofort leid tut, er stottert: „Aber bekommt Didi auch was davon, rechtlich gesehen?"

„Natürlich."

Das unter ihnen liegende England ist grüner als ihr Vaterland. Und es stehen auch nicht so viele Häuser da.

„Bereust du's noch nicht?" fragt Jaak.

„Was?"

„Daß du mich mitgenommen hast", sagt Jaak leise.

„Noch nicht."

„Wart's ab."

„Wenn du mich nervst, laß ich dich einfach sitzen, dann kannst du sehen, wie du zurechtkommst. Merk dir das gut."

Jaak blättert in einem winzigen Büchlein mit scharlachrotem Umschlag. Er sagt: „In-du-bie-ta-ble. Ich lern es nie."

„Das mußt du aussprechen, als ob du eine heiße Kartoffel im Mund hättest, In-dju-bi-te-bl."

Als sie in England landen, wo es wärmer ist als in Europa, sagt Jaak beim Verlassen der schwankenden Metalltreppe zur Bodenstewardess: *„How do you do?"* Sie antwortet nicht, grinst.

Der Busfahrer, der ihre Koffer nimmt und vorsichtig im Laderaum verstaut, sagt *„lovely"*, als er sich aufrichtet und seine Hände abtrocknet.

Im Bus sagt Jaak: „Die Engländer sind doch charmant. *Lovely*, wer sagt das schon in Belgien? Zu Leuten, die er nicht kennt?"

Ihr Ziel ist Rochford. Das Ortsschild an der Straße taucht auf: Rochford. „Ich dachte, daß Roquefort in Frankreich liegt", sagt Jaak.

„Jaak."

„Ja?"

„Daß das mal klar ist. Verkauf dich nicht für dümmer, als du bist. Mach das bei den anderen im *Einhorn*, denen kannst du ruhig Sand in die Augen streuen. Aber nicht, wenn du mit mir auf Reisen bist. Bei mir wirkt das nicht."

„War doch nur ein Scherz", sagt Jaak und erschrickt über diese erste, fast drohende Zurechtweisung.

In Rochford, einem kleinen Bahnhof voller Engländer, müssen sie mit ihren allzu schweren Koffern eine Eisenbrücke überqueren. Keuchend und schwitzend starrt Jaak auf die Einheimischen. „Sie sind doch anders."

„Wie anders?"

„Ruhiger. Haben bessere Manieren."

„Sieh nur, du hast Chancen", sagt Michel.

„Bei wem?"

Eine hochgewachsene, blonde Lehrerin oder Krankenschwester blickt tatsächlich direkt in Jaaks Gesicht. Jaak sagt: „Madame, seien Sie vorsichtig, sonst drück ich Sie an mein Herz."

Sie lächelt. Sie hat Sommersprossen und Krähenfüße.

„*How do you do*“, sagt Jaak mit seiner hohen Stimme.

„*I'm fine. Thank you.*“

„*Thank you*“, sagt Jaak stolz, doch dann watschelt er beleidigt hinter Michel her, diesem Feigling, der mit den Koffern schlenkernd zum ersten Waggon des Zuges rennt.

Das leere Abteil ist mit einer dunkelgrauen Staubschicht bedeckt. Nach einer Viertelstunde entdeckt Jaak, daß es keine Verbindungstüren zwischen den Abteilen gibt, und pinkelt aus dem Fenster. Fluchend und kichernd über die Spritzer auf seiner Hose setzt er sich wieder. „Tja, tja, England, wo man's verhalten muß, wenn man Zug fährt."

Etwas später wird er ungeduldig. „Sieht ja sauber und gepflegt aus mit all den alten Häusern, die haben auch den Krieg nicht mitgemacht, aber eintönig ist es. Wollen wir nicht Kartenspielen?"

„Schau lieber mal in dein Wörterbuch", sagt Michel. „Damit du antworten kannst, wenn wir in Amerika sind."

Eine halbe Stunde liest Jaak in seinem Buch, ab und zu laut. Er wartet darauf, daß Michel ihn mal verbessert, aber der ist in eine Zeitschrift der englischen Luftwaffe vertieft.

„Daß wir jetzt durch England fahren", sagt Jaak. „Wer hätte das gedacht?"

„Ich", sagt Michel.

„Ja, es ist alles deine Schuld."

„Es ist mehr Mariannes Schuld."

„Wer ist das?"

„Marianne, die Blonde, die im *Einhorn* telefoniert hat."

„Was hat die mit unserer Reise zu tun?"

Auf einem Bahnhof steigt ein erkälteter Engländer ein, der ständig die Nase hochzieht. Seine Tweedkleidung verbreitet den Geruch einer aufgerissenen Straßendecke.

„Viel", sagt Michel. „Alles."

„Warum?"

Michel legt die Zeitschrift hin, blickt aus dem Fenster auf die hügelige, grüne Landschaft. „Im *Cancan* hat alles angefangen. Wir waren gerade am Würfeln, sie saß am Nebentisch und wollte unbedingt mitspielen. Eigentlich wollte eher ihr Chéri mitspielen, und sie sagte: "Ich will hier nicht rumsitzen wie das fünfte Rad, ich spiel auch mit." Sie hatte ein gewagtes Dekolleté. Sie war auch Rikkebots Liebchen.

„Nein."

„Doch. In den letzten Monaten seines Lebens."

„Rikkebot hatte immer Chancen bei den jungen Weibern", sagt Jaak.

„Ja, wenn er Geld hatte", sagt Michel plötzlich barsch, nimmt die Zeitschrift wieder in die Hand, liest darin. So daß Jaak verpflichtet ist zu fragen:

„Und wie ging's weiter im *Cancan*?"

„Gut. Ich sage: Gut. Um was spielen wir? – Um ein Glas Bier, sagt ihr Chéri, der sogar ein Ei rasieren würde. Quatsch, ruft sie, wir sind hier nicht bei den Pfadfindern. Der Verlierer zahlt eine Flasche Champagner, und wenn ich verliere, okay, dann wird's ein *noon*."

„Ein *noon*? Was ist das?"

„Hab ich sie auch gefragt", sagt Michel. „Nun, sagt sie, wenn ich verliere, darf der Gewinner zu mir zum Essen kommen, aber nicht abends, sondern zum *noon*. – Ich sage: Warum sagst du nicht einfach: ich zahl ein *dejeuner*, oder wie die Sprachpuristen, ein Mittagsmahl? – Weil's mehr ist als ein *dejeuner*, sagt sie, denn nach dem *dejeuner* trinken wir ein paar Gläschen Cognac, soviel du willst, und dann..." Michel senkt ein erlahmtes rechtes Augenlid, er zieht seine schlaffen, dicken Lippen runter, seine rausgestreckte Zungenspitze wippt auf und ab.

„War sie betrunken?"

„Ein bißchen. Ich sage: Und der da? – Oh, mein Chéri? sagt sie, oh, der kommt erst um fünf Uhr von der Arbeit nach Hause, und um die Zeit bist du längst wieder weg. Denn ab fünf Uhr gehört das alles meinem Chéri und sonst keinem." Michel greift seine Brust mit beiden Händen, knetet und streichelt sie. Der englische Herr wendet sofort den Blick von ihm ab, rümpft die Nase, brummt.

„Nur wenn ich verliere, wohlgemerkt," sagt sie. „Sonst nicht." – Gut, die Würfel rollen, sie spielt wie ein Experte, aber ich werfe drei Sechser und gewinne auf einen Sitz. Ich sage: „Mariannchen, es ist soweit, kein Pardon, wo und wann ist unser *noon*?" – „Komm, wann es dir paßt," sagt sie, „hier hast du meine Adresse. Aber nicht vor halb zwölf."

„Wo wohnt sie? Am Dampoort?" fragt Jaak.

Als wären sie über keinen einzigen Kanal geflogen, als wären sie nicht auf dem Weg ins Land der Verheißung, sondern säßen noch immer an einem Kartentisch im *Einhorn*, im Mief von Bierwurst, Bier und Zigaretten.

„Das werd ich dir nicht auf die Nase binden", sagt Michel. „Gut. Etwa drei Tage später, ich wollte sie ein bißchen schmoren lassen, klingel ich bei ihr, so kurz nach zwölf. Sie macht auf. Sieh einer an, Michel, sagt sie, komm rein. Ich hab gerade Kaffee aufgesetzt. Ich sage: Pardon, Mariannchen, ich komme eigentlich auf ein Gläschen Wein zum Essen und anschließend ein paar Cognacs. – Wie bitte, sagt sie. Ich sage: Ja, ich komme zum *noon*, du weißt doch! – Sie wird blaß. Beeil dich, Blödmann, sagt sie. Du hast Glück, daß mein Chéri nicht zu Hause ist, sonst würdest du schnell seine Faust auf deinem Kinn spüren. – Und dann sagt sie leise, beschämt und rot wie eine gekochte Rübe: Michel, das mit dem *noon* war nicht so gemeint, das ist ein Mißverständnis. Ich hab's nur gesagt, weil ich einen sitzen hatte und meinen Chéri ärgern wollte! – Es war wie ein Schlag ins Gesicht. Eine Beleidigung! Und mein Schwengel...!"

Michel schlägt kurz mit der flachen Hand auf seinen Hosenschlitz, ein heftiger Stoß, der selbst eine Bronzerute zum Umfallen gebracht hätte. Der Engländer zieht seine Zeitung in die Höhe und in die Breite und verbirgt sich dahinter.

„... mein Schwengel sagte sofort: Salut und merci!"

„Das glaube ich", sagt Jaak.

„Ich wußte nur, nix wie weg. Aber das Schönste kommt noch. Verstehe einer die Weiber! Seither läuft sie wie ein Hündchen hinter mir her, guckt mich an wie das Lamm Gottes..." Michel zwinkert, macht runde Augen, bläht die Nasenlöcher – „... und wartet, daß ich ihr mal wieder auf den Leib rücke."

„Also, du meinst, es ist ihre Schuld, wegen diesem *noon*, daß wir jetzt zusammen auf dem Weg nach Amerika sind?" fragt Jaak. „Nein, Meneer, da steckt was anderes dahinter."

„Du hast recht. Da steckt was anderes dahinter."

„Was?"

Michel holt seinen Hitlerjugenddolch heraus und reinigt sich die Nägel.

Nach einer Weile sagt Michel: „Ich erzähl's dir ein andermal, wenn's besser paßt."

Jaak ist schläfrig. Er hat von England schon mehr als genug gesehen. Er vermutet, daß ihre Reise, Michels plötzliche Freigebigkeit – denn so eine Reise kostet, selbst mit der Chartermaschine, immer noch eine schöne Stange Geld – damit zusammenhängt, daß Marianne, sozusagen, Rikkebots letzte Witwe war, Rikkebot, der Michels Vorbild, Modell, Idol ist, aber er hat keine Lust, es zu erfahren, der Deckel auf Michels Topf sollte besser zubleiben.

Michel legt die Füße auf den verschlissenen, samtbezogenen Sitz ihm gegenüber, was dem englischen Stinker ein Röcheln, Keuchen und Knurren entlockt. Michel denkt daran, daß seine Mutter nie in England war. Er versucht mit den harten, hellen Augen seiner Mutter aus dem grauen Fenster zu gucken, und es ist, als drehe er an einem Knopf des Fernsehers, die Landschaft wird klar, auch die alten spitzen Kirchtürme, die Golfspieler, die Schafe. Es ist unerträglich, er tippt mit seinem Schuh gegen Jaaks Schenkel.

„Was hat Dina über mich gesagt?"

„Wann?" Jaak öffnet die Augen.

„Heute morgen, als du weggegangen bist?"

„Ach, Dina..."

„Hat sie nicht über mich geredet?"

„Sie sülzte ein bißchen."

Michel nickt. „Bis zum letzten Moment, wie?"

„Ja." Jaak denkt: Ich verrate Dina. Warum? Weil Michel mein Freund ist, mein Freund sein muß, wer A sagt, muß auch B sagen.

Er sagt: „Sie ist nicht zu genießen in letzter Zeit."

„Sie war schon immer so", sagt Michel.

„Wenn ich ins Kino will, sagt sie: Bleib lieber zu Hause. – Wenn ich im Fernsehen eine französische Komödie sehe, sagt sie: Wie kann man sich nur so einen Blödsinn ansehen."

„Und was solltest du dir ansehen?" fragt Michel spitz.

„Was Lehrreiches, sagt sie. Wenn wir zelten gehen, mault sie: Jaak, steht das Zelt immer noch nicht? Wenn wir mit Didi picknicken: Jaak, hast du schon wieder diese Blutwurst mitgenommen? – Und so geht es tagein, tagaus."

„Wie lang soll das noch dauern, Jaak?"

„Bis sie krepiert", sagt Jaak, und sein Verrat klingt wie Wut, obwohl er es nur gesagt hat, um Michel zu imponieren, seinem Widerwillen gegen Dina Nahrung zu geben. „Bis sie in Dreigottsnamen krepiert", sagt Jaak, er bellt es an gegen den Geruch des Engländers im Tweed hinter seiner *Times*.

6

In London, in der glühenden Sonne, wartet Jaak vor dem riesigen Palace-Kino auf Michel. Im gegenüberliegenden viereckigen, kleinen Park unter den Wolkenkratzern sitzen die Londoner in Hemdsärmeln und fächeln sich Kühle zu. Die Jüngeren hocken oder liegen halbnackt im Gras.

„Ich steh da wie der Ochs vorm Scheunentor", murmelt Jaak unhörbar. „Er sagte, daß er mich sitzen läßt, wenn ich ihn nerve. Aber ich habe ihn nicht genervt. Im Gegenteil. Und doch ist es soweit, ich warte hier schon fast eine Stunde. Nein, jetzt ist Michel der Gelackmeierte. Wenn ich mich nicht bewege, reglos hier stehenbleibe, kommt es noch in Ordnung. Und ich schwitze, Mensch, der Schweiß läuft mir übers Gesicht in den Nacken. Es kommt auch von den sechs verschiedenen indischen Speisen, die Michel unbedingt probieren mußte. Vor allem die Gewürze. Nach einem Bissen brennt man lichterloh, aber man ißt weiter, weil's gut schmeckt und weil man so was in Belgien nicht jeden Tag bekommt, Mango, Tandor, für den Darm kann das nicht gesund sein, aber einmal erlaubt man sich den Spaß. Ich verbrenne hier bei lebendigem Leibe, doch wenn ich mich in den Schatten des Kinos stelle, wird Michel nicht mehr auftauchen. Der indische Chef des Restaurants hat uns wie verlorene Söhne begrüßt. Und er lächelte ständig mit seinem gelblichen Aprikosenkopf! Er stellte mir ein Glas Wasser hin und sagte gleichzeitig: „Vielen Dank." Ich sagte: „Ein Glas Bier, *please.*" Gab's nicht. Selters, ja. Wein und Bier bekommt man nicht in London, nur in bestimmten Kneipen und nur zu ganz bestimmten Zeiten. Und so was nennt sich dann Weltstadt.

Und dieser Linksverkehr. Jedesmal fährt mir der Schreck in die Glieder. Zum Glück bleiben wir nur eine Nacht. Wenn Michel in zehn Minuten nicht kommt, fahre ich nach Hause. Zuerst ins Hotel. Aber wie heißt das Hotel? Und wo liegt es? Wir sind mit dem Taxi hingefahren. Michel sagte: ‚Geh du mal allein in die Stadt, ich hab noch was zu erledigen'. Saubere Geschäfte. Schmuggel wahrscheinlich. Was hat er im Flugzeug aus Belgien mitgenommen? Ich fahre wieder nach Hause, nach Belgien. Nur wie? Ich habe kein englisches Geld, und er hat meinen Paß."

Ein bärtiger Kerl in einem mit *Elvis* bedruckten T-shirt stellt sich neben Jaak. Er reibt Daumen und Zeigefinger aneinander, ohne Jaak auch nur ein einziges Mal anzusehen. Ob Jaak ihm Geld geben könne. Er ist weiß wie der Bauch einer Seezunge.

„Hau ab", sagt Jaak, „oder ich polier dir die Fresse."

Der Bärtige ist hartnäckig, kommt noch näher. Jaak sieht die Furunkel auf seinem Hals, die roten, gezackten Ohren und späht über die Schultern des Bettlers durch die Stäbe des Gitterzauns rund um den kleinen Park auf die Hauptstraße, aber kein Taxi hält, kein schwitzender Michel kommt angerannt.

Der Bärtige hat einen Tic, die eine Gesichtshälfte verschiebt sich fast unmerklich nach oben, bildet Falten und sackt dann plötzlich wieder runter.

„*Go*", sagt Jaak, „*Go*" und weist drohend auf einen dampfenden Luftschacht. Der Kerl zottelt ab, allein auf der Welt. (‚Er auch. Ich nicht. Da ist Didi. Ich werde klatschnaß. Michel ist bestimmt in eine schreckliche Geschichte hineingeraten. Ich kann ihm nicht helfen. Es gibt viele Türken in London. Oder Inder. Sie bewegen sich, als seien sie hier zu Hause, herausfordernd, frei und nonchalant. Nicht wie bei uns, wo die Türken ihren Platz kennen und in ihren eigenen Läden und Kneipen bleiben, in denen es nach ihrem starken Tabak riecht.')

Genau gegenüber vom hellerleuchteten Eingang des Palace steht ein Mädchen mit einem schwarzen Turban. Auch sie wartet auf einen treulosen Kerl. (‚Soll ich zu ihr hingehen? Wie sagt man auf englisch: He, Mädchen, hast du dir gerade die Haare gewaschen? Oder hast du eine Glatze? – *Hallo, girl, have you washed your hair? Or are you bald?*‘) Jaak bekommt Kopfschmerzen. Ein Sonnenstich?

Jetzt bemerkt er auch den grinsenden Portier des Kinos. *Yes, sir*, hier wird ein Weltrekord im Warten gebrochen, *yes, sir*, hier schmort jemand in der Sonne, während die Frau, auf die er wartet, sich im gleichen Augenblick in den behaarten, fetten Armen eines Türken windet.

In dieser Stadt gibt es keinen Sauerstoff. Die viereckigen Türme mit den aufdringlichen Reklameschildern stauen die Hitze wie eine Rauchwolke zwischen den Wänden, zwischen den fremdsprachigen, fremdartigen, lärmenden, eiligen Menschen. (‚Wenn Dina mich sähe. Sie würde lachen. Nie lacht sie so herzlich wie in dem Augenblick, wenn ich gedemütigt werde. Lach nur, Dina. Du darfst. – Bald steh ich hier im Dunkeln.‘) Jaak flucht.

Vor dem Palace hält ein Taxi, doch die Tür öffnet sich auf der anderen Seite für das Mädchen mit dem Turban. Eine dicke Frau winkt dem Mädchen, das ohne ein Zeichen von Erstaunen, Ärger oder Vorwurf einsteigt. Ohne einen Blick für Jaak, der doch ein Mitmensch war in der Demütigung, in der verzweifelten Erwartung.

Rikkebot sagte häufig: „Der Mensch sollte für ein paar Jahre ins Kloster gehen. Um Geduld und Askese für den Rest seines Lebens zu üben.“ Wir sagten: „Tu's doch, Rikkebot.“ „Irgendwann...“ sagte er dann.

Als Michel ohne die geringste Spur von Eile oder Ungeduld herangeschlendert kommt, sagt er: „Ich bin im Kino eingeschlafen, hatte meine Uhr nicht dabei, plötzlich werde ich wach, ich stürze raus, es gab kein Taxi, ich bin die ganze Strecke gerannt.“

„Du siehst nicht verschwitzt aus“, sagt Jaak.

„Ein paar Straßen weiter habe ich Seitenstiche gekriegt und mußte langsamer laufen. Ich bin froh, daß du hier gewartet hast. Ich dachte: Der geht in seiner Verzweiflung sicher ins Hotel."

„Ich wußte nicht, wo das Hotel ist."

„Hast du keine Karte eingesteckt? Die lagen beim Portier!"

„Nein", sagt Jaak. Wieder ist es seine Schuld. Er sagt: „Was du dir jetzt erlaubt hast, würdest du dir bei keinem anderen erlauben."

„Das glaubst du", sagt Michel und lacht schalkhaft und herausfordernd. Er wirkt fünf Jahre jünger.

Im Taxi zum Hotel erzählt er, daß er in einem Pornofilm war; die Fotos im Schaukasten vor dem Kino hätten monsterhaft dicke Tänzerinnen in allen Verrenkungen versprochen. Aber es sei enttäuschend gewesen. Im Saal hätte es keine Klimaanlage gegeben, obwohl dies an der Kasse angekündigt war, die Projektion sei unscharf, die Frauen seien zu mager gewesen, man hätte ihre Rippen gesehen, das sei was für Modeblätter, aber nicht für einen ernsthaften Porno, und die Flugreise hätte er auch verarbeiten müssen, man mache sich da zwar keine großen Gedanken, aber schließlich fliege man doch übers Meer...

„Warum durfte ich nicht mit in diesen Porno? Warum hast du gesagt, du hättest noch was zu erledigen?"

„Ach, du weißt doch, wie das ist. Wenn er gut ist und man sich dabei erregt, dann geniert man sich, wenn jemand neben einem sitzt, den man kennt und der einen anguckt, und wenn er schlecht ist, geniert man sich, weil man's einem Kumpel aufgeschwatzt hat."

„War er denn so schlecht?"

„Er war in Farbe. Und das ist immer schlecht."

Ihr Hotel heißt Hotel Londonderry, ein bürgerliches Haus in einer gewöhnlichen Straße. In der engen, fahlgrünen Halle guckt sich der Portier, ein Achtzehnjähriger mit Ohrringen und geschminkten Augenlidern, ein Krickett-Spiel im Fernsehen an, und er schnauzt Jaak an, als er den schrecklich quietschenden Kartenständer dreht. Jaak sagt: *„Yes, sir."*

Das kleine Fenster im schmalen, länglichen Zimmer läßt sich nicht öffnen. An der Wand hängt ein Gemälde mit einem Wildschwein, das in der Luft zu schweben scheint, denn es wirft keinen Schatten auf die herbstlichen Blätter oder die entblätterten Bäume, seine Hufe berühren auch den Boden nicht. Jaak sagt: „Das ist das Schwein im Traum des Malers."
„Das ist Geschwätz von Dina", sagt Michel.

Die zwischen ihren Einpersonenbetten stehende Lampe ist mit Fliegendreck besprenkelt. Im Nebenzimmer singt ein sehr alter Mann eine Polka. Jaak und Michel spielen *Manille* bis tief in die Nacht. Danach macht Michel kein Auge zu, Jaak knirscht im Schlaf mit den Zähnen, schnarcht und sagt manchmal was. „Rümpfe", versteht Michel. Oder „Strümpfe"?

Als der Tag zu dämmern beginnt, zerrt Michel an Jaaks Hemd. „Steh auf."

„Es ist viel zu früh. Das Taxi kommt erst um sieben."

„Wir nehmen ein anderes Taxi auf der Straße. Das ist viel billiger." Auf einmal bricht die Sonne durch, scheint auf die pastellfarbenen, abbröckelnden Fassaden. Jaak hat blutrote Augenlider, als hätte er die ganze Nacht geweint.

7

Das Flugzeug hat drei Motoren, kostet achthundert Millionen, hat zweihundertsiebzig Männer und Frauen an Bord plus Besatzung und zwölf Stewardessen, die Kleider mit Schottenmuster aus einem groben Stoff tragen, so daß es scheint, als seien alle gleichzeitig im sechsten Monat schwanger.

Jaak zerbricht das Hörgerät, durch das man Klassik, Jazz, Unterhaltungsmusik, Pop und Country- und Westernsongs hören kann, denn er dreht und windet das Ding wie einen Kopfhörer auf seinen Schädel. Er blickt ununterbrochen aus dem Fenster, während er sich den kühlen, kleinen Plastikzweig ins Ohr drückt, er hat *Ernani* von Verdi eingeschaltet.

Michels Gesicht zeigt eine grimmige Falte. Die Stewardess, die schöne mit dem glatten, kalten, selbstsicheren Äußeren, hat sie – wahrscheinlich im Hinblick auf Jaaks unmenschliche Figur – in die erste Reihe gesetzt, wo man die Beine tatsächlich besser ausstrecken kann, wo sich aber auch, ihnen direkt gegenüber, die Garderobenschränke befinden, in denen diese Kanaillen auf dem Weg nach Amerika alle zehn Minuten in den eigenen oder fremden Taschen etwas suchen und dabei ständig gegen Knie und Beine stoßen oder treten.

Auch die Fahrt zum Gatwick-Airport dauerte viel länger, als Michel erwartet hatte, denn der Londoner Papua in dem Taxi, das sie auf der Straße angehalten hatten, fuhr sie auf Umwegen zum Flughafen, absichtlich oder aus Dummheit.

Und Jaak war auch unerträglich aufgekratzt, er gab verzückte Kommentare ab über die Hintern der Stewardessen, den Komfort des Flugzeugs, die Schafherde, die man beim

Start ganz kurz sehen konnte, wie auf der Ecke eines alten Gemäldes.

Um ein Haar hätten sie das Flugzeug verpaßt, denn als sie sich brav in die Schlange Englisch sprechender Touristen in Hawaiihemden stellten, sagte ein großäugiges Kalb in Uniform, daß sie am falschen *gate* stünden. „Welches *gate* ist denn das richtige, dumme Ziege?" rief Michel, worauf sie aber nur sagte: „Dies nicht". Und dann rannten sie wie zwei Idioten durch die weiten, sonnendurchfluteten Gänge und riefen jedem, der eine Uniform trug, Fragen zu, doch keiner wußte Bescheid, es war auch keine einzige Rolltreppe zu sehen, sie waren die allerletzten, das Personal wartete äußerst gereizt auf sie. Michel hätte am liebsten ein ganzes Röhrchen *Aspirin* geschluckt, aber das ist schädlich, *Aspirin* greift die Nieren an. Er sieht sich neben seiner Mutter in der nach Blumenkohl riechenden Küche sitzen, zweimal in der Woche Dialyse, Mama hält die Gummidärme fest, die seine Nieren waschen.

„Zieh die Schuhe aus." Jaak will nicht. Hat er Löcher in den Socken?

„Zieh die Jacke aus." Jaak will nicht.

„Du kannst rauchen, wenn du willst." Jaak will nicht, traut sich nicht, sitzt völlig verkrampft da. Erst als das Essen kommt, taut er auf. Er ißt auch die Hälfte von Michels Portion, kleckert natürlich Wein auf die Jacke. Die häßliche Stewardess, die mit den nach innen stehenden Zähnen, möchte die Jacke sofort säubern, wahrscheinlich unterm Wasserhahn in der Toilette, aber Jaak will nicht.

„Sag ihr, daß so ein Anzug in die chemische Reinigung muß", zischt Jaak.

Michel übersetzt, sagt, daß sein Onkel tagsüber nie seine Jacke auszöge, nur zum Schlafengehen oder zum Liebesakt.

Die häßliche Stewardess lächelt mitleidig.

Die schöne Stewardess hält sich in sicherem Abstand von der ersten Reihe.

Sie hat breite Wangenknochen, eine matt schimmernde

reine Haut, flachsblondes, zurückgekämmtes Haar, das in einem unwahrscheinlich straffen Knoten endet. Bei ihr sitzt die riesige, verchromte Sicherheitsnadel, die den ungraziösen Schottenstoff zusammenhält, höher als bei den andern Stewardessen, so daß der Schlitz bei jeder Bewegung mehr Schenkel sehen läßt.

Michel bestellt zwei doppelte Cognacs bei ihr. Weltreisender. Jaak möchte wissen, wo sich der Motor des Flugzeugs befindet. Im Schwanz, sagt sie. Jaak brüllt vor Lachen. „Bei mir auch."

Ob es in Amerika auch Pferderennen gebe? Sie weiß es nicht. Genervt und aufgelöst sagt die schöne Stewardess, daß sie sich auch um die anderen Passagiere kümmern müsse. „Nein", sagt Jaak, ordert sofort noch zwei doppelte Cognacs und fragt, welche Route sie jetzt fliegen, wie hoch sie fliegen, wieviel ein Pilot verdient? Die schöne Stewardess flucht, Jaak kräht: „Warte nur, bis es dunkel ist!"

Die häßliche Stewardess wird von Michel gerufen, der mit den Fingern schnippt. Wann es wieder etwas zu essen gibt? Wieviel eine Stewardess verdient? Wer Ernani war?

„Ernani?"

„Was? Es steht auf dem Programm, Sie blasen es den Leuten in die Ohren und haben keine Ahnung. Ernani von Guiseppe Verdi!"

Die häßliche Stewardess sagt, sie werde ihnen gleich alle Auskünfte erteilen, jetzt müsse sie ein taubstummes Mädchen zur Toilette bringen.

„Welch ein Service! Was für eine Reise!" sagt Michel und ist betrunken, fast glücklich. „Fühlst du dich immer noch so beengt?"

„Ich? Ich sitze hier wie in meinem Wohnzimmer!" sagt Jaak.

In seinem Wohnzimmer, einen halben Meter vor seiner Nase wird eine Leinwand runtergelassen, ein Film wird gezeigt; was sich die Indianer und Cowboys zuschreien, kann man nicht verstehen, aber man hört aufregende Musik, Pferde getrappel und das Knarren der Planwagen. Der Indianer, ein gutherziger, manchmal aber auch wütender Kerl, bemalt seine Schwimmweltmeisterbrust mit weißen Kalkstrichen, denn er geht auf den Kriegspfad, weil weiße Soldaten seinen einzigen Sohn und seine Hütte in Brand gesteckt haben.

„Früher gab es noch Wigwams", sagt Jaak, „weißt du noch?"

Der Major in seiner dunkelblauen Uniform ist schlecht gelaunt, denn ein einsamer, behender Apache – im Mondlicht konnte man nicht sehen, ob es der rachsüchtige junge Vater war – hat lautlos und blitzschnell einer Wache die Kehle durchgeschnitten. Der Major sagt grimmig zu den in Reih und Glied angetretenen, rotangelaufenen Haudegen, daß er noch vor Sonnenuntergang Skalps sehen möchte.

Die Leinwand ist zu nah, die großen Gesichter sind mit Karmesinlava gefüllte Krater, Farben und Gebärden fließen ineinander über, Jaak und Michel hängen Schulter an Schulter in ihren Sitzen, blasen sich gegenseitig ihren Atem ins Gesicht, schauen verärgert weg, sinken wieder in ihre alte Haltung zurück.

„Ich bin gerädert", sagt Michel einige Stunden später.

„Ich noch mehr."

„Lauf ein wenig hin und her."

„Darf man das? Vielleicht darf man nur zu bestimmten Zeiten im Flugzeug herumlaufen. Schau, alle schlafen..."

„Geh auf und ab", sagt Michel.

„Hej, etwas höflicher!" sagt Jaak. Er war noch nie so hoch, so weit über den Wolken, so nah bei den Sternen. Der Boden unter seinen Füßen fühlt sich ganz dünn, zerbrechlich an.

Die ganze Nacht, die sonst so voll, so ausgedehnt und mit Träumen und Visionen gefüllt ist, dauert jetzt höchstens eine Stunde, denn an den Fenstern ist es schon wieder hell und klar, und sieh nur, die Sonne geht auf. Die schöne Stewardess kommt zu ihnen. „Setz dich", sagt Jaak, und sie folgt sogar seiner Aufforderung. Mit einer Pobacke sitzt sie auf seiner Stuhllehne. Ob er Deutscher sei? Jaak blickt ungläubig in das so makellose, so mattschimmernde Gesicht mit den geschwungenen Wimpern und den perfekt geschminkten Lippen. „Nein, nix deutsch", sagt Jaak in einem Ton, der wie der Befehl eines Zollbeamten klingt. „Mein Vater war Deutscher", sagt er zur Entschuldigung und geht weg.

(‚Ich kann nicht mit Frauen umgehen, Michel kann das besser. Didi ist keine Frau.')

Michel wacht mit verschlafenen Augen und einem dunklen Schatten über Wangen und Kinn auf. Er sagt, daß sie vor allem *black-jack* spielen müssen, später, in Amerika. Die Regeln sind so wie bei *Einundzwanzig*, es geht halt um den *black-jack*, und das ist wie...

„Ich muß es erst sehen, dann werd ich's schon kapieren", sagt Jaak.

Cognac in der vollen, strahlenden Morgendämmerung. Kinder rennen hin und her, erschöpfte Mütter schreien auf sie ein. Der Pilot erzählt etwas Wissenschaftliches über den Polarkreis und läßt die Maschine beträchtlich sinken, um die Eisflächen zu zeigen. Die Stewardessen haben alle Hände voll zu tun, Pillen, Getränke und Sandwiches auszuteilen.

Michel erklärt, warum Airhostessen so furchtbar geil sind. Weil ihr ganzes Drüsen- und Nervensystem durch die mysteriösen Übergänge von Zeit und Raum ständig durcheinandergeschüttelt wird.

„Als ob immer Vollmond wäre?" fragt Jaak.

„Richtig."

Jaak konzentriert sich auf die häßliche Stewardess, die als einzige ein Käppchen mit einer Quaste aufgesetzt hat. Soll das ein Zeichen sein, daß sie ansprechbar, verführbar ist, daß sie sogleich zwischen Kleiderschrank und flämischen Knien niederknien und gestreichelt, betatscht, beschmutzt und gequetscht werden möchte?

Jaak schnippt mit den Fingern – genauso laut und effizient wie Michel – aber sie kommt nicht. Jaak winkt ihr wie dem Eisverkäufer auf einem Fußballplatz zu, aber sie ist kurzsichtig.

„Madam, Madam" ruft Jaak, und sie kommt tatsächlich durch die geruchlose (nein, nach Ozon riechende) Kabine der mit goldenen Sternen beschneiten, flimmernden DC 10.13. Wie geschmiert, funktionell, beinah verschmitzt nähert sie sich in ihren üppigen schottenkarierten Formen, dem Spitzbäuchlein, den nach innen stehenden Zähnen (kommt davon, weil sie zu oft Weltreisende küßt). Jaak würde am liebsten sagen:

„Madam, von allen Madams, die in der Luft fliegen, sind Sie die allerschönste." Aber er sagt: *„Lady, I love you."*

Sie kichert lautlos. Jaak knufft Michel.

„Sag ihr, daß ich sie schön finde."

Michel sagt auf englisch: „Mein Onkel findet Sie schön."

„Willst du eine in die Fresse", schnaubt Jaak. „Ich versteh, was du sagst, hörst du. Du sagst, daß ich dein Onkel bin. *Uncle."*

„That's allright", sagt die Stewardess.

„Ich bin nicht sein *uncle*. Ich bin nicht mit ihm verwandt. Ich kenn ihn nur aus der Kneipe", sagt Jaak.

„All right", sagt sie resolut.

Jaak nimmt ihre Hand und küßt sie. Sie blickt sich um und zieht erst dann die Hand weg. *„You're sweet"*, sagt sie und verschwindet in der ersten Klasse.

„Sie wird's dem Piloten verklickern", sagt Michel. „Und der wird's drahtlos nach Los Angeles melden. Du kannst damit rechnen, daß uns die Polizei am Flughafen erwartet."

„Die ist nicht so", sagt Jaak. Er zieht die Oberlippe bis an die Nase. „Sie kann sich ruhig mal die Hände waschen", sagt er stolz. Michel kann in Jaak nur schwerlich den trägen, dämlichen Riesen wiedererkennen, der im *Einhorn* zwischen Schanktisch und Innenhof sitzt, es hat den Anschein, als sei Jaaks Fett fester geworden und quecksilbrig. Auch seine Stimme, genauso hoch wie in Europa, klingt frivoler, herausfordernder. (‚Wie kann ich ihn unter Kontrolle halten?')

„Was ist nur in dich gefahren, Jaak?"

„Ich hab Lust, irgendeinen Blödsinn zu machen."

„Reiß dich zusammen."

Jaak blickt auf den Griff hinter Glas, hinter dem roten Metallschild mit der Aufschrift: *Exit lift handle. Salida levante la manija.*

„Laß die Finger davon", sagt Michel.

„Ich bin leicht betrunken. Nicht vom Alkohol. Es kommt von der Luft hier. Zu viel oder zu wenig Sauerstoff. Oder ist es Kohlensäure?"

Dann wird seine Aufmerksamkeit durch das Entfernen der Plastikhaut um das Essenspaket, die Butter, das Salz, das Milchpulver, das Kinderbesteck, den Senf in Beschlag genommen. Nachdem er mit angewidertem Gesicht den Orangensaft getrunken, sich danach die wäßrigen Maiskölbchen, das trockene Roastbeef und das Apfeltörtchen einverleibt hat, schläft er prompt mit offenem Mund ein, drei plombierte Zähne und eine belegte Zunge. Seine blassen Wimpern zucken hin und wieder. In seinem Ohr hängt die Plastikschnur, die den Song „The Sweatest Gift" von Linda Ronstadt wiedergibt. Dann neigt sich seine fette Masse zu Michel hinüber, der Kopf mit dem Doppelkinn sackt nach unten, sucht eine Stütze, findet Michels Schulter.

Die Morgendämmerung war eine Lüge, die Sonne ist verschwunden, die Fenster sind grau und flockig. Im Geruch von Jaaks Haar döst auch Michel ein, schreckt hoch, läßt sich vom Motorengeräusch wieder überrumpeln. Der riesige Polyp, der zwischen den Planeten treibt und sich mit seinen vielen Herbstfäden am Flugzeug festgesogen hat, streckt eine seiner Zungen heraus, die das Cockpit ableckt, Saugnäpfe pressen sich an den zitternden Rumpf, die hundertkiemigen Fangarme sausen durch die verdünnte Luft an den Tragflächen mit, und jetzt, jetzt scheuert ein rundes, blutloses, unerbittlich starres Auge gegen das graue Fenster, bleibt daran kleben, direkt vor meinem Gesicht, ich schlafe, ich beschütze Jaak, siehst du nicht, wie ich Jaaks verwundbaren Kopf stütze? – aber die Tentakel legen sich leise und unbarmherzig um die Leitwerke des Flugzeugs, die verweigernd klappern, die D.C. 10.13 ist nicht mehr zu steuern, da ist nichts zu korrigieren, wir stürzen in die Tiefe, die fernen Kontrolltürme quaken, Michel schreit Bittgebete zu der einäugigen, unabwendbar leuchtenden Lungenqualle am Fenster, das Fahrwerk wird wunderbarerweise ausgefahren, das Bugrad fällt ab, schlägt auf, hopst über den Boden, Affenbrotbäume zersplittern, die Passagiere zerplatzen wie Kakerlaken, alte Frauen kreischen, das Flugzeug zerbricht in tausend Glasscherben.

Klatschnaß steht Michel auf, Jaak fällt über die Lehne.

„Mir tun die Ohren weh", sagt Jaak. „Hat uns Doktor Verbraeke dafür keine Pillen mitgegeben?"

„Schlaf weiter", sagt Michel. Befiehlt Michel. Fordert er. Jaak gehorcht.

Zu seinem Erstaunen sieht Michel, daß neben dem Fenster in der Höhe seiner Schulter ein Riß ist. Durch einen Spalt in der Haut der „Kiste" - wie man in Luftfahrtkreisen ein Flugzeug nennt, das hat Michel einmal in einem Fernsehquiz gehört - sickert Wasser. Ganz vage denkt er an die strömenden Tränen der großen Krake von eben.

Auch Jaak ist verwundert. Vor Empörung piepst er wie eine Maus. Was? In *unserem* Flugzeug - sollte es also wie in einer Arbeiterbehausung undicht sein? „Madam, Madam!"

Die häßliche Stewardess erklärt, daß es vom Eis kommt, das sich draußen am Flugzeug abgesetzt hat, und trocknet nachlässig die Ränder des Fensters, während das Flugzeug schräg liegt und zittert.

Dann fragt Jaak, was gefährlicher ist, der Start oder die Landung. „Die Landung", sagt die Stewardess, die geschäftig mit Taschen, Jacken und Decken hin und herläuft.

„Oioioi." Jaak kneift die Augen zu, zieht das fahle, formlose Kopfkissen hinterm Nacken hervor und beißt hinein.

Um ihn herum drängeln sich auf einmal eilige, lachende Passagiere. Tanzmusik ertönt, zart und schmalzig.

„Wie hoch sind wir? Wann fängt die Landung an?"

„Dummkopf", sagt Michel.

„Gib mir eine Pille. Für die Landung."

„Wir sind gelandet, du Heini."

„Was?" Jaak springt auf, drückt mit seinen mächtigen Flanken, seinem Betonbauch Mitreisende zur Seite.

Die Meterologen vom *Einhorn*, die ihnen prophezeiten, daß sie bei der Ankunft lebendig verbrennen würden, haben keine Ahnung. Kalifornien ist lau, mild, schwül. Jaak knöpft seine befleckte Jacke zu, er verabschiedet sich von der häßlichen und der schönen Stewardess mit einer altmodischen Verbeugung, *Good night* sagt er und geht die Eisentreppe mit wesenlosen, großen Augen hinunter. *Ekstatisch* denkt Michel, wie ein Rennfahrer am Ziel einer Alpenetappe der Tour de France, doch dann schwankt der Belgische Riese, er sackt in die Knie, sein kahl werdender Kopf fällt vornüber, er kniet, und wie ein Pilger im Nahen Osten legt er die Stirn auf die Landebahn und piepst: „Amerika, Amerika!"

Er wehrt die Stewardessen und herbeiströmenden Gepäckträger lachend ab, läßt dann gelassen zu, daß Michel ihn hochreißt. „Was soll denn der Quatsch?"

„Wie Christoph Columbus", sagt Jaak. Sein ganzes Gewicht lastet auf Michels Schultern, und er geht leicht hinkend, jedoch schneller und vergnügter als die anderen Passagiere, zum Bus. Im Bus, neben erschöpften Reisenden, die in den Lederschlaufen hängen, hält er sich seine Leinentasche vor den Bauch, denn – das sieht Michel aus dem Augenwinkel – er bedeckt eine allzu sichtbare Erektion. Er merkt, daß Michel es gesehen hat.

„Benimm dich", sagt Michel.

„Ich kann nix dafür", sagt Jaak, „es kommt von der Erleichterung, daß wir sicher gelandet sind."

„Du kannst es doch ein bißchen wegstecken!"

„Wie denn?" fragt Jaak, und dann: „Dafür stecken sie einen doch nicht ins Kittchen?"

Auf die Palmen war Michel überhaupt nicht vorbereitet. Wie in Ägypten. Sie gehen zu den niedrigen, ockerfarbenen Gebäuden.

Eine pechschwarze Negerin mit einem Brillengestell in der Form eines Schmetterlings studiert ihre Pässe. „Ah, *Belgium*", sagt sie. „Ist bei euch immer noch Bürgerkrieg, *poor dears*?"

„Wie bitte? Ich hab nicht Radio gehört", sagt Jaak. „Seit wann?"

„Doch schon seit ein paar Jahren, oder nicht?" Sie kratzt mit einem hellviolett lackierten Nagel über Michels Paß. „Ihr ermordet euch doch gegenseitig, Flamen und Wallonen, mit Bombenanschlägen und so?"

„Ja, das stimmt", sagt Michel schnell. „Es ist furchtbar."

Plötzlich sagt sie, entsetzlich gelangweilt: „*Business or pleasure*?"

„*Pleasure*", ruft Jaak. „*Much much pleasure*" und reibt ohne das geringste Schamgefühl, was er in seinem Vaterland nie und nimmer wagen würde, über die furchterregende Beule in seiner Hose.

„Steck das Ding weg", schnaubt Michel.

„Warum?" sagt Jaak verblüfft. „Ist doch ein Zeichen von Gesundheit!"

Zu Michels Ärgernis bleibt Jaaks Hand auf dem Hosenschlitz liegen. Michel schiebt Jaak ganz nah an den Schalter, damit der Schmetterlingsblick der Immigrationsbeamtin die Waffe nicht sehen kann.

Als Jaak seinen Paß zurückbekommt, sagt er: „Merci, Madam", was sie mürrisch und mit dem Ratschlag, er solle lieber Englisch sprechen in *our country*, beantwortet.

„Selbstverständlich", sagt Jaak, und an der gläsernen Drehtür sagt er das, was er sonntags dem uralten, erschöpften, kahlköpfigen Neger zuruft, der Lakritze und Pfefferminztoffees auf der Tribüne des Fußballstadions verkauft, nämlich den Namen, den der Neger selbst wie ein heiserer Papagei schreit: „Karabuja bambula."

„*You're welcome*", sagt die Negerin.

8

Michel beobachtet von ihrem Zimmer im dritten Stock aus, wie Jaaks immenser, papierweißer Körper auf einer Luftmatratze beim Schwimmbecken des Hotels die Lachlust des Personals und der fünf Negerkinder erweckt, die im türkisblauen Wasser herumtollen. Jaak schläft. Er ist gleich, nachdem er seine Kleider ordentlich aufgehängt hat, wie er es Dina versprochen hatte, zum Schwimmbecken gerannt. Er liegt nun schon eine Dreiviertelstunde in der Sonne und wird heute abend bestimmt einen Sonnenbrand haben. Am liebsten ließe Michel ihn gewähren, doch angesichts der Unannehmlichkeiten, die damit auf ihn zukommen würden, legt sich seine Wut, und er geht an den weißgekleideten, mit den Leinenbettüchern beschäftigten Farbigen vorbei, zum Schwimmbad. Nichts ist so gekommen, wie er es sich vorgestellt hatte. Der Himmel ist überhaupt nicht so blau wie auf den Ansichtskarten, sondern schmutziggrau (obwohl die Sonne scheint!). Das Taxi, das sie zum Motel gebracht hat, war überhaupt keine blitzende, große Limousine, sondern ein verbeulter, verrosteter Wagen; mit so einem Gefährt würden sich in Belgien nur Randgruppen oder Künstler auf die Straße wagen. Das Motel, zu dem sie von einer Großmutter mit hellblauer Dauerwelle gefahren wurden, bringt überhaupt nicht vierundzwanzig Stunden am Tag Pornofilme im Fernsehen, wie Salomé ihnen hoch und heilig versichert hatte. Denn die Adresse des Motels *Parliament* haben sie von diesem verlogenen Industriellen bekommen. Und es liegt notabene noch in einem Außenbezirk. Obwohl die ganze Stadt anscheinend aus Außenbezirken besteht.

Zwei dicke, schwarze Mütter begeben sich vorsichtig ins Schwimmbecken. Sie haben ihre weiten, wallenden Kleider nicht ausgezogen, sie spritzen mit Wasser und juchzen mit ihrer Brut. Warum behalten sie ihre Kleider an? Aus religiösen Gründen?

Michel sitzt im Schatten. Der überbelichtete Körper Jaaks vor den Palmen und Eingeborenen im Hintergrund ähnelt dem genauso aberwitzig weißen und fetten Körper Gerards, des Bruders von Koko-dem-Motor, wie man vor einigen Jahren im Fernsehen sehen konnte. Katangesen im Kampfanzug schleppten den von Simbas getöteten flämischen Söldner auf einer Tragbahre quer durch einen dampfenden Urwald, die Prozession wurde vom Maschinengewehrfeuer begleitet; ab und zu ließen sie die Leiche fallen, weil der Feind zu nah war oder weil sie auf dem schlammigen Boden ausrutschten oder sich in den Sträuchern verfingen. Gerards Leiche (Jaaks schnarchende Leiche) schaukelte dann wieder weiter, sie war doppelt so groß wie der kräftigste Katangese, manchmal wurde sie über die schwarzen Häupter gehoben wie eine Opfergabe für die dampfenden Lianen und tanzenden Sonnenflecken.

Um sich von dem Flug, der neuen Welt, der Umgebung zu erholen und um den Erkundungsausflug in Los Angeles so lange wie möglich hinauszuschieben, spielen Jaak und Michel Karten, die TV-Bilder haben reißerisch grelle Farben, den Ton haben sie abgestellt, sie trinken alles aus, was im Kühlschrank ist, *Budweiser*, seit hundert Jahren der König des amerikanischen Biers, *Miller*, ein distinguiertes Bier mit kräftigem Charakter, *Schlitz*, ein einzigartiges, auf der Zunge prickelndes Bier, *J.B.*-Whisky, ein zeitloses Geschenk, mit Wasser, das aus ungetrübten Quellen stammt, die von Eisschollen genährt werden, *ginger-ale*, ekelhaft, *Pepsi* mit *Windsor*, dem vorzüglichen kanadischen Whiskey, der traditionell weich, im Preis jedoch untraditionell ist. Dann ist es dunkel.

Was ist los mit den Vereinigten Staaten von Amerika? Jaak und Michel gehen durch die Straßen, die breiten, breiten

Straßen von Los Angeles, der angeblich geschäftigten, ungesündesten, perversesten, kriminellsten und wollüstigsten und überbevölkertsten Stadt der Neuen Welt, und kein Mensch, kein Hund ist zu sehen.

Sie gehen eine Dreiviertelstunde in Richtung der erleuchteten Wolkenkratzer, und es kommen ihnen sechs Autos entgegen. Haben die Chinesen eine lautlose und tödliche chemische Waffe auf die Stadt gerichtet?

Jaak möchte zum Motel zurück, weil er Angst hat, sie könnten sich verlaufen.

„Allez, allez", sagt Michel. „In Ägypten bin ich drei Kilometer durch die Wüste marschiert, ganz allein."

„Wenn wir auf einer Parkbank schlafen müssen, ist es deine Schuld."

„Quatsch nicht!"

Dann erreichen sie den Broadway, wo Menschen sind, oder besser gesagt, Mexikaner, Neger, Saufbolde, Polizisten in einer von Kräutern, Ölgebäck und süßem Tabak geschwängerten Luft.

Ein zwei Meter langer Neger im enganliegenden weißen Lederanzug, auf hohen Absätzen mit Sporen bietet ihnen zwei garantiert jungfräuliche Mädchen an. Michel zerrt Jaak am Ärmel weg.

„Ich wollte doch nur hören, wie die Preise hier sind."

„Der Preis ist ein Messer in deinem Bauch", sagt Michel.

Whiskey und Bier dehnen den menschlichen Magen erstaunlich schnell. Sie landen in einem kleinen mexikanischen Restaurant. Auf ihrem Tisch steht eine Gipsmadonna mit einem regenbogenfarbenen Umhang. Hinter Michel hängen Plakate von Boxkämpfen, die vor zwanzig Jahren stattfanden. Sie bekommen, nachdem sie hilflos auf etwas auf der Karte gezeigt haben, *enchiladas* und *frijoles*, weiße Bohnen in einer lauwarmen, klebrigen Soße, sehniges Fleisch, wäßrige Tomaten und Pfefferschoten.

„Schön, schön", sagt Jaak, wischt seinen Teller mit einem kalten Pfannkuchen aus und betrachtet die Kehllaute von sich gebenden Mischlinge um sich herum. „Ist hier ganz schön ordinär", sagt er.

„Ich dachte, das wäre genau dein Geschmack", sagt Michel.

„Wenn's um Frauen geht, kann's mir nicht ordinär genug sein. Aber ein Restaurant muß proper sein."

Jaak zieht Michels fast nicht angerührten Teller zu sich hinüber, zermanscht die Bohnen.

„Halt, halt, bist du verrückt, die ganzen Bohnen!" sagt Michel. „Du vergißt wohl, daß du gleich mit mir in einem Zimmer schläfst!"

„Des einen Freud ist des andern Leid", sagt Jaak und nimmt einen Bissen. Und lacht, ein rebellisches Lachen. Michel trinkt schnell sein eiskaltes Bier aus, seine Knie zittern, am liebsten würde er seine Gabel in Jaaks Wange stecken.

Sie finden leicht den Weg zurück und landen wieder in jener verlassenen, unheimlichen Gegend zwischen den Hochhäusern, als plötzlich aus einer dunklen Seitenstraße ein schriller Schrei ertönt, der deutlich ihnen gilt. Michel nimmt sofort die Beine in die Hand, ohne sich nach Jaak umzusehen, ohne ein einziges Wort oder ein Zeichen. Jaak kann nicht mithalten, muß langsamer laufen, und dann ist Michel verschwunden, und auch seine Schritte sind nicht mehr zu hören.

„Michel!" schreit Jaak und stolpert weiter, hält mit beiden Händen seinen schwabbelnden Bauch fest. Einen Häuserblock weiter bekommt er Seitenstiche und muß stehenbleiben. Er setzt sich auf die Stufe eines Modegeschäftes.

Von ganz hoch oben in der Luft, wo es erst wie ein roter Stern hing, senkt sich mit schrappenden, knatternden Atemzügen ein Insekt herab. Jaak duckt sich, der Hubschrauber macht einen Schwenk und hängt schräg zwischen den metallenen Häusertürmen, ein Scheinwerferkegel richtet sich auf das Portal, in dem Jaak Deckung sucht und schwingt sich wieder in die Höhe.

Polizeisirenen wimmern animalisch. Dann ist es beinahe still, ein elektrisches Gebrumme, schlurfende Schritte, Gummisohlen auf Beton.

Jaak geht in die Richtung des Hotels, seine Füße in den zu engen Schuhen schmerzen, er erkennt den Supermarkt wieder, den kleinen, ausgestorbenen Platz mit den Palmen, den leeren Zigarettenautomaten, das tote Hotel mit den Reklametafeln.

Als er ins Zimmer kommt, liegt Michel im Bett und sieht fern. Ein riesiger Brand wird gezeigt. Rußwolken, winkende Neger und Krankenwagen mit heulenden Sirenen. Jaak zieht sich schweigend aus, die Klimaanlage rauscht.

„Bist du mir böse?" fragt er.

„Ich? Nein."

„Warum bist du weggelaufen? Was hab ich dir getan?"

„Es war Markske", sagt Michel und wendet sich von dem knatternden Gerät ab. „Hast du seine Stimme nicht erkannt?"

Jaak zögert. „Jetzt, wo du es sagst..."

„Markske ist hinter uns hergeflogen."

„Mit dem Hubschrauber?"

„Natürlich nicht. Ein Hubschrauber kann nicht über den Ozean fliegen. Nein. Mit dem nächsten Flugzeug. Und er hatte die Adresse unseres Hotels von Salomé. Er ist die ganze Zeit hinter uns hergelaufen, den ganzen Abend und..." Michel beabsichtigt etwas damit, er meint die dumme, blöde Geschichte nicht ernst, er belauert Jaak wie jemanden, der eine unmögliche Trumpfkarte zurückhält. Jaak kriecht mühsam aus dem Bett, geht zur Tür und legt das Nachtschloß vor.

„Narr", sagt Michel. „Du glaubst das auch noch."

9

Wider besseres Wissen dreht Michel morgens um fünf an allen Knöpfen des Fernsehers und verflucht Salomé, denn nicht die Spur eines Pornofilms ist aus dieser Kiste herauszuholen. Jaak liegt unbeweglich zusammengerollt in der Unterhose im Bett und gleicht einem fetten Baby, das von einer Riesin auf die orangefarbene Tagesdecke gefeuert wurde. In der letzten Stunde hat er kein Glied gerührt, obwohl man als normaler Mensch – wie die Wissenschaft herausgefunden hat – in einer Nacht mehr als dreißigmal die Haltung ändert.

Die Bilder der Nachrichten sind bunt gemischt, der Brand im Negerviertel ist orangefarben und blau, die Feuerwehrmänner sind lila Schatten, rosarote Decken werden über die Leichen geworfen, einige der schwelenden Wände sind waldgrün.

Jaak richtet sich auf und trinkt, auf einen Ellbogen gestützt, eine *Pepsi*. Er schüttelt teilnahmsvoll den Kopf, seine Wangen bibbern.

„Schau", sagt er. „Die schippen die Menschen mit dem Spaten raus."

Der Nachrichtensprecher sagt, daß mehr als dreißig Tote zu beklagen seien, und dann erscheinen, in Zuckerstangenfarben gestrichelt, sportliche, fröhliche Mädchen, die voller Hingabe in hohen Wellen herumtollen, Tennis spielen und in Nigthclubs tanzen, weil sie *Tampax* benutzen.

Draußen ist es windstill. Sie gehen an den scharfen Rechtecken der Häuser, den Palmen entlang. In einem *Wimpy* ißt Jaak das, was ihm die Negerin mit den Lockenwicklern empfohlen hat, Pfannkuchen mit Würstchen, vor Butter triefenden Toast und Bratkartoffeln. „Um sieben Uhr morgens!" sagt Jaak entzückt. „Wenn ich das Dina erzähle!"

„Sagt Dina nie, daß du zu fett bist?"

„Jeden Tag", sagt Jaak. „Aber wenn sie denkt, daß ich mir das Leben versauen lasse..."

„Und Didi?" Michel betont ihren Namen anders als sonst.

„Was ist mit Didi?" Jaak merkt, daß er den Namen auch anders, fast gereizt ausspricht.

„Wie findet sie das, so einen Elefanten von Vater am Hals zu haben?"

„Das sieht sie nicht."

„Das glaubst du!"

„Sprich über was anderes", sagt Jaak, leckt den Sirup von den Fingern und wischt sich die Finger an der Hose ab.

Die Entdeckung Amerikas beginnt um zehn Uhr morgens in einem Autobus, der sie an einem Baseball-Stadion, botanischen Gärten, einem Friedhof und den Häusern von Filmstars entlangfährt. Der Chauffeur verlangsamt das Tempo bei den makellosen Gärten, in denen Cadillacs und Rolls-Royce stehen, und nennt die exotischen Namen der Pflanzen und Blumen mit einer weichen Hörspielstimme. Die Häuser der Filmstars ähneln sich verblüffend. Jaak hat Mühe, sie auseinanderzuhalten, er kann auch die Namen nicht behalten, die der Chauffeur voller Begeisterung ausruft (Namen von Gitarristen, Gangstern, Alkoholikern, Cowboys, Detektiven, Luftwaffenmajoren, Entdeckungsreisenden, die den Bildschirm bevölkert haben; Dina weiß treffsicher, wer wer ist, wenn sie die Fernsehzeitung zu Rate zieht). Er graviert das Landhaus in sein Gedächtnis ein, in dem – laut Busfahrer – Jimmy Durante im zweiten Stock schon seit Monaten in den letzten Zügen liegt, Jimmy Durante, dessen Nase in der goldenen Zeit, als er noch herumhopste und tanzte und: „Tik und tikketik und tikkedu" sang, für zwei Millionen versichert war. Auch ein efeuumwuchertes Schloß, in dem sich ein Filmstar seit 1924 nach einem mißglückten face-lifting versteckt hält, doch wie heißt diese Person bloß? Es war nicht Doris Day, aber so ein ähnlicher Name.

Um den Reisenden Gelegenheit zu geben, sich die Beine zu vertreten oder pinkeln zu gehen, hält der Bus an einem Freilichttheater aus Beton und Stahl, dem *Hollywood Bowl.* Angeblich passen da zwanzigtausend Menschen und viertausend Autos hinein. Vor allem im Sommer, abends, werden dort Symphonien gespielt, mit Feuerwerk, Kanonendonner und allem Drum und Dran. Der Wert des Grundstücks wird auf drei Millionen Dollar geschätzt, das ist etwas anderes als der Musikkiosk auf dem Kornmarkt.

Die Amerikaner, jung und alt, rennen am Ozean entlang. Der Chauffeur erklärt, daß das die neueste Mode sei. Mit nacktem Oberkörper oder im Sportanzug, auf nackten Füßen oder in Tennisschuhen drehen sie ihre Runden.

„Da muß man doch Lust zu haben", sagt Jaak. „Sich selber so zu überanstrengen. Wo doch die Milz so empfindlich ist."

Nachdem sie den Innenhof eines chinesischen Theaters besichtigt haben, wo Marilyn Monroe (die, was bekannt ist, nie einen Slip trug) an einem Tag im Juli des Jahres 1953 ihre Finger, ihre runden Knie und ihre Bleistiftabsätze in den Zement gedrückt hat, zockeln Jaak und Michel todmüde über den *Hollywood Boulevard.* Kein Straßencafé weit und breit. Die Flugreise aus Europa hat noch immer Tausende unscheinbarer Fäden in ihrem Nervensystem falsch verknotet, sie schlafen im Gehen ein.

Sie betreten eine kühle, dunkle Bar.

„Jaak, darf ich dich zu einem *rootbier* einladen?" sagt Michel.

„Wenn es nur Bier ist", sagt Jaak. „Himmelarsch!" ruft er, nachdem er den ersten Schluck getrunken und zum Ärger des Barmanns, der kurz von seiner Zeitung aufblickt, auf den Boden gespuckt hat. „Du Scheißkerl!"

„Ich hab dich gefragt, ob du es willst!"

„Das ist doch kein Bier!"

„Doch. Rootbier, aus Wurzeln gemacht."

„Nein", sagt Jaak. „Es gibt Grenzen."

(Lang ist es her, in dem Jahr, als man überall italienische Motorroller sah, saß Jaak mit Rikkebot einmal auf der Terrasse des *Mocambo*. Damals hat er auch so was Ähnliches wie dieses Rootbier getrunken, zum erstenmal.

„Probier das mal", hatte Rikkebot gesagt. Jaak hatte es auch sofort ausgespuckt. Es war Coca-Cola.

„Das trinkt die Menschheit", sagte Rikkebot.

„Nein", sagte Jaak. „Dafür kann man noch soviel Reklame machen, man kann auf alle mögliche Art und Weise versuchen, es in die Leute reinzupumpen, dieses Zeug, diese Medizin wird nie getrunken werden. Du glaubst doch etwa nicht, daß ein Belgier dafür sein Bier stehen läßt."

„Jaak, du bist ein Kind", sagte Rikkebot. „Das ist doch keine Frage des Geschmacks.")

Einer der drei Männer, die bei der Glotze am Tresen sitzen und strammen Baseballspielern zuschauen, dreht sich zu ihnen um, er hat ein pockennarbiges, wüstes Gesicht.

„Woher kommt ihr?"

„Aus Belgien", sagt Jaak.

„O, wo man mit Holzschuhen rumläuft!"

„Ja, ja, genau", sagt Michel schnell.

„Seid ihr zum erstenmal hier?"

„Ja", sagt Michel.

„Und wie findet ihr es ?"

„Komisch", sagt Jaak auf flämisch. „Ein komischer Haufen."

„*Beautiful*" sagt Michel dazwischen.

„*Beautiful*", sagt der Mann und reibt über seine Brust im T-shirt. „Recht hast du. Das ist das beste Land der Welt. Und so wird es bleiben, darauf kannst du dich verlassen." Er wartet auf eine Widerrede, guckt dann wieder gespannt auf die Mattscheibe und verflucht die Spieler.

Jaak und Michel bleiben in der Bar sitzen, bis draußen die Lichter angehen. Michel murmelt:

„Chesty Morgan, von der hatte Rikkebot ein Foto in seinem Portemonnaie. Wenn ich wüßte, daß sie jetzt, in diesem Moment, irgendwo auftritt, ich würde hingehen, und wenn ich zehntausend Franc fürs Taxi bezahlen müßte. Mann, das kannst du dir nicht vorstellen, dieses Weib ist nicht von dieser Welt. Merk dir den Namen, Jaak, *Chesty Morgan*. Rikkebots Traum. Ihre Brüste, das sind keine Fußbälle, keine Wassermelonen, nein, es scheint, als wären sie ihr von einer drei Meter großen Frau einer anderen Rasse verpflanzt worden. Auf ihren Brustwarzen kleben zwei Sterne aus Silberpapier. Sie steht im Scheinwerferlicht, und wenn die Musik, meist Orgel, ein bißchen klassisch, sich warm gespielt hat, bewegen sich diese Kugeln, erst ganz langsam, von links nach rechts, Junge, sie hüpfen, die Orgel spielt schneller, ein paar Trompeten kommen dazu, und während der Rest ihres Körpers, auch ihr platinblonder Puppenkopf und ihre gepuderten Schultern und ihre schmale Taille, absolut bewegungslos bleibt, wippen die Brüste noch schneller hin und her, und dann, Junge, ich schwör's beim Grab meiner Mutter..."

„Deine Mutter ist doch nicht tot?" sagt Jaak leise.

„Das ist eine Redensart, du Dummkopf. Gut, ich schwör's beim Rollstuhl meiner Mutter, dann hüpfen diese Kugeln *auseinander*, die eine von links nach links, die andere von rechts nach rechts, und dann fliegen sie wieder zusammen, und dann wieder auseinander, dann klatschen sie wieder gegeneinander, man kann es hören, und die ganze Zeit bewegt sie den übrigen Körper keinen Zentimeter, nur die Euter, das Wort ist nicht übertrieben, diese Euter leben, und weißt du noch, daß Rikkebot gesagt hat, die Frauen sind der Ursprung und der Anfang, wir sind nur eine Art Schmeißfliegen, die auf sie hinaufkriechen, um dann zu krepieren? Tja, Mann, damit meinte er Chesty Morgan, die danach genau das Gegenteil von dem tat, was sie zuvor getan hatte, denn dann tanzten ihre Hüften in dem Hauch von Spitze hin und her, von links nach rechts, und ihr Bauch mit dem Diamant im Nabel rollte auf und ab, wölbte sich nach außen und nach innen, und ihre Knie und ihre Schenkel öffneten sich und bebten, als ob ein

Haartrockner in den höchsten Touren darauf gerichtet wäre, aber unterdessen, paß gut auf, Jaak, blieben die schweißglänzenden Titten senkrecht, wie angenagelt, wie festgefroren..."

„Und diese Madam soll hier irgendwo auftreten?"

„Sie ist unauffindbar. Rikkebot hat noch mit ihrem Agenten gesprochen, hat Tausende von Franc vertelefoniert sie scheint plötzlich verschwunden zu sein, kein Mensch hat mehr etwas von ihr gehört, nicht mal ihre eigene Mutter."

„Vielleicht tritt sie unter einem anderen Namen auf", sagt Jaak betrunken.

„Meinst du?" Michels Bierglas bleibt in der Luft hängen, er läßt die Unterlippe sacken, blinzelt mit den Augen. „Das hat Rikkebot auch gesagt. Er dachte, daß sie vielleicht eines Tages gemerkt hat, daß sie zu alt geworden ist, um weiterhin als Chesty Morgan durchs Leben zu gehen, daß sie vielleicht Falten im Bauch oder auf den Pobacken bekommen hat und nicht mehr auftreten wollte als das einmalige, das einzigartige Wunder."

„Du bist besoffen."

„Wenn ich mir vorstelle, daß sie Falten oder Pickel haben könnte..."

„Warum nicht?" sagt Jaak.

„... ich glaube, ich muß kotzen."

Die Zeit ist immer noch durcheinander, sie haben zu wenig geschlafen, ihr Körper ist noch in Belgien. Jaak hat hellere Augen bekommen. Michel unterdrückt einen Lachkrampf. Sie halten sich aneinander fest, als sie auf dem *Broadway* gehen. Was gestern noch eine bedrohliche, dunkle Masse dunkelhäutiger Fremder war, ist jetzt deutlicher zu unterscheiden und einzuteilen in dicklippige Mexikaner, wesenlos vor sich hinstarrende Neger, verkommene Säufer, ekstatische Prediger, scheue Straßenhändler mit Armbanduhren und Juwelen, Tänzer, Zuhälter, Frauen, Mädchen, Frauen. Sie schlafen beide ein, hingefläzt in den nach Formalin riechenden Sitzen eines Kinos während des Films: „Das Verlangen", den Jaak unbedingt wegen des Titels sehen wollte. DESIRE!!!

10

Als Jaak wach wird, sieht er mit halbgeschlossenen Augen, wie Michel vor dem Spiegel ins Schwitzen kommt, in dem engen Zimmer kickt, zwölfmal rasch hintereinander, das Knie bis zum Becken hochzieht, und mit dem Fuß dann blitzschnell, die Zehen aufgestellt, auf ein unsichtbares, jedoch genaues Ziel schießt.

Michel geht unter die Dusche, schneidet sich auf dem Sofa die Fußnägel, holt seinen Hitlerjugenddolch hervor und putzt ihn mit Kleenextüchern und Babyöl.

Ich sitze hier mit einem Mörder im Zimmer, denkt Jaak und trinkt aus der Flasche neben seinem Bett den letzten Schluck Bier, das nach einer Nacht noch erstaunlich frisch und schäumend ist. Belgisches Bier wird viel schneller schal.

In einer Imbißstube verschlingt Jaak ein doppeltes Bauernomelett.

„Woher kommt ihr? Gefällt es euch hier?" fragt das Negermädchen, das sie bedient. „Der Tag fängt gut an", murmelt Jaak und ruft mit vollem Mund: *„Belgium. Very nice!"*

Michel ärgert sich über drei bärtige Lümmel, die nichtsnutzig in einer Ecke hocken und Milch trinken. Seiner Meinung nach verbreiten sie aus ihren monatelang nicht gewaschenen Jeans ansteckende Bakterien.

„Kann sein", sagt Jaak.

Ein Bus hätte sie zum *Glücklichsten Ort auf Erden* bringen sollen, zu einem Vergnügungspark, der in Walter Elias Disneys Gehirn entstanden ist, als er an einem Samstagnachmittag mit seinen beiden Töchtern auf einer Bank saß und Erdnüsse aß und nicht wußte, was er mit seiner quengelnden

Brut anfangen sollte; als Jaak und Michel jedoch in einem schaukelnden Ungetüm durch Los Angeles fahren, entnehmen sie dem Kommentar des Reiseleiters, daß sie sich der falschen Tour angeschlossen haben. Sie befürchten einen Augenblick, nunmehr einer Krokodilfarm einen Pflichtbesuch abstatten zu müssen oder erneut in die *Hollywood Bowl* getrieben zu werden (übrigens hat *bowl* nichts mit unserem *bowling* zu tun, man muß verdammt gut Englisch können, will man zwei dieser gleichen Wörter unterscheiden!), doch dann gehen sie erleichtert mit einer Reihe von Eingeborenen durch den Zaun von etwas, das bestimmt auch lehrreich und der Mühe wert ist, daß sie zu Hause darüber berichten, nämlich die *Universal Studios*, wo auch Henry Kissinger war und die englische Prinzessin Margaret und Lucy, die Tochter von Präsident Johnson, wie auf einer Reklametafel beim Eingang zu lesen ist.

Sie werden in einem blutroten Wägelchen an Hügeln, Wäldern, Seen, Wasserfällen, Häusern ohne Zimmer und kleinen Schlössern aus der Zeit vor dem ersten Weltkrieg entlanggefahren. Dann müssen sie im Eiltempo in eine kleine Bahn steigen, die haarscharf an Felswänden entlangfährt, schäumende Bergflüsse überquert, sie in ein Tal bringt, das sich plötzlich spaltet und haushohe Felsbrocken abstößt, die direkt auf sie herabdonnern. Jaak stößt einen Schrei aus und wird sofort von einem Aufseher in Livree getadelt, weil er seinen Arm heraushängen läßt.

„Es sind die Nerven", sagt Jaak. „Pardon."

„O, das ist nicht schlimm", ruft der Mann durch sein Mikrofon. „Wenn Ihr Arm abgerissen wird, haben wir hier eine ganze Menge Ersatzteile bereitliegen!" Alle im Wagen brüllen vor Lachen.

Die Bahn rast mit vollem Tempo über eine wackelige, verwitterte Holzbrücke und erreicht gerade noch die andere Seite, als die Geländer zersplittern und der Boden hinter ihnen krachend in die Fluten stürzt.

„Ist ja gut gemeint", sagt Jaak, „was zum Lachen, aber mir

macht so was keinen Spaß." Er wischt sich den kalten Schweiß von der Stirn.

In einem glatten, grauen See taucht plötzlich ein perlgraues Dreieck auf, durchschneidet das Wasser und steuert direkt auf einen Angler zu, der gelassen in einem Boot sitzt. Unter dem Juchzen der Zuschauer kentert der Angler und verschwindet in einem sich rasch blutrot färbenden Strudel; der Rücken eines Haies, der rasendschnell auf Jaak zuschwimmt, taucht auf, zehn Zentimeter vor seinem leichenblassen Gesicht kommt das gesprenkelte Riesenmaul an die Oberfläche, zeigt seine Hackbeile von Zähnen und schnappt zu. Jaak fällt auf Michel, der ihn lachend wieder zu den sich bewegenden weißen Zähnen, dem grauroten Loch des Rachens hindrückt.

Ich geh nach Hause", sagt Jaak.

Aber er darf die Bahn nicht verlassen. Sie fahren gemächlich an reihenweise aufgestellten Kanonen, lieblichen Dörfern mit Ulmen und Holzkirchen entlang. Kutschen kommen ihnen entgegen, von einem Kirchturm herunter wird geschossen, die Pferde bäumen sich auf, Cowboys springen aus der Kutsche und knallen einen Feind ab, der aus dem Glockenturm fällt und in einen Sandberg plumpst, aus mehreren Regentonnen spritzt ein gleichlanger, heller Wasserstrahl, ein Schwuler im silbernen Anzug kriegt einen Schuß in den verlängerten Rücken, hinkt davon, eine Hand auf dem Hintern, und kriecht in ein zersplittertes Fenster hinein.

Ein Felsen voller Eiszapfen ragt empor, die Bahn klettert mühsam zum Gipfel und fällt dann krachend in eine Schlucht, scheuert an den glitzernden Eiswänden entlang, der Wagen rüttelt und schwankt, bitterkalte Wolken peitschen uns ins Gesicht, wir erfrieren, Pappeln knarren, krachen auseinander.

Dann gleitet die verfluchte Bahn in einen Dschungel, wo Dinosaurier sich aus dem Treibsand erheben, in den Affenmenschen hineingezogen werden. Ein Grizzlybär kommt hinter einem Strauch aus grünem Seifenschaum hervor und schlenkert erstaunt mit den Vorderpfoten. An einer Reihe

Pfähle entlang, die mit Totenköpfen gekrönt sind, einige der Schädel sind dreimal so groß wie Didis Kopf. Ausgemergelte Wolfshunde kläffen in unterirdischen Höhlen großmäulige Seeräuber an, die sich in Bergen von Gold und Juwelen wälzen und von Skeletten in verschlissenen Uniformen bewacht werden. Indianer fahren in leckenden Kanus vorüber und ertrinken. Ein aus Waschbären, Füchsen und Dachsen bestehendes Orchester spielt: *Puppy Love*. Astronauten hüpfen an Kratern entlang und pflanzen zitterig, die Hände in Asbesthandschuhen, ein amerikanisches Fähnchen in einen Boden aus Mehl und Asche, während ein Kinderchor Weihnachtslieder singt.

Dann heißt es aussteigen und hinein in die Studios. Auf wackligen Beinen wankt Jaak hinter Michel her, der während der ganzen Fahrt keinen Mucks von sich gegeben hat, der hier, in dieser bunten Hölle, Herrgottsakrament, herumläuft wie bei uns in der Veldstraat! Dieser Mann ist aus Beton.

Sie hören allerlei Wissenswertes, schlurfen in dichten Reihen weiter, betrachten die Wohnzimmer von Abraham Lincoln und Frank Sinatra, werden in der Kunst unterrichtet, wie man trügerische Träume herstellt, wie ein normaler Mensch in einen Werwolf und Kobold verwandelt werden kann, erfahren, daß man nie jemanden filmen kann, der ein Eis leckt, denn das Eis schmilzt durch die Hitze der Studiolampen, normalerweise nimmt man statt dessen Kartoffelpüree.

Im Souvenirladen am Ausgang kauft Michel eine hauchdünne Maske, die das Monster Frankenstein darstellt. Er streift sie am gleichen Abend in ihrem Zimmer über.

„Du willst doch nicht etwa so auf die Straße gehen?" fragt Jaak.

„Nein, sie ist für Markske. Ein Geschenk."

„Was soll der denn damit?"

„Ich meine, sie paßt zu ihm. Findest du nicht?"

„Markske ist ein Kind."

„Ja. Das denken die meisten Leute", sagt Michel mit einem seltsamen Lächeln.

Wieder schlendern sie geschafft über den Boulevard, vorbei an hellerleuchteten, überquellenden Spielzeug- und Radiogeschäften, zwielichtigen Hotels. Nur noch einmal schlafen, und dann dürfen sie in die Stadt des Spiels, in das Land der Verheißung.

„Was wirst du Didi mitbringen, als Geschenk?" fragt Michel vor einem Schaufenster mit Kampfanzügen.

„Hast du eine Idee?"

„Du bist ihr Vater. Du mußt es wissen. Du kennst sie."

Jaak wartet.

„Du kennst sie besser als jeder andere", sagt Michel. „Oder etwa nicht?"

„Kennen heißt nicht gleich heilen", sagt Jaak.

„Es ist der Anfang der Heilung. Oder etwa nicht?"

„Vielleicht."

„Aber dann mußt du die Kranke natürlich gut kennen, in- und auswendig."

„Was willst du damit sagen? Daß sie nicht so krank ist, wie wir meinen?"

„Reg dich nicht auf."

„Ich könnte ihr einen Malkasten kaufen", sagt Jaak.

„Oder so eine Bluse." Michel zeigt auf eine weiße Bluse mit Kragen und Ärmeln aus Spitze, auf der mit safranfarbenen Lettern steht: DO IT. „Du kannst deinen Namen draufdrucken lassen. Jaak. Oder Papa. Oder dein Foto."

„Das Foto aus meinem Paß?"

„Wie du willst. Oder das Foto von jemand anderem. Von Markske zum Beispiel."

Was meint dieser Kaffer damit? Michel sagt nie einfach so was, da steckt immer eine Absicht dahinter. Jaak möchte ihn um eine Erklärung bitten, als ein Polizeiwagen mit heulender Sirene ganz in ihrer Nähe am Rand des Bürgersteigs hält. Die Sirene bleibt an, während zwei Polizisten mit Sonnenbrillen auf einen jungen Mann in grauweißen Jeans zuspringen. Sie zerren ihn an den Armen, schubsen ihn sich gegenseitig zu, der dickere Polizist packt ihn am Kragen und knallt ihn gegen das Auto. Der Junge steht vornübergebeugt, ohne einen Mucks oder ein Zeichen von Widerstand von sich zu geben. Er drückt die gespreizten Finger gegen die Autoscheibe. Der dicke Polizist tritt ihm die Waden auseinander und tastet ihn ab, seine wimmelnden, fetten Finger bewegen sich an den Ohren, dem Schritt, den Stiefeln des Jungen entlang, kichernd richtet sich der Polizist auf.

„Komm", sagt Jaak. „Komm mit", sagt er zu Michel, der die Augen nicht von dieser Szene abwenden kann und sich eine Zigarette ansteckt.

„Warum?"

„Du siehst diesen finsteren Typen hier zu sehr ähnlich."

Michel streichelt sich die Hüfte, wo er wahrscheinlich seinen Dolch spürt. Der schräge Lichteinfall aus einem Schaufenster betont seine vollen Lippen, sein Kraushaar.

Die Polizisten beratschlagen, dann zerrt der Dicke den Jungen an seinem Hosengürtel vom Auto weg und versetzt ihm einen lässigen Tritt in den Hintern. Der Junge murmelt was vor sich hin und geht mit gekrümmtem Rücken davon. Als die Polizisten zurück zu ihrem Auto gehen, sehen sie Michel. Als würde Michel sie durch seine Haltung, den hämischen Zug um seine Mischlingslippen, zwischen denen die nicht angezündete Zigarette steckt, geradezu zwingen, ihn zu bemerken. Ihre pechschwarzen Sonnenbrillen, in denen sich blitzend die Autoscheinwerfer spiegeln, bleiben auf ihn gerichtet.

„He, du da", sagt der dicke Polizist.

„Ich?" sagt Michel, aber nicht verunsichert.

„Ja, du", sagt der dünne Polizist, „bist du nicht der Bruder von Vinnie Siralomo?"

„Ja", sagt Michel. „Na und?" Seine Zigarette bleibt genau horizontal.

„*Take care*", sagt der Dünne und dreht Michel seinen unbeschützten, verwundbaren Rücken zu. Unwillig steigt auch der Dicke in den Wagen, der leise, mit ängstlichem Geheule, davongleitet.

„Vinnies Bruder, sagt er!"

„Wenn Vinnie das hört, *honey*, bist du geliefert!"

„Dann sind deine Tage gezählt!"

„Vinnie reißt dir die Leber aus dem Leib, *dearie*."

Hinter ihnen gedehnte, schleppende Spottvogelstimmen. Wo kommen sie her? Jaak und Michel entdecken eine Gruppe Jugendlicher, die aus Hauseingängen hervorgekommen sind und auf ihre schweren Motorräder zugehen, sich dagegen lehnen, einen Halbkreis bilden.

Einige von ihnen haben die Arme umeinandergeschlagen wie ein Brautpaar fürs Hochzeitsfoto. Sie tragen fast alle dunkles Leder und haben sich Medaillen und Flicken auf die Jacken geheftet. Sie tragen Lederhandschuhe. Viele haben gefärbte Haare, kurzgeschnitten. Lippenstift. Silberne Dollars als Ohrringe. Glänzende Augen, feuchte Lippen, Pickel, Narben. Hosenladen, die deutlich gefüllt sind. Lüsterne, träge Stimmen.

„Sollen wir Vinnie holen?"

„Er speist im *Ma Maison*, Liebling."

„Sag ihm, daß sein Bruder ihn sucht."

Sie gurren wie senile Damen, stoßen einander an. Ein Vierzehnjähriger schlägt sich auf den Unterleib und stößt einen hohen kurzen Schrei aus. *„O dear, o dear!"*. Oder: *„O dio, o dio."*

Worauf eine dunkle, rauhe, vom Alkohol gezeichnete Stimme sagt:

„Laß sie in Ruhe." (Ein fernes Echo der langmütigen, selbstsicheren Stimme, die Jaak hat, wenn er bei einem Streit im *Einhorn* zu schlichten versucht. „Laß diese *cocksuckers* in Ruhe." Ein graues Weib, dessen eckige Schultern in eine Armeedecke gehüllt sind, steht bei einem der Motorräder und streichelt den Sitz mit einer rissigen Hand. Die Frau hat fünf Paar wollene Strümpfe an, scheint es, und drei zerrissene, durchlöcherte Pullover. Um ihren Hals hängt eine Hundekette mit Kupferbolzen. Ihr schwitzendes, ramponiertes Gesicht zeigt Färbungen in verschiedenen Pastelltönen (ja, als hätte Didi sie mit all ihren Wachsstiften angemalt).

Die Epheben in Leder grölen. *Aryans* steht auf ihren Jacken.

„Mann, Mama Rachel fliegt auf den Dicken!"

„Mann, Rachel und der Dicke!"

„Two fuckin' Landrovers!" Alle zusammen stoßen sie mit aufgeblähten Wangen knatternde, knallende Geräusche aus. Nein, nicht alle. Jaak sieht einen, der nicht mitmacht, der bei ihrem stumpfsinnigen, geilen Gespött nicht mitgemacht hat. Es ist ein älterer junger Mann mit rasierten Augenbrauen, der seitwärts auf seinem Motorrad sitzt. Das muß der Anführer sein, beschließt Jaak und geht mit zwei großen, schwankenden Schritten auf ihn zu.

„Ist das deine Frau?" fragt Jaak und zeigt auf die sechzigjährige Wildkatze, die ungläubig lacht; die perlweißen Zähne, das leuchtende Weiß in ihren Augen sind das einzig Makellose an ihrem Äußeren.

Der Anführer versteht Jaak nicht oder will ihn nicht verstehen, glotzt ihn gleichgültig an. Neben ihm startet bedrohlich ein Motorrad, der Auspuff scheppert.

Die Wölflinge schließen den Kreis. Kichern.

„Er will Rachel heiraten!"

„Er *muß* Rachel heiraten, sie kriegt ein Kind von ihm."

„Kannst du mit so einem Ding fahren?" fragt der Anführer, seine Stimme ist fast so hell wie Jaaks Stimme, nur etwas heiserer. Er zeigt auf eines der schwersten Motorräder, auf dem überall Blechembleme, Püppchen und Wimpel hängen. Ein Wimpel mit den flammenden Lettern: *Aryans.*

Jaak nickt. Michel stellt sich neben ihn und sagt: „Ich auch."

„Dich hab ich nix gefragt", sagt der Anführer, ohne Michel anzusehen.

Er hat eine glatte, steile Stirn, sein rötliches Haar ist straff zurückgekämmt und pomadisiert, seine Augenbrauen sind zwei gleichmäßige Bogen aus schwarzem Nylonfaden.

„Woher kommst du, *sweetheart*?"

„Belgium", sagt Jaak.

„Wo ist das? In Europa?"

Die breitschultrige, in Lumpen gehüllte Frau zwängt sich durch den Kreis, ihre hellen Augen zwischen den violett und grün gefärbten falschen Wimpern bohren sich in Jaaks Augen. „Sag's ihm Baby", lacht sie.

„In Europa", sagt Jaak.

Sie berührt Jaak mit schmetterlingszarten, alten Fingern am Nabel.

„Belgium ist ein liebes Land", sagt sie. „Du bist lieb." Was bei den jungen Leuten Miauen und Blöken auslöst.

„Hej, *fatty*, bist du Kommunist?" fragt einer von ihnen.

„Sag's ihm, Baby", sagt Rachel und streichelt Jaaks Bauch.

„Alle Europäer sind Kommunisten oder sollen es werden", sagt der Führer. Jaak atmet tief ein. Er hat Hunger. Das sind die Nerven.

Das Wimmern der Polizeisirenen kommt wieder näher.

Der Anführer wirft seinen Jüngern einen nonchalanten Blick zu, erhebt sich und stellt sich breitbeinig auf, das metallene Tier unter ihm. Er erhebt die Hand, drückt den schwarzledernen offenen Handteller in Jaaks Richtung.

„Geh ohne Furcht", sagt er, „die Kraft sei mit dir", und die um ihn herumstehende Meute, auch Rachel, ist still; sie lassen Jaak und Michel durch, die, kurz vor dem sich mit gellenden und heulenden Sirenen langsam nähernden Polizeiwagen, sofort die Straße überqueren.

11

Zwischen rauhen Kriegsveteranen mit tätowierten Oberarmen schießt Michel auf Elche und Büffel, die umfallen, auf Enten, die in den Pappkulissen mit greulichem Schellengeklingel auseinanderspritzen. Aber dann geht etwas schief, er verfehlt alle folgenden Schüsse, in einem ununterbrochenen Geratter schiebt sich das Federvieh durch die Luft, fahren die exotischen Tiere am zögernden Gewehrlauf vorüber. Jaak überlegt, ob die Veteranen Michel vielleicht eingeschüchtert haben, ob Michel Angst hat, daß sie ihn herausfordern werden, als er merkt, daß auf der Anzeigetafel das Wort MARKSMAN aufleuchtet.

„Markske, der Mann", sagt Jaak.

„Ja, Markske läßt uns nicht in Ruhe", sagt Michel und verläßt gleichgültiger denn je die Schießbude.

Der Asphalt ist warm, Kaugummi bleibt an ihren Sohlen kleben.

Jaak ißt drei pappige Salamibrötchen. Beim Eingang des *show-clubs*, wo Michel Karten kauft, besorgt er sich noch zwei Schokoladenriegel und ein Eis. Der Club ist halbvoll, ein kichernder und sich übertrieben verbeugender Neger begleitet sie, wobei er seine Taschenlampe schwenkt und zischt: „Diese Seite, Brüder", bis sie – sich an Stühlen und Beinen vorbeizwängend – in einem dunklen Alkoven landen. Auf einem Podium, das den Club in zwei Hälften teilt, im weißen Lichtkegel eines kleinen Scheinwerfers windet sich eine üppige Nackttänzerin in seltsamsten Posen. Es riecht nach feuchtem Stroh. Der Ober stellt vier Whiskey auf ihren Tisch.

„Das tut er, weil er uns nicht mehr belästigen will, wenn

wir während der Vorführung noch was trinken wollen", sagt Jaak. „Die haben doch gute Manieren in Amerika." Er gewöhnt sich an das Licht, entdeckt die gaffenden Zuschauer, meist in Arbeitskleidung, die reglos auf die fette, wogende Bauchpartie der Tänzerin stieren, die bebt und stampft. Er stellt sich vor, daß Rachel vor noch gar nicht so langer Zeit ungefähr so einen Bauch gehabt haben muß. Der Lärm des Dreimannorchesters schwillt an. Die Frau geht in die Hocke, wiegt ihre breiten, mütterlichen Brüste, hüpft etwas herum, spreizt die Schenkel unter dem beifälligen, unterdrückten Jubel einiger Zuschauer und läßt sich hintüber fallen. Der Scheinwerfer folgt ihr. Dann spreizt sie die Beine und trommelt damit auf den Holzboden, Staub wirbelt auf. Jaak denkt einen Moment, daß sie einen Anfall bekommen hat, denn das heisere Gurgeln, das sie ausstößt, während sie mit den Fersen rasendschnell auf den Boden klopft, erinnert ihn an einen epileptischen Anfall, aber das kann nicht sein, denn Michel, dieser halbe Doktor, lächelt und zwinkert ihm zu.

„Look", sagt Michel. *„There."* Drei Männer in Hawaiihemden in der Reihe vor ihnen lachen anders, bewegen sich anders, flüstern anders als die übrigen Zuschauer, sie geben sich geil, herausfordernd, unfein, das können nur Belgier sein.

„Yes", sagt Jaak.

Die Tänzerin umkrallt mit ungepflegten, spachtelförmigen Fingern, die Jaak an die aufgerissenen Hände Rachels erinnern, ihre üppigen Brüste, mit Daumen und Zeigefinger dreht sie an den Brustwarzen wie an den Knöpfen eines Radios, sie leckt an einer Warze und schielt dabei. „Hm, hm, das ist lecker", sagt sie.

Dann reckt sie sich, fällt wieder hintüber, stützt sich auf die Handteller und auf die Fersen in den silbernen Sandalen, macht einen hohlen Rücken, ihre Knie spreizen sich, das schmale Band zwischen ihren Schenkeln glitzert und tanzt wie eine Aluminiumnatter auf und ab. Ihr Bauch vibriert.

„Das soll man mit vollem Magen besser nicht tun", sagt Jaak.

Michel antwortet nicht, er stiert auf die Nacken der drei Belgier.

Ein Paukenschlag, und die Tänzerin fällt wie tot in eine helle, aufwirbelnde Staubwolke. Ein schwacher Applaus folgt.

„Und dies, Boys, war unser charmanter Gast aus Denver, Colorado, Miss Mammy Malone!" Beifall klatschend hüpft eine schmale, stark gepuderte Frau in einem grasgrünen Smoking mit einer Musselinweste auf die Bühne und nimmt das Mikrofon in die Hand.

„Mammy", sagt Jaak beifällig. „Der Name ist gut ausgedacht. – Was hast du?" fragt er besorgt. „Kannst du nicht gut sehen? Sitzen wir zu weit weg?"

„Nicht weit genug", sagt Michel. „Mir hängt's zum Hals raus."

„Aha!" sagt die Frau im Smoking, „wir haben nette Gesellschaft dazu bekommen!" Sie steht am Rand des Podiums und blickt Jaak direkt in die Augen. „Und es sind Kenner der weiblichen Schönheit, das sehe ich gleich, vor allem der Große, der Dicke da. Habe ich recht, mein dicker Junge?"

Jaak nickt hochrot, trinkt schnell einen Schluck Whiskey.

„Ich bin Violet", sagt sie. „Wie heißt du?"

Jaaks aufgeschwemmtes Gesicht, seine hervorquellenden Augen, seine blassen Wimpern wenden sich zu Michel.

„Du bist gemeint", sagt er.

„O, unser Freund ist inkognito!" ruft die grüne Vogelscheuche. „Ist er vielleicht ein Diplomat von einer der vielen, viel zu vielen Vereinten Nationen?"

Die Nachbarn feixen, blicken Jaak voller Erwartung, Spott und Neid an. Jaak kauert sich in seinen Stuhl, versucht, sich hinter den beweglichen, fetten Rücken der Belgier zu verbergen, doch es gelingt nicht, er gleitet vom Stuhl und macht sich unter dem Tisch auf die Suche nach einer nicht vorhandenen, brennenden Zigarette. Als er über sich die hämische, gurgelnde Lache hört, die nur Michel hervorbringen kann, macht er sich bereit, im Entengang zum Ausgang zu schleichen.

„He, wo sind Sie abgeblieben, Herr Diplomat?" Das Gelächter im Saal schwillt an. Mit Herzklopfen kommt Jaak wieder hoch und leert seinen zweiten Whiskey in einem Zug.

„Mein dicker Schatz wird doch keine Angst vor mir haben?" ruft die schrille Stimme. „Wovor denn? Davor?" Behende knöpft Violet ihre Smokingjacke auf und knetet ihre birnenförmigen Mädchenbrüste mit den rubinrot angemalten Brustwarzen.

Mit hoher Stimme, in sich hinein murmelnd, sagt Jaak: „Blöde Ziege!" Die Musik setzt ein, ein schmalziges, nervendes Wehklagen.

„Hej, Violet, zieh deine Hose aus!" ruft einer der Belgier auf Ostflämisch. Sie gibt dem Orchester ein Zeichen, das sofort aufhört zu spielen, und blickt herausfordernd und kurzsichtig ins Publikum.

„Was hast du gesagt?"

„Hose aus!" grölt der Belgier. Michel wird unruhig und hellwach. Jaak sieht, wie er die Ellbogen vom Tisch nimmt, sich gerade hinsetzt.

„Was ist das für eine Sprache? Australisch?" fragt Violet mit einem schiefen, unterwürfigen Lächeln.

„In Flandern flämisch!" ruft der Belgier, seine Freunde stimmen ihm zu, „Flämisch, Herrgott noch mal!"

„Jetzt mal ernsthaft, wo kommt ihr Boys her? Ich kann euch nicht verstehen." Violet verwandelt sich in eine leicht verärgerte Lehrerin.

„Aus Kruishoutem!"

„Wo's die besten Eier von Europa gibt."

„Und die besten Hengste!"

„Eggs!"

„The best eggs of the country. In my town!"

Das Saxophon setzt ein. Der trockene Schlag des leichtesten Trommelschlegels gegen das leichteste Trommelfell. Akkorde einer elektrischen Gitarre.

„Gut, Jungs", sagt Violet und lacht, „dann packt eure Eier mal richtig und *scrambled* sie." Sie reißt beide Seiten ihrer Hose auf, die grasgrünen Schöße wirft sie auf einen Stuhl, auch die Jacke, die Weste. Sie ist pudelnackt, hat einen vollen, weißen Bauch, gleichmäßig geschnittenes bronzefarbenes Schamhaar von genau derselben Farbe wie ihre gemeißelten Locken.

„Es ist eine Perücke", sagt Michel. „Siehst du?"

„Oben oder unten?"

„Unten."

Schon möglich. Michel kennt sich da aus. Fasziniert schaut Jaak auf das gleichmäßig geschnittene Vlies, das er gern entfernen würde, was wäre dann zu sehen?, eine kindliche Spalte, er weigert sich, weiter daran zu denken und folgt Violets selbstsicheren, doch ungelenken Schritten, ihrer rausgestreckten Zunge, ihrem vibrierenden Bauch, als Michel neben ihm aufsteht.

„Ich gehe."

„Warum?"

„Ich habe genug gesehen."

„Warum?"

„Du kannst ja sitzenbleiben."

„Nein", sagt Jaak. „Natürlich nicht."

„Dann komm mit."

Fluchend steht Jaak, vom Zischeln und Brummeln der Nachbarn begleitet, vom Tisch auf. Sie gehen am Scheinwerfer vorbei, und ihre Schatten fallen auf Violet, die wie ein Miniatursoldat auf der Stelle marschiert, die Knie hoch in der Luft. Perücke.

Bei den dicken Vorhängen am Ausgang fragt der immer lächelnde Neger, ob sie was anderes wünschten. Michel wirft einen flüchtigen Blick auf Jaak.

„Geh pinkeln", sagt Michel.

„Gern", sagt Jaak. „Wo?"

Der Neger zeigt es ihm. Bevor Jaak die Tür zumacht, sieht er, wie sich der Neger servil vor Michel verbeugt, auf dessen Anweisungen wartet.

Michel nimmt seinen Füller heraus und schreibt auf die graue Rückseite eines Bierdeckels: „Dreckskerl, glaub ja nicht, daß ich dich letztes Jahr auf dem Pferdemarkt in Kruishoutem nicht gesehen habe. Meine Strafe wird fürchterlich sein. Rikkebot.“

Jaak kommt zurück, als Michel dem übertrieben nickenden Neger den Bierdeckel und einen Geldschein überreicht, den Mann bis zum Vorhang begleitet und ihm den Tisch der Belgier zeigt.

12

Der nächste Morgen beginnt unerfreulich. Der Hotelportier möchte keine Plätze für den Bus nach Las Vegas Plätze reservieren. Die Bank um die Ecke weigert sich, ihr belgisches Geld zu wechseln, weil sie keine Kunden mit einem Konto sind. Alle Bankangestellten in Amerika sind Linkshänder. Es ist aussichtslos, ein Taxi zu kriegen, weil das größte Taxiunternehmen vor drei Tagen pleite gemacht hat.

Sie gehen mit ihren bleischweren Koffern durch die heißen Straßen zur Bushaltestelle. Sie haben die Nase voll von dieser Stadt, die vielleicht für Touristen ganz interessant sein mag, die verschiedene Museen voll wissenschaftlich Wissenswertem besuchen, sich am Strand des Stillen Ozeans bräunen lassen, oder sich von dem jungen männlichen oder weiblichen Gesindel, das an jeder Straßenecke zu kaufen ist, bescheißen lassen wollen, die für die Ritter vom *Einhorn* jedoch nur eine Zwischenstation auf der Reise in die Goldene Stadt sein kann.

Ob sie einen Rückfahrschein kaufen sollen?

„Auf keinen Fall", sagt Michel. „Wir *fliegen* zurück, mit unserem Gewinn!"

Vor der Bushaltestelle, wo sie eine Viertelstunde warten müssen, zu kurz, um in eine Kneipe zu gehen, zu lang, um es zu ertragen, steht ein behelmter Junge mit einer dröhnenden Yamaha 250 cc zwischen den Knien.

„Wenn wir jünger wären", sagt Jaak, „würden wir den Typ einfach zusammenschlagen und mit seiner Maschine abhauen."

„Das ist keine Frage von jung sein."

„Du hast recht", sagt Jaak. „Hat eher damit zu tun, daß wir zu gut erzogen sind."

Ein blondes Mädchen zerreißt einen Brief und wirft ihn in einen Abfalleimer, geht weg, kommt nach zehn Schritten wieder, klaubt die Fetzen mühsam wieder heraus, liest ein paar Zeilen und zerreißt sie in briefmarkengroße Schnipsel, die in den Gully trudeln.

Jaak und Michel setzen sich hinten in den Bus, denn in den beiden letzten Reihen darf man rauchen. Der Bus ist kühl und halbvoll.

Stundenlang gibt es nichts zu sehen. Ein anderer Schlag von Touristen würde strahlen, verzückt auf die schöne Aussicht zeigen, die Mojave-Wüste, die Kakteen, die Berge, auf welche die Sonne wie in einem Cowboyfilm scheint; Jaak und Michel blättern in *Penthouse* und *Playboy* (die sie ins *Einhorn* mitnehmen werden, denn in Belgien werden solche Zeitschriften zwar verkauft, jedoch nur in verstümmeltem Zustand; im Auftrag des Ministeriums sitzen irgendwo in neonbeleuchteten Kellern in einer Brüsseler Vorstadt Angestellte, die den ganzen Tag Berge von Zeitschriften durchgehen und jede Eichel oder Fotze mit einem in Aceton getauchten Wattebausch entfernen).

Jaak studiert gerade eine unscharf fotografierte rothaarige Göttin, die mit der einen Hand ihr Spitzenhöschen herunterzieht und mit der anderen ihre Schamlippen wie Klaviertasten bespielt, als eine fröhliche, tiefe Stimme hinter ihnen sagt: „So so, gar nicht übel."

Eine Farbige im weißen Hosenanzug lacht sie an, ihre Augen stehen, wie bei einem Schaf oder bei Jacqueline Kennedy, weit auseinander, sie ist betrunken, glücklich oder einfach nur albern, denn sie blinzelt Jaak wie einem alten Bekannten zu.

„Hej, Bruder", sagt sie zu Michel, der zusammenschrumpft. „Macht ihr Urlaub?"

„Nein", sagt Jaak und klappt sein *Penthouse* zu. „Wir sind unterwegs, um Geld zu verdienen."

„Prima!" kräht die Negerin. „Vegas, wir kommen!" Sie legt ihre Hand voller silberner Ringe auf Michels Schulter, zieht sich hoch und plumpst in den Stuhl neben Michel, auf seine anderen Zeitschriften mit scharfen Frauen.

„Ich habe Urlaub. Der erste Tag. Das Leben ist ein Fest!"

Michel stimmt ihr schweigend zu.

„Ich will Spaß haben. Garantiert. Und du? Willst du auch Spaß haben? Wo wohnst du in Las Vegas?"

„Weiß ich noch nicht."

„Ausgezeichnet. Ich auch nicht. Willst du dich in Vegas vergnügen?"

„Nichts anderes", bringt Michel heraus.

„Du bist mein Typ!" ruft sie und kneift in seinen Schenkel. „Gefall ich dir?"

Michel nickt. Er sieht unglücklich aus, aber Jaak kennt ihn gut genug, um zu wissen, daß das eine Fassade ist, List, Widerstand.

„Wirklich?"

„Ja."

„Dann bist du in guter Gesellschaft, denn das hat mir Dean Martin auch gesagt: Laurie, du bist die Schönste." Sie döst ein, ihre blutunterlaufenen Augen fallen zu. „Ich werde geil vom Bus fahren. Und du?"

„Nicht unbedingt", sagt Michel.

„Nein. Wirklich nicht?" Ihre schläfrigen Augen öffnen sich wieder.

„Nein."

Sie wiegt sich in ihrem Sitz und lehnt ihr schwärmerisches Gesicht im Taumel des Schlafes und des Traumes an Michels Nacken. Er schiebt sie von sich. Worauf sie lauthals singt: *„O how very bitter, my sweet!"*

Jaak kichert. „Du hast mal wieder Chancen."

„Was sagt er? Komm, sag's mir Schatz, was sagt er?"

„That I have chance."

„What chance?" fragt sie mit gerunzelter Stirn. „Du hast überhaupt keine *chance* in der Welt. Du nicht, ich nicht, nie-

mand", schreit sie zu den anderen Reisenden. Einer von ihnen, ein Greis mit einem schwarzseidenen Käppchen auf dem Kopf, aus dem zwei runde schwarze Fledermausohren einer riesigen Mickey-Mouse ragen, dreht sich um und sagt: *„Right on, Lady!"*

„Right on!" erwidert sie ausgelassen und nimmt Michels Hand, folgt mit einem lackierten Fingernagel seinen Handlinien. „O, Junge. Was zu dir nicht alles ins Bett kriechen wird in Las Vegas. Vögelst du gern, Baby?"

„Du?" sagt Michel sofort.

„Ich hab zuerst gefragt, Baby. Du?" Sie kitzelt seinen Handteller.

„Ja."

Sie steht auf. Festentschlossen, fast unwirsch zerrt sie mit beiden Händen an Michels Arm. „Komm, ich kann nicht warten." Michel reißt sich los. „Sorry."

„Warum sorry, Liebling? Willst du oder willst du nicht?"

„O yes", sagt Jaak und prustet vor Lachen, flucht vor Freude. „Verflucht, *yes darling!"*

„Nicht mit mir", sagt Michel.

Sie stützt sich auf die Stuhllehne, wiegt sich hin und her, geht zur letzten Reihe, fällt gegen die Tür des WC's und brüllt: „Beeil dich, Bastard!"

Michel wird leichenblaß. Blind grapscht er das *Penthouse* aus Jaaks Hand, reißt es auf, stiert hinein. Der Bus fährt durch eine rostbraune Ebene. Alle Flüsse sind ausgetrocknet. Die Sonne scheint glitzernd auf die Wellblechdächer der Schafställe, in denen die Indianer wohnen. Sie sitzen drinnen zwischen Jutesäcken voll Mehl und Kisten mit Hühnern, sie pokern und trinken Schnaps, der aus Kakteen destilliert wird. Die Luft im Bus säuselt, kühl und dünn.

Die Schwarze kommt zurück und schlägt mit der Handtasche auf Michels abweisende Schulter. „Ich liebe dich, du komischer Mann", sagt sie. „Jetzt komm doch." Michel bleibt sitzen, er kann jeden Moment explodieren. Die Negerin kniet nieder, zupft abwesend Fusseln von seinem Ärmel.

„Meine Mamma sagte: Laurie, bediene dich, bevor es zu spät ist. Denn bald bist du so alt wie ich."

„Warum nimmst du nicht ihn?" sagt Michel.

„Haben dich die Ratten gebissen?" zischt Jaak. „Hör auf."

„Nein", sagt die Negerin ernst. „*Dich* will ich, Brüderchen. Du hast die richtige Größe für mich, das sehe ich. Komm. Nicht maulen." Wieder geht sie zur Toilette. Sie singt: „*I get a kick out of you*", und ihr Gesang endet lallend, murmelnd. Sie bleibt eine Viertelstunde, zwanzig Minuten weg, ist dort eingeschlafen oder mit der fatalen Nadel im Schenkel gestorben. Eine Dame in Bermudas reißt die Toilettentür auf, bekommt einen Schreck und fragt besorgt: „Was fehlt Ihnen?" Der ganze Bus hört das animalische Gebrüll: „Bring mir diesen Bastard, Schätzchen!"

„Sind Sie krank?" fragt die Dame.

„Ja! Ja! Ja!" Der Bus sieht, wie die verwegene Dame in der Türöffnung verschwindet, um kurz darauf wie von einer Zirkuskanone abgeschossen gegen die Aluminiumwand des Busses zu fliegen. „My God!" keucht die Dame. Die fröhliche, tiefe Negerinnenstimme klagt: „Komm doch her, Schätzchen. Komm, ich werde dich verwöhnen. Wir werden Spaß haben. Männer taugen doch nichts, wenn's drauf ankommt."

Erbost eilt die Dame zum Chauffeur. Er kratzt sich am Nacken, während sie ihre Beschwerde vorbringt, doch der Bus fährt nicht langsamer, hält auch nicht an. Die Dame nimmt mit verschränkten Beinen, wütend, einem ohnmächtigen Weinkrampf nahe, wieder Platz.

Mitten durch die Wüste rennen zwei spindeldürre, weiße Windhunde. Reisende von anderem Schlag wüßten, warum. Welche Wüstentiere das sind, welche Pflanzen oder Gräser sie fressen. Ob sie einem Wanderzirkus entlaufen sind. Oder für ein Hunderennen trainieren.

Jaak zieht unter seinem Sitz einen weißen Damenschuh mit violetten Riemchen hervor.

„Den kannst du Dina mitbringen", sagt Michel.

„Sie hat zwar Bäuerinnenfüße, aber hier paßt sie doch nicht rein."

„Dann bring ihn ihr."

„Wohin?"

Michel nickt nach hinten. Jaak wirft den Schuh sofort auf den Boden. Etwas später nimmt er ihn auf den Schoß, dreht ihn wieder und wieder um, mustert die abgelatschte Sohle, den ausgefransten Absatz.

„Es ist doch traurig", sagt er. „Am ersten Urlaubstag auf einem fahrenden Klo zu hocken und zu plärren."

„Sie plärrt nicht."

„Doch."

„Dann tröste sie doch."

„Man müßte es eigentlich tun. Na ja, sie ist für ihre Taten nicht verantwortlich."

„Ein Grund mehr, ihr zu helfen."

„Geh du dann."

„Ich? Ich würde ihr noch einen Tritt dazugeben", sagt Michel leichthin.

„Das weiß ich", sagt Jaak.

„Na?"

„Was na?"

„Gehst du zu ihr oder nicht?"

„Ich würde ja gehen und sie zufriedenstellen, aber ich trau mich nicht. Wer weiß, was ihr noch einfällt. Außerdem kann ich mich nicht um jeden Unglücklichen kümmern."

„Sie ist nicht jeder. Sie ist die einzige, die dich braucht. Jetzt. Die einzige in ganz Amerika. Ist das zuviel verlangt?"

„Ich bring's nicht fertig."

„Dann halt den Mund und rede nicht darüber, wie traurig es ist."

Nach einer Viertelstunde kommt die Farbige röchelnd singend zurück und stößt Michel an. „Hej, ich rede mit dir. Ja, mit dir. Ich warte schon die ganze Zeit auf dich. Du hast es versprochen. Wir sollten Spaß haben. Hej, willst du nicht mehr mit einer Schwarzen reden? Hej! Flirtest du lieber mit dem Dicken? Hej! Glaub ja nicht, daß ich das nicht gleich gemerkt habe, Mann, daß ihr vom anderen Ufer seid! Ich hab dich sofort durchschaut, Baby."

Mit einer entschiedenen, aber doch distanzierten Gebärde wirft sie einen wattigen, weißen, blutbefleckten Lappen auf Michels Schamgegend. Mit katzenhaftem Zischen spreizt er die Beine, das schmutzige Ding bleibt auf seinem Schenkel liegen, er fegt es mit dem *Penthouse* von sich. Sie lacht, zeigt ihre breite, rosarote Zunge.

„Ich schlag dir alle Zähne aus dem Maul!" sagt Michel.

Sie reißt die vollen Lippen, die denen Michels ähneln, noch weiter auf, hält sich die Seite, stammelt: „O ja, möchtest du das? Wirklich, Liebling? Laurie möchte nichts lieber. Los."

Ihr Gesicht klappt auf einmal zusammen, tiefe Furchen zeigen sich entlang der Nasenflügel und Mundwinkel. „Nicht mal das kannst du, du Schwuchtel." Sie stößt einen trockenen Schluchzer aus, schnappt nach Luft und fällt in den Sitz hinter ihnen, sie singt, betet, faselt: „Meine Mamma sagte es, als ich zur Tür raus ging: ‚Laurie, nimm, was du kriegen kannst, ich bitte dich, Baby', und ich sagte: ‚Mamma, einmal werde ich es diesen Zuhältern, diesen Schuften in Vegas zeigen, denn sie werden merken, wer Laurie ist, darauf kannst du dich verlassen, denn Dean Martin hat meine Muschi geküßt, vergiß das nicht, Dean Martin hat gesagt: ‚Laurie, mein schönes Kind', und er war nicht betrunken, vergiß das nicht."

Als der Bus in Barstow hält, dem letzten Stop vor Las Vegas, steigen Jaak und Michel etwas benommen und steif mit den anderen aus und stehen draußen in der heißen Staubwolke; sie bleibt erstarrt im Bus sitzen und schläft mit offenen Augen.

Jaak und Michel trinken *Anchor Steam Beer* – ein Biertrinkerbier, schaumige Blume, bernsteinfarben, ein Kuß aus Hopfen – in einer Bar, die wie eine Schiffskajüte eingerichtet ist, zwischen Männern in karierten Baumwollanzügen, die dem Barmann mit der Schiffermütze die Hand drücken und ihn anflehen: „Wünsch uns Glück, Bill!“, und er tut es, grinsend über soviel Glaube und Hoffnung.

Eine Viertelstunde später hält ein Cadillac mit ersterbendem Martinshorn neben dem Bus. Zwei Polizisten steigen ein und bringen die Farbige zu ihrem Wagen. Sie protestiert nicht, reicht ihnen gelassen ihre Handtasche, die sofort durchsucht wird. Dann tanzt sie noch eben, auf einem Schuh hinkend, vor der Motorhaube und singt: *„Oh, what a beautiful morning!“*, bis einer der Polizisten sie ins Auto drückt. Das Auto rauscht in einer Staubwolke davon, die auf den Ständer mit den Souvenirs vor der Bar niedersinkt; die meisten Souvenirs sind kleine Spielautomaten.

Von Barstow nach Las Vegas ist die Wüste öde. Doch dann tauchen vor einem Hintergrund preußischblauer Berge Pfähle mit Reklametafeln auf, immer mehr und dichter nebeneinander, Neonlichter erzählen, wo man in einer halben Stunde heiraten, wo man Poker spielen kann und *craps* und 25.000 Dollar-*Keno* mit einem kostenlosen Lunchbüffet; wo man sich, das ist kein Scherz, von lebendigen, nackten schwedischen Mädchen massieren lassen, wo man *hot hotdogs* bekommen, wo man vierundzwanzig Stunden am Tag den lieben Gott um Rat fragen kann.

„Es dauert noch eine Stunde, bis wir da sind, und die versuchen jetzt schon, uns verrückt zu machen“, sagt Jaak, der alle Anzeigen laut und immer schneller liest.

Der Himmel wird, wie auf den Ansichtskarten, orange- und türkisfarben. Sie sehen in den vorbeiflitzenden Fetzen der Wüste gebückte Männer, die Skorpione suchen, um sie in Plastikwürfel zu pressen, dekorativ für den Schreibtisch, ein Blickfang. Weibliche Skorpione werden wegen ihres Giftes an Apotheken verkauft.

Dann endlich, am Horizont, ein dunstiger Lichtstreifen wie die unendlich sich ausdehnende Wolke über einem Brand, der die Goldene Stadt ankündigt, und zum erstenmal lacht Michel, geschafft, aber jungenhaft.

13

– nun ist es der dritte Tag, oder schon der vierte? Tag und Nacht gehen in dem grausamen Licht ineinander über; das passiert auch manchmal in dem weit entfernten Land; in unserem Städtchen, im *Einhorn* ab und zu, wenn das Spiel so richtig in Fahrt ist und niemand seine Karten loslassen will, selbst wenn es vierundzwanzig Stunden dauert; aber hier ist das, wenn ich das richtig sehe, was ich nicht immer kann, weil ich auf die Roulette-Kugel, die Baccarat-Karten, die Würfel starre, *normal*, die flimmernde Sonne draußen und das, wenn auch gedämpfte, Licht drinnen blenden einen, manchmal ist das Licht wie die Luft, als ob man von innen und außen beleuchtet würde, durch die kurzen Nächte schimmert das Licht, ab und zu schlafen wir ein paar Stunden angezogen auf dem Bett oder auf dem Sofa, dann aber berührt das Licht wieder unsere Sensorien und einer von uns schrickt hoch – meistens ist es Michel –, und dann muß der andere – ich – warum, warum nur? – mitgehen, wenn er zu den Spieltischen rennt wie ein geblendeter Hase, der weiß, daß er in die Strahlen der Blendlaterne der Wilderer oder unter einen Cadillac geraten wird und vorher noch einmal hoppelnd in einem Garten aus Neon tanzen möchte, in einem Park aus flimmerndem Licht, in einer Welt voller Gewalt und Geheimnisse –

(Jaak sitzt in der Unterhose vor dem Toilettentisch aus Kirschbaumholz im Schlafzimmer, auf der zigarettenresistenten Resopaltischplatte, die Kirschholz imitiert, liegt eine Mappe mit Luftpostpapier, er saugt an einem Kugelschreiber, seine Zehen krallen sich in den orangefarbenen Nylonteppich mit den unzähligen Brandflecken, die Stadt dröhnt in der Nähe, noch näher surren die Filter der Schwimmbäder.)

– nun ist es der dritte Tag, und ich finde mich immer noch nicht richtig zurecht, ich kränkle noch ein bißchen, aber langsam gewöhne ich mich an die neue Umgebung, obwohl ich noch nicht ganz in meinem Element bin. Michel sagte gerade, vor zwei Stunden, daß er zu den Huren ginge, ich glaub ihm kein Wort, er sagt es, um anzugeben, weil bei einem Mann seines Schlags erwartet wird, daß er nach drei Tagen richtig auf den Putz haut –

– ich müßte Dina schreiben, einen zweiten Brief, nicht so nörgelig wie der erste, nicht über sie oder uns oder das *Verlangen*, sondern über die Wüste zum Beispiel, über die Gefahr, über das Fremdartige, aber woher die Zeit nehmen? Ich hätte Zeit, wenn ich nicht hinter ihm herjagte, hinter dem närrischen Windhund, der vom einen Spieltisch zum anderen steuert, manchmal scheint er eine Zeitlang am Tisch von *Texas hold 'em* angelegt zu haben, nicht meine Art Spiel, mir ist der einfache offene Poker mit zwei aufgedeckten Karten lieber, aber auch da hält er es nicht lange aus, entweder ist es der Croupier, der ihn schief anguckt oder gegen ihn und nur gegen ihn spielt, oder ich bin derjenige, der ihn behindert, weil ich am gleichen Tisch spiele, wenn ich jedoch nicht in seiner Nähe bin und am Roulette stehe, macht ihn das noch nervöser, sagt er, denn schließlich sei er für mich verantwortlich und behalte mich lieber im Auge, aber so kann man nicht spielen, man muß sich gehenlassen können, wie in einem Schwimmbecken, wenn man sich auf dem Rücken liegend treiben läßt, *relaxed*, wie man hier sagt, dann hat man eine Chance –

– jetzt hätte ich Zeit, einen Brief zu schreiben, mein rechtes Bein ist eingeschlafen, aber was soll ich schreiben? „Liebste Dina, liebste Didi", nein, ich möchte lieber alles in schillernden Farben erzählen, wenn ich nach Hause komme, am ersten Abend in meinem Plüschsessel sitze mit einem kühlen *Trappist* in der Hand, ich werde ihnen die ganze Reise erzählen, als wären sie dabei gewesen. Sie müßten dabei sein. Jedenfalls Dina. Sie würde sich die Augen aus dem Kopf glotzen, mein Hündchen, mein Herzblatt, sie würde sich natürlich nichts anmerken lassen, die Nase hochtragen, als wäre sie hier geboren, als hätte sie alles hier schon hundertmal deutlicher auf der Mattscheibe gesehen, aber wenn sie mich anblicken würde – nur ein einziges Mal –, würde sie mich nicht wiedererkennen, denn der Mensch atmet hier anders, bewegt sich hier anders, man muß sie sich nur ansehen, die anderen, die Amerikaner, auch sie bewegen sich anders als zu Hause – ich fühle mich zum Beispiel viel leichter, laufe bequemer und beschwingter, und, nein Meneer, das kommt nicht nur von den Basketballschuhen, die ich hier gekauft habe, das hat mit dem Licht zu tun – wieviel könnte ich abgenommen haben, leichter sein? Gute fünf Kilo bestimmt. Ich schluck mein Essen runter, weil's so schlecht ist. Kein Wunder, daß die jungen Leute so viele Pickel haben, wenn sie tagtäglich diese Hamburger aus Pappe essen –

– ich werde wieder kein Auge zu machen, vor allem deshalb, weil ich auf ihn warte, obwohl er ausdrücklich, nachdrücklich gesagt hat: „Geh schlafen." Ich muß mich beherrschen, sonst lauf ich noch schnell ins *Westward Ho!* und fülle zehn *Keno*-Scheine aus, die ich einer der reserviert lächelnden Prinzessinnen in Netzstrümpfen gebe, sie lachen, als meinten sie es ernst, dürfen es aber nicht ernst meinen, *Thank you, sir, good luck,* man müßte doch einmal eine Chance haben, nicht nur bei diesen gedrillten, eiskalten Gespenstern, sondern beim *Keno,* allez, auf meine zwanzig Nummern von den achtzig könnte doch ein einziges Mal, *müßte* doch ein einziges Mal... Müßte? Ja, müßte, wenn, wenn, falls, könnte, müßte es glücken, wenn, ja, wenn meine Tante Hoden hätte, wäre sie mein Onkel –

– ich habe alle Bountys, Mars, Schoko-Toffees, das ganze Käsegebäck, alle marshmallows aufgegessen, ich hab einen Bärenhunger –

– wenn ich mich strecke, seh ich gerade noch den Cowboyhut, dessen Rand über das Dach vom *Flamingo* ragt, eine wellenförmige Linie aus Neonlicht, was das kostet pro Sekunde, all das Licht –

– bald, noch so lange, bald: Tageslicht. Dann gibt es Pfannkuchen mit Sirup und Würstchen, ich hab einen Bärenhunger –

– Was macht er jetzt wohl? Ob er wirklich mit einer von diesen Siebzehnjährigen mitgegangen ist, die an der Bar in einer dunklen Ecke mit einem flirten, voller *pep?* Nein, Meneer sitzt jetzt, zufrieden mit seiner Unzufriedenheit, am Kartentisch, er fährt leicht, ungeduldig mit einer Karte über das grüne Tischtuch und betet, fleht: „Herr, habe Erbarmen mit mir, gib mir eine schöne, runde, entscheidende, umwerfende Drei, Herr, hilf mir, unseren gemeinsamen Feind, diesen vor Habgier verbuckelten Croupier zu vernichten", und er bekommt seine Karte, läßt die Mundwinkel hängen, schiebt den Stuhl zurück, er ist zum zigsten Mal abgebrannt und späht über die Schultern der anderen Spieler auf die verräterische *Keno*-Tafel, er geht zu den *craps*, spielt dort aber nicht, *craps* findet er ordinär, er fühlt sich von den Mitspielern belästigt, die viel zu laut lustig fluchen, diese Bauern aus den amerikanischen Hochgebirgen, die die Steine küssen, bevor sie würfeln, über die Brüste ihrer Bäuerinnen streichen und herumgrölen, nein, er, Michel, nie erlöst, immer spielend, muß es in einer abgeschirmten, geheimen, zwielichtigen Stille tun, so spielt er auch mit Menschen, so zieht er im Dunkeln an ihren Fäden, um zu sehen, was aus den torkelnden Marionetten wird –

– in Las Vegas sind die Leute viel dicker als in Los Angeles –

– manchmal sieht er mich an wie einen sturen oder bösartigen Croupier –

– man sieht sie nicht bei uns, so ein Mädchen zum Beispiel wie das mit der Nickelzahnspange, die wie Tarzan schrie, als sie den klirrenden Schwall von Münzen auffing, oder diesen Indianer im Schlafanzug, der arme Irre, der mit einem Pfeil im Kopf rumlief, zwei halbe Gummipfeile über den Ohren, da muß man schon einen mächtigen Schatten haben, der ganze

Autobus war übrigens voll mit Typen, die sich weiße Kaninchenohren aufgesetzt hatten, und das gefährliche mexikanische Jungvolk in Windjacken, der alte Mann in Shorts mit papierweißen Knien und einem blutigen Auge, man sieht sowas nicht bei uns, nun könnte man sagen: zum Glück nicht, aber warum eigentlich? Im Gegenteil, vielleicht sollte die ganze Welt so sein, ohne menschliche Beziehungen, nicht nörgeln, jammern, meckern, sondern nur das tun, wozu man Lust hat, nur Sensationen auskosten, die süße Wut oder die Freude oder den Kummer über etwas, was sich direkt vor unserer Nase ereignet, und hier ist es das Verlangen nach dieser einen Karte, die so unverschämt lange, einen quälend auf sich warten läßt, deine Lieblingskarte, bei mir ist es die Kreuzdame, bei Michel, der besser logisch denken kann, ist es die Herzacht, so eine Karte zwischen dem As und der Zwei, und warum muß es Herz sein? Wegen des blutdürstigen, künstlichen, scharlachroten Verlangens, das er so schön wegstecken kann, Michel –

– das Flamingo-Hotel, das Sahara-Hotel mit den Kellnern, die wie gebleichte Beduinen aussehen, das *Caesar's Palace* mit den Standbildern aus einem Wachsfigurenkabinett, die die Hand zum Hitlergruß heben, und den Mädchen in zu kurzen Kleidchen über ihren bronzefarbenen oder mit braunem Lack besprühten Pobacken, mit Epauletten wie auf den Uniformen von Generalen im Ersten Weltkrieg, das *Pionier*-Hotel mit Cowboys in allen Größen, das *Dunes*-Hotel, nein, Dina, mir ist das Hotel *Circus-Circus* am liebsten –

– nein, wir sind in unserem Motel nicht schlecht untergebracht, es ist das größte Motel der Erde, es hat Hunderte von zweigeschossigen Bungalows und vierzig Schwimmbecken, man braucht eine Viertelstunde, um von der Rezeption zu seinem Zimmer zu gehen, immer an den grell beleuchteten Stuckwänden, an den automatischen, summenden, mit Pepsi und Sprite-Dosen gefüllten Metallkästen entlang –

– doch am schönsten ist das *Circus-Circus*, Dina, und mir ist der Schreck in die Glieder gefahren, als ich zum erstenmal drin war. Während man spielt, gehen plötzlich die Scheinwerfer an, und zwischen den Hunderten ratternder Glücksspielautomaten hört man eine goldene Stimme, man versteht die Namen nicht, die die Stimme sagt, aber es wird einem ganz warm davon, und zugleich fühlt man sich beengt, auf allen Treppen gleichzeitig werden *sie* sichtbar, silberne Akrobaten, so glitzernd, daß man nicht gut sehen kann, ob es Männer oder Frauen oder keines von beiden sind, sie marschieren um die Manege, steigen im Takt die Treppen hinauf, rauf und runter, sie lachen und winken uns zu, ohne uns zu sehen, so sehr sind sie in ihr eigenes, engelsgleiches Spiel vertieft, jede Bewegung ist geregelt, festgelegt, nicht von unserem Planeten, sie hängen, springen hoch, schlagen Purzelbäume und klettern bis unter das Dach, in dem sie verschwinden, sie fahren gen Himmel, und mir blieb das Herz stehen, Dina, ich rang nach Luft. „Träumst du mit offenen Augen?" sagte Michel.

– (und Jaak schläft ein, die heiße Wange auf dem Unterarm, er genießt die aufregende, beklemmende Vision, durch die regenbogenfarbene Fontänen wie Blitze schießen. Geifer rinnt ihm aus dem Mund, er sagt im Schlaf: „Ich will hier nie mehr weg." Die goldene Stimme antwortet zwischen den Tamburinen und Zithern und dem Geschrei der Sklavinnen, Kamele und Esel: „Ich werde dich sicher in dein Land und zu Didi zurückbringen, fürchte dich nicht.")

14

„*Black-jack*, das ist mein Spiel", sagt Michel (‚meine Bestimmung, meine Berufung, endlich, eine Transaktion, bei der ich die Lücke, den schwachen Augenblick des Feindes entdecken und ausnutzen kann, so daß er in seiner Einsamkeit hinter dem Tisch vor Scham erstarrt.')

„Hörst du auf?" fragt Jaak.

„Für heute schon. Zumindest für heute abend."

„Gute Geschäfte gemacht?"

„Sechshundert Dollar. Drei *black-jacks* hintereinander."

„An welchem Tisch?"

„An dem hier." Michel blickt wie ein Sieger, wie ein milder Richter, der aus purer Großzügigkeit und Menschenliebe dem Angeklagten während einer gnadenlosen Demütigung Aufschub gönnt, zu einem Croupier, der tatsächlich wie ein Schuldiger dasteht.

„Er war müde", sagt Michel. „Die letzte halbe Stunde hatte er keine Kunden, er wollte nach Hause, der Chef beobachtete ihn, er zögerte, ich habe es gesehen, ich habe viermal bei der Siebzehn aufgehört. Eigentlich müßte ich jetzt weiterspielen." (Diesem brennenden, begierigen, bitteren Sog des Verlangens nachgeben, Adrenalin, Taumel.) „Aber den pack ich lieber ein anderes Mal."

Jaak hört auch auf. Er würfelt noch einmal, das Handgelenk schräg abgewinkelt, als würde er beim Tischtennis einem Ball Effet geben. Eine eins und eine zwei. Die gelbgepuderte Negerin neben ihm fummelt an dem silbernen Kreuzchen herum, das sie um ihren verdorrten Hals trägt, und schüttelt die Würfel.

„Da ist eine fünf und eine sechs drin", sagt Jaak und wendet sich ab. „Ich will es gar nicht sehen. Komm."

„Ich lade dich ein", sagt Michel. Sie gehen an den schrägen Wandspiegeln entlang, welche die kristallenen Kronleuchter, die ratternden Spielroboter verzehnfachen, zum Ausgang, wo der Lärm abschwillt und die Klänge eines Klaviers, das gestimmt wird, zu hören sind. Didi spielt. Jaak bleibt stehen.

„Bevor es Tag wird, muß ich noch eine Ansichtskarte in den Briefkasten stecken", sagt er. „Erinnere mich daran."

Draußen im heißen Licht.

Michel schlägt mit der flachen Hand auf einen Automaten, der Zeitungen verkaufen soll, er rüttelt daran, der Spalt für *nickels* und der für *dimes* ist verstopft.

„Diese Kiste funktioniert nie", sagt ein Passant, ein Eingeborener im zerknitterten weißen Anzug. „Interessieren dich die Neuigkeiten?"

„Die Adressen der Restaurants und der Shows", bringt Michel keuchend heraus und fummelt an dem Hängeschloß herum.

„Welche Art von Shows? Ordinäre, richtig ordinäre?"

Jaak nickt heftig.

„*Bottoms up*", sagt der Mann. „Da spreizen die Mädchen die Beine am weitesten. Aber wenn du was richtig Schönes willst, was Künstlerisches, dann bist du bei *Guys and Dolls* richtig."

„Vielen Dank."

Der Mann begleitet sie und holt ein Schmuckstück heraus, das sie für den halben Preis haben können, einen echten Türkis, von reinrassigen Zuni-Indianern in echtes Silber gefaßt.

„*Fuck off*", sagt Michel munter.

„Die besten Mädchen, die alles tun, was du willst, du darfst sie grün und blau schlagen, gibt's in der *Chicken Ranch*", sagt der Mann. „Ich bringe euch gratis hin, eine halbe Stunde Fahrt. Woher kommt ihr? Aus Belgien? Ah, ich habe die schönste Zeit meines Lebens in Brüssel verbracht, *chez*

Martine, die besten Mädchen..." Er redet noch auf sie, auf die Scheibe ein, als das Taxi wegfährt.

Michel zahlt im *Jolly Trolley*, sechseinhalb Dollar für das größte Steak, man darf es sich aus den in Plastik verpackten Fleischbrocken am Grill aussuchen.

Bottoms up verspricht nicht viel Gutes, die Fotos am Eingang sind vergilbt, der Portier ist ihnen zu aufdringlich, sie gehen in einen lauten Club auf der anderen Straßenseite, *Valley of Dolls*.

Sehr zum Ärger von Michel quatschen die Puppen beim Tanzen mit den Zuschauern, ihn lenkt das ab, er ist nicht gekommen, um die Miezen kennenzulernen, er möchte nicht an ihre Person erinnert werden, er möchte nur die sich langsam entblätternde Fotze sehen, die man im hohlen Ei der Stille inmitten der ohrenbetäubenden Musik nach Wunsch verformen, größer, nasser, weiter, röter, geschwollener machen kann, bis sie einen mit Kraushaar und Ohren und zu dicken Lippen verschlingt. Das quasi-geile Gerede, das verführerische Gurren und Flüstern, das ist für andere, in Hotelzimmern, nicht für ihn, der es wie einen Kurzschluß in den elektrisch geladenen dunklen Kammern seines Gehirns erfährt. Das stroboskopische Licht. Der Albino, der als Zeremonienmeister, als Markthändler, als Clown auftritt. Der dicke Hängearsch einer Negerin. Eine fünfzigjährige Madam als Schulmädchen verkleidet, mit künstlichen Zöpfen und weißen Kniestrümpfen. Eine Philippinin, die mit 'ner Peitsche herumfuchtelt.

„Die ist nicht übel", sagt Jaak. Sie ist groß, aschblond, hat ein teigiges Gesicht und einen wunderbaren Blick, graue, kurzsichtige Augen mit gallegrünen Lidern und dicken, flatternden Wimpern.

„*Hi there*", sagt sie zu Jaak. „Wie heißt du?"

„Jaak."

„Sjak, ich heiße Lea." Beim Lachen entblößt sie die rosa, nasse Zunge und den Gaumen. Ob sie das da drin auch färben? Mit rosa Zahnpasta?

„Lea", ruft der Albino, „ein einfaches Mädchen aus einer Quäker-Familie in Haran, mit elf war sie bereits nationale Meisterin im Banjo-Spiel!"

Lea gleitet nach vorn. Ohne den Blick von Jaak abzuwenden, streichelt sie die Innenseite ihrer Schenkel und beginnt dann rasendschnell mit ihrem gewölbten, lackierten Zeigefinger den auf ihr Schambein geklebten Platin-Stern zu reiben und daran herumzuzupfen.

„*Hi*, Sjak", sagt sie.

(‚Nur zu ihm. Was hat er mehr als ich? Wodurch unterscheidet er sich so von mir, daß man immer eher mit ihm spricht als mit mir? Warum ist er der Auserwählte, nicht nur hier in Amerika, sondern auch bei uns? Denn es wäre denkbar, daß man mir gegenüber *zweifelt,* weil ich den Eindruck erwecke, etwas Zwielichtiges zu sein, irgendwas zwischen Neger und Nichtneger, ein Palästinenser unter den Juden. Niemand beachtet mich.')

„Sie ist doch nicht übel", sagt Jaak.

„Schon."

„Und freundlich."

„Freundlich?"

„Sie sagt schließlich Jaak zu mir, während sie an ihrer Muschi rumspielt."

Michel könnte sich vor lauter Ekel übergeben. Er blickt auf das Wandgemälde: Eine Prärielandschaft mit Büffeln und einem lassowerfenden Cowboy. Bussarde. Die untergehende Sonne.

Lea hüpft auf die andere Seite des Podiums und fragt dort einen Betrunkenen nach seinem Namen. „Bob." Sie sagt, daß Bob Präsident Carter ähnlich sehe. Applaus und Gelächter. Bob zieht sein Hemd aus, zeigt seinen fischartigen, weißen, schlaffen Oberkörper, schwenkt das Hemd wie eine Fahne und singt quer durch die schmalzigen Schluchzer des Saxophons den ersten Satz der amerikanischen Nationalhymne.

Lea kommt zu Jaak zurück, kniet auf dem äußersten Rand des Podiums, wo der Teppich schlampig auf die Hartfaserplatte genagelt wurde und sich wellt, sie spreizt die Knie, blinzelt Jaak zu, der wiederum – hochrot – Michel zublinzelt.

„Was hältst du davon?"

„Sie ist scharf auf dich."

„Das glaub ich auch."

Leas Brüste sind heller als der Rest ihres bernsteinfarbenen Leibes, sie schlenkert sie hin und her.

„Sie hat was von Mama Rachel, erinnerst du dich, die mit den Lederjungs in Los Angeles? Findest du nicht? Der gleiche Mund. Könnte ihre Schwester sein."

„Die hier hat trübere Augen", sagt Michel.

Lea spreizt die Schenkel und läßt sich, wie all diese Weiber, routiniert und schwungvoll nach hinten fallen (‚und wenn ich jetzt an der Stelle, wo sie blindlings mit ihrem gutgläubigen, schwitzenden Leib hinfällt (nur ein einziges Mal in meinem ganzen Leben) eine glühendheiße Eisenplatte anbringen könnte, die nur für mein Auge sichtbar wäre, damit sie nur einen Augenblick völlig verblüfft, in totaler Panik, *mich*, ihren grinsenden Gott anschauen und mich *sehen* würde, kurz bevor ihre Fettschichten verbrannten, schmölzen.') Michel vertreibt diesen Gedanken, und seine Erektion verschwindet, wenn er Lea so sieht wie er meint, daß Jaak und die anderen Lüstlinge sie sehen, eine blonde Dirne, die den Unterleib hervorpreßt und sich gleichgültig ins Schamhaar grapscht.

„Köpfchen kraulen", sagt Jaak zu Lea.

„What?"

„Halt den Mund", sagt Michel.

„Willst du meine Muschi haben?" fragt sie.

„Yes", sagt Jaak. *„Yes, yes, yes."*

„Wie heißt du?" fragt sie, und fürwahr, die kleinen Lippen werden sichtbar, wie früher, weißt du noch, Michel?, beim Militär, in der Kneipe bei der Kaserne, als wir Fünffrancstücke in das offene, nasse Nest rollen ließen?

„Jaak."

„Sjak?"

Wie still die Zuschauer sind, sie ahnen, daß was im Gange ist, daß aus den wabbeligen, vibrierenden Falten ein weißes Kaninchen, ein Karpfen, eine Spielzeugeisenbahn herauskommen wird.

„*Come and get it, Sjak*“, sagt sie mit tiefer Stimme.

„Bleib sitzen", schnaubt Michel. Doch der riesenhafte Lümmel ist schon aufgestanden, er streckt den Arm nach ihr aus, sie weicht zurück, kichernd, spielerisch, aber mit einem bösen und ängstlichen Ausdruck in den nebelgrauen Augen. „Nicht doch", lacht Lea.

Trommeln und Saxophon. Mißbilligende, warnende, grölende Komplizen im Saal. Jaak steigt auf einen Stuhl und sackt nach vorn, weil jemand den Stuhl wegzieht, er hält sich am Rand des Podiums fest und umklammert Leas Knöchel, sie ist angenagelt und kreischt: „Laß mich los, *asshole*."

Michel kommt in Jaaks Nähe, wo zwei Soldaten gerade den vergnügt lachenden Riesen ergreifen wollen. „Komm, du Arschloch!" ruft Michel. „Komm mit, du Esel!"

„Du hast recht", sagt Jaak und schüttelt einen Soldaten von sich ab, mit einer Hand zerrt er einen Mulatten von seiner Schulter weg, er möchte nonchalant zum Ausgang spazieren, als der Albino-Zeremonienmeister mit einem kurzen Schrei auf seinen Rücken springt, seine Knie um Jaaks Hüften schlingt. Jaak zittert vor Abscheu. Michel packt den glatten, vornehmen Hemdkragen des Albinos und zerreißt ihn. „Was?" kreischt der Albino und bringt sein langes, weißes strähniges Haar in Ordnung. „Mein Hemd! Ein Hemd für hundert Dollar!" Michel versetzt ihm mit dem Knie einen Tritt in die Hoden. Von Pfiffen und Gejohle begleitet, hinkt der Albino mit Tränen in den Augen zum Podium.

In dem Durcheinander, in dessen Verlauf zwei Portiers fluchend auf dem Schoß kreischender Zuschauer landen, reißt Jaaks rechte Hosentasche, Silberdollars und Plastik-Chips rollen über den staubigen Fußboden. Jaak und Michel knien, suchen, sammeln ein, sie schieben, schlagen und stoßen gierige Hände weg, dann werden sie von drei stämmigen Männern in

Uniform feige überwältigt und mit Hilfe von sieben Gästen zum Ausgang geschleppt, das Orchester setzt mit einem dröhnenden Mambo ein.

Der Überfallwagen ist klimatisiert, Jaak und Michel müssen auf dem Boden sitzen, der Cowboystiefel eines Polizisten wippt direkt vor Michels Nase auf und ab, durch das vergitterte Fenster kann man die beiden Fettbrocken sehen, die versuchen, Passanten ins Valley of Dolls zu locken und drängeln: „Treten Sie ein, zwölf, ja zwölf, Sie können nachzählen, vollständig nackte Göttinnen der Wollust, die Show findet durchgehend statt, zwei unverdünnte Getränke für zwanzig Dollar, Sie sehen sie so, wie Gott sie geschaffen hat, unverhüllt, zählen Sie, es sind zwölf, nicht eine weniger, treten Sie ein in unser Tal."

Die Vernehmung dauert eine halbe Stunde. Name, warum, wie, wann sie hier angekommen sind? Michel antwortet demütig, Jaak nickt.

„Du weißt doch, daß man die Damen nicht anfassen darf", sagt der weißhaarige, wettergegerbte Polizist, der so aus einem Western kommen könnte.

„Daß der Clubbesitzer in die größten Schwierigkeiten kommt, daß er seine Konzession verlieren kann."

„Schweig", sagt Michel zu Jaak, aber zu spät, der Lümmel sagt heftig, fast wütend: „Sie hat mich selber dazu aufgefordert. Sie sagte: *Come and get it, Sjak.*"

„Wer?"

„Lea, die Meisterin im Banjo-Spielen."

„Hat sie es gesungen oder gesagt?"

„Sie hat es gesagt. Zu mir."

„Hat die Musik in dem Moment gespielt?"

„Nein", sagt Michel. „Ja", sagt Jaak. Gleichzeitig.

Der andere Polizist hat porzellanfarbene Augen, die nicht von ihm ablassen, was Michel nervös macht. Der Polizist trägt seidige, schwarze Lederhandschuhe, er sagt: „Ja, mein Junge, du gefällst mir nicht. Ich beobachte dich schon eine ganze Zeit, schon seit dem letzten Jahr."

Warum protestiert Michel nicht? Er erwidert den starren

Blick, wartet. Autos hupen. Die Lichter des Clubs gehen an und aus.

„Du hast ein olivfarbenes Gesicht", sagt der Polizist schleppend.

„Na und?" Es klingt unsicherer, als es Michel lieb ist.

„Der eine ist schwer gebaut, und der andere hat ein olivfarbenes Gesicht", sagt der Polizist. „Stimmt's, Steve?"

Der Weißhaarige antwortet nicht.

„Der olivfarbene ist der Gefährlichste. Laut Personenbeschreibung. Bist du gefährlich, mein Junge?"

Michel zuckt die Achseln. Traut sich nicht, auf seine Uhr zu gucken.

„Und du, Dicker?"

„Gefährlich? Ich? Für wen?"

„Das weißt du selbst am besten. Nicht wahr, Steve?"

„Für wehrlose Mädchen zwischen Pasadena und Aram", sagt Steve.

„Wo ist euer Auto?"

„Wir haben kein Auto", sagt Michel. Resolut, findet er.

„So." Ein Minuspunkt. Steve sieht plötzlich aufmerksamer, mißtrauischer aus. Der andere scheint zu lächeln. Er beugt sich vor.

„Wo wohnt ihr?"

„In Gent", sagt Michel, bei dem sich ein Wadenkrampf ankündigt.

„Nein, *stupid*, hier, in Vegas!"

„Im Picasso-Motel."

„Im größten Motel der Erde!" sagt Jaak.

„Vergewaltigung", sagt Steve.

„Das sind Frösche" sagt der andere. „Der eine hatte einen ausländischen Akzent."

„Frösche?" fragt Jaak. „Wir?"

„Franzosen", murrt Michel.

„Wo wart ihr am letzten Samstag? Seit ihr etwa auch vom Picasso-Motel hierher spaziert?" fragt Steve und zündet sich einen Zigarillo an.

„Gegen zwei Uhr morgens? Mit einem kleinen Umweg über die Paradise-Hügel?"

„Die Würger von den Paradise-Hügeln", sagt der andere bedächtig und legt den Walkie-talkie auf seinen Schoß, schaltet ihn an, sagt schnell eine Nummer. Doch nichts, niemand antwortet.

Eine Viertelstunde später steigen Jaak und Michel aus dem Auto in die schwüle Wärme draußen. Steve sagt väterlich zu ihnen: „Ich zerquetsche euch die Eier, wenn ich einem von euch noch einmal auf meinem Weg begegne."

„Und er meint es ernst, das schwör ich", sagt der andere. „Seid vorsichtig, Frösche."

15

An der Tür löst Michel die Kette des Nachtschlosses. „Wir sehen uns später", sagt er.

„Wann ungefähr? In einer Stunde?"

„In eineinhalb Stunden".

„Wo?"

„Am Roulette, links." Michel braucht nicht zu sagen, in welchem Hotel, Jaak geht jeden Tag ins *Circus-Circus*.

Jaak beugt sich wieder über den angefangenen Brief. Als er mal eben auf der Toilette war, hat Michel den Anfang gelesen: „Liebste Dina, hier bin ich wieder, das Wetter ist hier warm. Ich bin unglücklich, hast Du den letzten Brief erhalten, als ich Dir über das *Verlangen* schrieb..."

Michel läuft draußen in der staubigen Hitze herum, bis er nicht mehr kann, seine Füße in den neuen Basketballschuhen brennen. In einer verlassenen Ecke der dunklen Bar im *Pionier*-Hotel läßt er sich auf ein Sofa fallen und schließt die Augen. Er bestellt Kaffee, ißt einen knusprigen, leichten Keks. Einst, in einem weitabgelegenen Provinzstädtchen, wo es noch Läden gibt, die frisches, duftendes Brot, frisch gebackene Torten verkaufen, sagte Frans der Holländer unter dem hämischen Grinsen der Stammgäste vom *Einhorn*, daß er seine Frau dazu zwinge, zu Hause Kekse zu backen, auch wenn sie zäher und fader schmeckten als die aus dem Laden, weil seine Kinder das *Recht* auf den Duft frisch gebackener Kekse zu Hause hätten. Gemütlichkeit war die Parole.

In den Bruchstücken seines unruhigen, heißen Schlafes hat Michel von ganzen Serien beim *black-jack* geträumt, die Herzacht kam immer entweder ungelegen oder gar nicht.

Ein *Keno*-Mädchen mit einer unwahrscheinlich aufgetürmten Lockenperücke tippt an seinen Arm und sagt, daß es nicht erlaubt sei, in der Bar zu schlafen.

„Ich habe nicht geschlafen", sagt Michel und wird wach.

„Dann ist es in Ordnung", sagt sie. „Ich wollte Sie nur darauf hinweisen."

Er füllt fünf Keno-Formulare aus und bezahlt sie, sieht, wie sich das Mädchen mit wiegenden Hüften entfernt, und während er die Nummern unkonzentriert, ungeduldig betrachtet, erscheint in einer Entfernung von eineinhalb Metern der tote Rikkebot. Es ist lange her, er hat sich nicht verändert, trägt noch immer den anthrazitgrauen zerknitterten Anzug, stöhnt noch immer, wenn er sich hölzern auf das Kunstledersofa Michel gegenüber setzt. Nur mit seinem Gesicht stimmt was nicht, Nase und Wangen scheinen etwas geschmolzen zu sein. Auch sein zurückgekämmtes und von Brillantine glänzendes Haar scheint schütterer, man kann die dünnen, weißen Linien sehen, durch die sein Schädel schimmert.

Michel hat sein Haar oft mit derselben Brillantine eingeschmiert, aber seine Krause blieb nie lange glatt liegen.

„Unsere Seelen haben sich getrennt, mein Junge", sagt Rikkebot. „Traurig, aber wahr."

„Schwätz nicht", sagt Michel leise, vorsichtig, denn er möchte Rikkebot nicht vergraulen. Rikkebot rutscht ein bißchen auf dem Sofa hin und her, hebt den Hintern, streift die Hose herunter und führt sich flink und gekonnt ein Zäpfchen ein, seufzt und läßt sich wieder behaglich knurrend nieder. Dann sagt er mit einer bekümmerten Stimme, die er Zeit seines Lebens kein einziges Mal hören ließ:

„Was fehlt dir, mein Junge?"

„Ich bin so müde."

„Du bist zu weit gelaufen. In diesen neuen Schuhen."

„Ja, Vater."

Rikkebot blickt weg, sieht nichts. „Du hast schon zwei Väter, muß ich dafür auch noch herhalten? Ich habe kein Talent zum Vater sein, auch nicht in Gedanken."

„Ich verlange nichts."

„Alles."

„Ja."

Rikkebot schnalzt mit den Lippen. Die eiskalte Luft ist trocken. Draußen flimmert die Hitze.

„Ich bin gelaufen", sagt Michel. (‚Zu dir.') „Ich hab in den Läden hier immer nur den selben Scheiß gesehen, Aschenbecher, Nippes aus Kupfer, Silber, Nickel, Elfenbein und Plastik, Miniaturautos, Sheriffsterne, Kassettenrekorder, Seidenschals, Schaffelle, Indianerkeramik, Schaffelljacken, Uhren aus Tirol, Indianerdecken, Poster, Tränengaspistolen."

„Am Tag des Jüngsten Gerichts wird alles auf einem Haufen liegen", sagt Rikkebot. „Ein schöner Haufen."

„Jaak geht mir auf die Nerven", sagt Michel.

„Du hast ihn selbst mitgeschleppt."

„Er hat keine Manieren."

„Wo sollte er die gelernt haben?" sagt Rikkebot wie im *Einhorn*, er streichelt die Luft wie den Rücken einer Katze.

„Wenn er aufs Klo muß, macht er seinen Hosenschlitz schon im Zimmer auf."

„So so", sagt Rikkebot und zieht die feinen Striche seiner mit Brillantine eingeriebenen Augenbrauen hoch.

„Er schnarcht."

„Das ist bekannt. Seine Nasenscheidewand. Muß operativ entfernt werden."

„Manchmal hockt er eine Dreiviertelstunde auf dem Klo und stöhnt und jammert. Neulich rief er: Gib mir einen Meißel."

„Das hat er von seinem Vater. Liegt in der Familie. Wie geht's übrigens deiner Mutter?"

„Laß meine Mutter aus dem Spiel", schnaubt Michel. Und doch sitzt sie da in der schmuddligen Küche, hinter ihrem faselnden Kopf kann man die vanillefarbenen Rohre der Wasserleitung sehen, sie strickt einen Pullover, das Muster aus der *Marie Claire* liegt auf ihrem Schoß, sie hört Rikkebots

Stimme und hebt die Kinnladen, ihre grimmigen Augen suchen Michel, der flucht und das *Keno*-Mädchen ruft. Es kommt nicht.

Rikkebot gibt das teuflische, schnarchige Lachen von sich, das dem *Einhorn* vertraut ist und einen üblen Schabernack ankündigt.

„Hast du heute Nacht verloren?"

„Ja", und Michel beichtet; demütig, schuldig nennt er die Reihen, die hätten gewinnen müssen, er erzählt, wie, wo und wann er Fehler gemacht hat, zu leichtsinnig gewesen ist, wie er zu übermütig auf den Gesichtsausdruck eines Croupiers reagierte, wie er den Croupier beim *black-jack* gehaßt hatte, als sei er ein Mensch.

„Anfänger", sagt Rikkebot, er, der in seinem ganzen beschissenen Leben nur verloren hat.

Michel möchte seine Hand nehmen und küssen, doch das hat er, als Rikkebot lebte, auch nicht getan. Also läßt er es auch jetzt sein.

Rikkebot schluckt drei rosa Pillen, er transpiriert. „Ich dachte nicht an Sieg, auch nicht an Untergang, aber ich habe gekämpft wie ein Narr bis zum Ende meines Lebens."

„Ja, Vater", sagt Michel und bückt sich. Eine leichte Melancholie überkommt ihn, denn er glaubt nicht mehr so stark an Rikkebots Anwesenheit.

„Tu, was du tun mußt", sagt Rikkebot weit weg.

„Ich werde es tun." Michels gebeugter Nacken wartet auf ein Streicheln, einen Nackenhieb.

„Sind Sie so müde?" fragt das *Keno*-Mädchen.

„Nein."

„Sie haben gewonnen", sagt sie und zahlt ihm dreißig Dollar aus. Er gibt ihr fünf. Sie bedankt sich mit einem eisigen Lächeln.

„Unehre", sagt Rikkebot, als er mit Michel hinausgeht, „Unehre zu vermeiden, das ist das Wichtigste. Das ist etwas anderes, als zu gewinnen oder zu verlieren."

Michel grinst. Als wäre Rikkebot, der tot oder lebendig

derartige Samurai-Gesetze verkündete, nicht ein Meister der Unehre gewesen!

„Du denkst an den Zustand von Markske und der kleinen Didi", sagt Rikkebot vorwurfsvoll. „Das war ein Jux! Ein Experiment, das den Charakter eines Witzes hatte."

„Und deine Ehre?"

„Meine Ehre ist meine Treue", sagt Rikkebot. Worauf Michel ihn in der sengenden, drückenden Luft von sich abschüttelt und kichernd nach Hause geht.

Der Schulmeister Verbist sagte einmal über Rikkebot, er sei ein Faß ohne Boden, das nie gefüllt werden kann. (‚Auch wenn ich noch soviel behalte, ihn tausendmal nachahme, selbst wenn ich mich in Rikkebot verwandeln würde, ich, Michel, werde immer eine Abfallgrube, eine Senkgrube bleiben, allerhöchstens ein unangenehmer Geruch für die Besucher des *Einhorns*.')

Am Eingang des Motels sitzt Jaak in dem warmen, seichten Schwimmbecken, das meist von älteren Menschen mit Arthritis bevölkert wird. Neben ihm liegt ein Mann mit spärlichen, roten Löckchen und paddelt im dampfenden, sprudelnden Wasser.

„Komm auch rein", ruft Jaak.

Michel setzt sich todmüde auf einen Metallstuhl.

Jaak wippt auf und ab wie eine zum Bersten aufgeblasene, riesige Gummipuppe. Der andere Mann erhebt sich, er hat üppige, weißgelockte Brusthaare, er steht aufrecht, wird jedoch nicht viel größer, er hat das Untergestell eines kleinen Jungen.

„Das ist Bruder Amos", sagt Jaak.

„Hallo!" sagt eine verräucherte Stimme. „Komm rein. Es ist ausgezeichnet für Jungs wie euch. Für eure Gelenke."

Michel hat diesen Amos schon einmal gesehen. Im Hotel *Circus-Circus* stand er unlängst am Boxring, wo ein Känguruh im Büstenhalter und Spitzenhöschen gegen drei Mädels boxte. Die Boxerinnen hatten rote, flache Handschuhe an, die wie Seehundflossen aussahen. Dieser Amos war damals in Livree. Jaak stand neben ihm, erinnert sich Michel, plötzlich wütend.

Amos hat auch der dicken Tänzerin im silbernen Ballettröckchen bei ihrer Seilnummer assistiert. Er reichte ihr den Gummischlauch, an dem eine Drehscheibe befestigt war. Die Seiltänzerin biß mit wilder Entschlossenheit in den Schlauch.

„Bruder Amos hat hier in der Gegend eine Ranch", sagt Jaak.

Amos fällt vornüber ins Wasser, prustet, taucht wieder auf.

„Nur Schafe", bringt er keuchend hervor. „Keine Rinder."

„Er hat uns zu seiner Predigt eingeladen."

„So so. Der Herr predigt", sagt Rikkebot.

„Was predigen Sie?" fragt Michel.

„Das Lob Gottes. Wir kommen in der neuen Kirche von *The Founders* zusammen. In Kürze wird dort ein Gartenrestaurant und eine squash-Halle gebaut. Aber dafür müssen wir noch viele Benefiz-Konzerte veranstalten. Mit Gottes Posaune, so nennen wir unseren Bruder Jethro."

Wie widerlich gierig Jaak seinen neuen Freund anstarrt. Michel wendet sich ab. Rikkebot ist nicht mehr da. Was hätte er gesagt? „Michel, mein Kind, vor allem nicht abhängig sein von dem, was du liebst!" Etwas in der Art. Aus dem Lehrbuch der Samurai.

„Hast du schon Schulden gemacht, Freund?" fragt Amos.

„Nein", sagt Michel schroff.

„Wie heißt du, Freund?"

„Michel", sagt Jaak sofort.

„Wie man hier Menschen behandelt, die in ihrer Schwäche Schulden gemacht haben, ist dem Herrn ein Dorn im Auge. Sie verkaufen ihre Habe innerhalb einer halben Stunde. Bis hin zu den Schuhen. Glaube mir, Michel, aus ehrlichen Leuten macht man hier in kürzester Zeit Junks, Säufer und Mörder. Diese Stadt wird sich nie mehr aus ihrem Verderben erheben können. Die Augen des Herrn sind auf dieses sündige

Reich gerichtet." Amos stimmt lauthals ein Lied an: „Er wird dies Reich vernichten, mit Feuer und dem Schwert!"

„So predigt er", sagt Jaak und lächelt gerührt.

„Aber mein Freund Jaak", sagt Amos und legt einen behaarten Arm um Jaaks Nacken, „ist auserkoren, er wird von Gott gerettet werden. Habe ich recht, Jaak?"

„Sicher", sagt Jaak.

Michel geht weg. Zwei Propheten, Rikkebot, der Schemen der Zerstörung, und dieser Amos, Sänger und Zwerg, das ist zuviel. An der Biegung, auf dem Asphaltweg, der zu ihrem Zimmer führt, dreht er sich um. Die beiden im Dampfbad bespritzen sich mit Wasser, wie Sechsjährige.

16

Zwei Tage später ist es Sonntag. Michel schlägt vor, eine Flugreise über den Grand Canyon zu machen, eins der Größten Wunderbarsten Großen Wunder der Natur, achtunddreißig Dollar, in einem Flugzeug mit acht Plätzen, ein paar Stunden hin und zurück.

Zum erstenmal auf dieser Reise lehnt Jaak ab.

Was soll denn das? Michel ist verblüfft, mißtrauisch.

„Wir können doch trotzdem erzählen, daß wir da waren", sagt Jaak.

„Ja. Im Lügen bist du Weltmeister", sagt Michel.

Jaak denkt nach. „Ich lüge nicht", beschließt er.

„Wer die Wahrheit verschweigt, lügt auch."

„Ich verschweig nix. Was denn?"

„Du weißt mehr, als du sagst. Du bist mit allen Wassern gewaschen, ich habe dich durchschaut. Du stellst dich dümmer, als du bist."

„Warum?"

„Darüber reden wir ein andermal."

„Nein. Jetzt."

„Worum geht es?"

„Um Markske."

Der unschuldige, helle, bettelnde Blick Jaaks, das zögernde, hohe Stimmchen: „Markske? Was ist mit ihm?" machen Michel verlegen. Weiß Jaak also wirklich nichts (wie er, Michel, die ganze Zeit geglaubt hat?)

„Vielleicht hast du recht", sagt Michel. „Vielleicht ist es besser, daß alles nicht ausgesprochen wird. Wird für alle Beteiligten das Beste sein" und geht unter die Dusche.

Dann stellt sich heraus, daß Jaak deswegen nicht zum Grand Canyon mitmöchte, weil er versprochen hat, Amos' Predigt beizuwohnen. Sie fahren mit einem Taxi hin. Denn die Rollen sind nun vertauscht worden, Michel folgt Jaak, es amüsiert Michel, es reizt ihn mit einem sklavischen, neugierigen Gefühl.

Die Kirche von *The Founders* ist eine aufgemöbelte, lavendelfarbene Scheune, wo sich etwa ein Dutzend Männer mittleren Alters, in korrekten Sommeranzügen, und die doppelte Anzahl Frauen, in grellbunten, geblümten Kleidern, mit übertrieben fröhlichen Ausrufen begrüßen. Jaak und Michel stehen etwas verloren herum, einige Damen lächeln ihnen liebenswürdig zu und tauschen dann wieder Kochrezepte aus.

Ein trübsinnig blickender Mann mit einer Hornbrille auf der Nase geht zum Podium, wo ein Mikrofon steht, und sagt, wie erfreut er sei, daß so viele Brüder und Schwestern gekommen seien, und wie es ihn ganz besonders freue, daß heute auch ausländische Brüder den Weg zum Wahrhaftigen Wort gefunden hätten. Mit der Brille in der Hand weist er vage in Michels Richtung. Man dreht sich nach ihnen um und nickt den Ausländern freundlich zu, Jaak wird hochrot. Der Sprecher fährt fort, daß nun auf allgemeinen Wunsch Bruder Amos mit seiner bekannten Volksweisheit und seinem Talent das Wort ergreifen werde. „Und hier ist er!" Applaus.

„Yeah, yeah", ruft ein pickliges Mädchen neben Michel. Ihr Verlobter greift ihr aufgeregt an die Hüften. Aus einem Seiteneingang kommt Amos und geht mit entschiedenen Schritten und schlenkernden, langen Armen zum Podium. Er klopft ein paarmal ans Mikrofon und legt sofort in gewandten, wechselnden Modulationen los, wie ein Ausrufer bei der Fischversteigerung im Hafen von Ostende. Jaak nickt, als wolle er den Zwerg anfeuern.

„Die Zeit ist reif. Wahrlich, o Herr, die Zeit ist reif. Die Auen des Herrn sind in Trauer! Der Gipfel des Karmel verdorrt! Die Frauen von Vegas tragen gegenwärtig Männerkleidung, Hemden und Krawatten und Kordhosen. Ich schleudere ein Feuer in die Mauern von Gaza, das seine Burgen verzehren wird! Die Frauen von Vegas verachten das Gesetz des Herrn, entsagen der Liebe ihrer Ehemänner und umarmen einander, so daß sie nicht einmal mehr imstande sind, ihren Haushalt zu versorgen, sie können nicht einmal mehr richtige Pfannkuchen backen! Der Herr sagt: Niemand von ihnen kann entfliehen, auch wenn sie sich auf dem Gipfel des Karmel verbergen, ich mache sie ausfindig und schleppe sie weg. Männer von Vegas, ich habe sie selbst gesehen, denn für das Brot meiner Kinder sehe ich mich genötigt, in ihrer Höhle des Verderbens zu arbeiten, diese Männer von Vegas schmieren ihr Gesicht mit Crèmes und Ölen ein, um jünger auszusehen und einander zu gefallen. Auch wenn sie sich auf dem Meeresboden verbergen, ich werde dem Drachen gebieten, sie zu beißen."

(Amos beißt in die Luft, sein perlweißes Gebiß klappert.)

„Brüder und Schwestern, unsere Stadt läßt sich durch Lügen aus dem Roten Osten verleiten, scharlachrote Abgötter regieren, von roten Propagandisten umringt, momentan befinden sich schon drei russische Reisebüros in Vegas, und unsere Wächter schlafen, ich aber richte meine Augen weiterhin auf sie, nicht zu ihrem Heil, sondern zu ihrem Unheil! In den Schulbüchern der Kinder von Vegas kommt der Name des Herrn nicht mehr vor, kürzlich sah ich, wie zwei unschuldige, siebenjährige Mädchen mit einem Kondom spielten, ja gewiß, aber wehe euch, der Herr sagt: Gegen die Sünder dieses Volkes werde ich das Schwert erheben."

Weiße Flocken erscheinen auf seinen Lippen. Er richtet einen vernichtenden, boshaften Blick auf Michel. Er keucht, stockt, verfällt in ein fast unverständliches Murmeln, etwas über die zerfallene Hütte Davids, deren Risse gedichtet, deren Trümmer wieder aufgebaut werden müssen, als die Scheunentür aufgerissen wird und ein langer Mann in einem grauen Shantunganzug und weißen Schaftstiefeln eintritt. Er wird von einem schlanken jungen Mann im Jeansanzug am Ellbogen nach vorn geschoben. Der lange Mann hält seinen

Oberkörper ganz gerade, aber sein Kopf wackelt, droht ihm auf die Schulter zu fallen.

Amos stockt in seiner Rede, die sich wieder in Verwünschungen zu verlieren scheint. Der Mann mit der Hornbrille springt auf und breitet die Arme aus. Die Männer und Frauen der Gemeinde stoßen einander an und flüstern aufgeregt.

Amos ruft: „Ja, Brüder und Schwestern, hier ist er, in unserer Mitte, ein großer amerikanischer Bürger, Bruder Jerry Lee Lewis!"

„Mit Charles. Vergeßt das bloß nicht. Mit *Charlie-my-boy*", ruft der lange Mann. Sein Begleiter winkt den Anwesenden zu und schubst Jerry Lee Lewis weiter zum Podium.

„Das ist nicht Jerry Lewis", sagt Jaak. „Ich habe ihn doch kürzlich noch im Fernsehen gesehen."

„Jerry *Lee* Lewis."

„Ist das ein anderer? Gibt's denn zwei?"

„Der da ist ein Sänger."

„Kannst du doch gleich sagen."

Jerry Lee Lewis versucht, sich eine Zigarette in den Mund zu stecken, das Mundstück landet an der Wange, er wirft die Zigarette auf den Parkettboden, kratzt sich am fahlen Lockenkopf (der früher mit einer fettigen Haartolle auf der Plattenhülle prunkte). Er ist unrasiert, seine blutunterlaufenen Augen flackern hin und her.

„Ich hab's versprochen!" ruft er. „Charles ist mein Zeuge, ich habe es versprochen, daß ich hier bei euch, in diesem armseligen Loch auftreten werde."

„Er hat seine Gitarre irgendwo liegenlassen", sagt der junge Mann zur Gemeinde.

„Nix Gitarre. Ich spiel nicht Gitarre, Lümmel!"

Er setzt sich mit weit gespreizten Beinen auf das Podium. „Was ich verspreche, halte ich auch. Und wenn's mich hunderttausend Dollar kostet."

Der mit der Hornbrille, der die einführenden Worte sprach, sagt: „Und darum lieben wir dich, Jerry Lee. Wir sind so glücklich, daß du uns die Ehre erweist..."

„Gelobt sei Jesus Christus!" schreit Amos heiser. „Amen!" ruft die Gemeinde.

„Ich habe Charles im *Desert Inn* getroffen", sagt Jerry Lee, „und seither hat er mich nicht mehr verlassen." Charles steht mit verschränkten Armen hinter ihm, wie der Leibwächter eines großen Gangsters im Film. „Und jetzt werde ich für euch singen. Wháàuw!" Sein Kopf wackelt, sackt tiefer, es scheint, als müsse er kotzen. Er wirft den Kopf nach hinten, brüllt: „Wháàuw!"

„Wauw!" ruft die Schnepfe mit den Pickeln neben Michel. „Jerry!"

„Ja, Schwester?"

„Jerry, darf ich deine *cherry* haben?" Die Anwesenden lächeln verlegen, eine erwartungsvolle Stille entsteht, die von dem Schlag unterbrochen wird, den das Mädchen von ihrem Verlobten bekommt, ein Schlag, der um Haaresbreite ihre Wange verfehlt, weil sie auswich. Der Junge reibt sich das Handgelenk.

„Meine *cherry* habe ich schon lang verschenkt, Schwester", sagt Jerry Lee schmunzelnd.

„Hat er Sherry dabei?" fragt Jaak.

„*Cherry*, seine Jungfräulichkeit", sagt Michel ungeduldig. Jaak ist schockiert, obwohl er's nicht richtig begreift.

„Verschenkt, als ich vierzehn war. An Mary Lou Weintraub, Gott möge sie lebendigen Leibes grillen."

Amos hockt neben Jerry Lee Lewis, als würde er die Schnürsenkel seiner Schuhe binden. Amos flüstert.

„Leute", ruft Jerry Lee. „Amos hat recht. Die Zeit drängt, lange Reihen ungeduldiger Menschen warten auf mich, auf den armen Jerry Lee, im Flamingo für die Show des Jahrhunderts."

Er streichelt die dünnen Löckchen des kauernden Propheten.

„Ja, dieser Hundekopf, dieser Dreckskerl mit Affenscheiße im Gehirn hat recht. Die Zeit drängt. Darum dieser Song. Meiner Mutter gewidmet. *That old Country Church.*"

Wie wild stampft er mit seinem hochhackigen, weißen Stiefel auf den Parkettboden. Ohne Begleitung klingt das Lied rauh und falsch und zu laut, aber die Gemeinde summt mit, wiegt sich und hopst auf der Stelle, auch als Jerry Lee plötzlich zu einem Rock 'n' Roll-Song überwechselt, während sein Gesicht ohne Regung, beinah mißbilligend bleibt.

„Das war's", sagt er, versucht aufzustehen, stützt sich auf Amos' Schulter, plumpst jedoch wieder auf seinen Stuhl. Charles holt einen Flachmann heraus, trinkt und rülpst.

„Ich bin ein Sünder", sagt Jerry Lee abrupt. „Immer gewesen. Unser Amos, dieser Unmensch, möchte, daß ich es hier öffentlich bekenne. Das fällt mir nicht schwer. Ja, ihr Arschlöcher, der alte Jerry Lee ist ein Sünder. In manch unzüchtigem Bett hat er seinen Kopf und seine Hoden zur Ruhe gelegt. Er hat keine Kosten gescheut, um in seinem eigenen Garten Schneegänse zu züchten und sie mit seiner Winchester zu zerfetzen. Ja, ein Sklave seiner Lüste war er. Und ist es noch immer!" Er rappelt sich mühsam auf, seine breiten Hüften wackeln, sein Unterleib wippt auf und ab, er singt: *„I'm the Meat-man!"* (Ich mag kein Gemüse. Fleisch will ich. Altes Rindfleisch oder das Fleisch von jungen Kälbern, es ist mir egal. Ich bin der Fleisch-Mann.)

„Shake, shake!" ruft das picklige Mädchen.

„Ja, Schwester, *shake, shake*" wirft Jerry Lee dazwischen. „Gelobt sei Gott", sagt er, als er sich wieder hinsetzt und sich den Schweiß mit seinem Shantungärmel abwischt. Er bewegt das rechte Bein noch ein paarmal, als wolle er auf die Tasten eines unsichtbaren Klaviers treten. Charles gähnt.

„Ich bin ein Mörder", sagt Jerry Lee leise. „Das will ich in diesem Gotteshaus bezeugen. Denn ich habe jemand mit meinen unsinnigen Beleidigungen in den Tod getrieben, und dieser jemand war der größte, der patriotischste Sänger dieses weiten Landes, ich meine Elvis Presley."

„Er ruhe in Frieden", brüllt Amos. „Amen!" ruft das Publikum aus voller Kehle.

Jerry Lee erhebt die Hand, sein Platinarmband fällt über den Shantungärmel. „Eifersüchtig war ich, der Teufel hat mich geritten und mich zu Elvis' Haus getrieben, dort habe ich mitten in der Nacht Verwünschungen gegen das Haus geschleudert, in dem er seine wohlverdiente Nachtruhe genießen wollte. Ja, Leute, ich habe ihn aufgeweckt. Ja, er mußte die Polizei holen. Ja, ich hab Heineken-Bierdosen durch sein Schlafzimmerfenster geschmissen. Ja, ich habe versucht, seinen Rolls Royce in Brand zu stecken. Und seitdem bin ich nie mehr der Jerry Lee Lewis von früher gewesen. Sein Tod ist die größte Strafe, die über mich kommen konnte. Gott behüte die Seele dieses größten Amerikaners. Lasset uns beten. Charles, du auch."

Alle senken den Kopf. Jaak senkt ihn sehr tief. Jerry Lee Lewis' wilder, trüber Blick erreicht Michel (der sich vor langer Zeit über Kopfhörer *Big Legged Woman* und *Night Train to Memphis* durchs Gehirn donnern ließ, während er die Frau des Schulmeisters Verbist vögelte). Du betest nicht, Jerry Lee, denkt Michel. Du auch nicht, denkt Jerry Lee.

Mitschuldig lächelnd wird Jerry Lee weggeführt, er sieht blaß und erschöpft aus. *„Fuck you all, darlings"*, sagt er an der Tür, mitten in den Applaus.

„Ein' feste Burg ist unser Gott" setzt Amos ein, und der Nachmittag geht in die Dämmerung voller Verwünschungen über. Michel läßt Jaak in der Scheune zurück.

17

„Liebste Dina, liebste Didi, das Wetter in London ist warm, aber auch feucht, wenn es so weiter geht, sind meine ganzen Kleider im Koffer nach Amerika naß. London ist viel größer, als man denkt, weil es kein Zentrum gibt wie bei uns, doch genug über London, ich will über uns schreiben, liebste Dina, und über unseren allerliebsten Schatz, dem du viele Küsse geben mußt. Du kannst sie nicht *genug* küssen, nicht wahr, einige Leute, zum Beispiel Ärzte und Lehrer in ihrer früheren Schule sagen, daß sie diszipliniert sein muß, um ihren Charakter zu stählen, wenn sie später in der Gesellschaft leben muß, wenn wir einmal nicht mehr da sind, aber daß wir uns vor dieser Zeit *nicht* oft genug sagen können, daß wir uns liebhaben. Ich weiß, daß ich das selbst nicht immer tue und manchmal Dinge sage, die ich *nicht* so meine, aber Du weißt wohl, Dina, daß das *nicht* nur meine Schuld ist."

(Dina hat den Brief aus England schon zweimal gelesen, jetzt aber, wo sie ihn Didi laut vorliest – die einen Bauernhof zeichnet, über dem eine Wolke in Form einer Lokomotive hängt – und sie ihre eigene launische, abweisende Stimme hört, kommt es ihr vor, als läse sie einen neuen Brief, als würde der Klang das Gekrakel in etwas anderes umsetzen, als erzähle jemand durch ihre dünne Stimme hindurch etwas, was sie nicht weiß, und dieser Jemand ist ein Unbekannter, eine Mischung aus Jaak und ihr, ein diffuses, klägliches Gesicht ohne Augen oder Mund.

„Nein. Gleich", sagt sie zum Vikar, der sie unterbrechen möchte. „Laß mich erst weiterlesen." Dann sagt sie leise: „Bitte.")

„In meinem Zimmer ist es nicht unangenehm. Mein Reisegefährte schläft, aber ich nicht. Ich kann nicht, denn fern von Dir und an Euch beide denkend bin ich sehr aufgeregt, als hätte ich viel Kaffee getrunken, unseren ‚Schwarze Katze Mokka'. Meine Gedanken sind folgende: Ich werde genau sein und wahrhaftig, denn ich bin ein Feind der Lüge. Das weiß Dein Vikar auch, frag ihn mal, wenn Du ihn siehst."

(Die Pfeife des Vikars wippt auf und ab. Der Tabakgeruch ist widerlich süß. Warum schrei ich nicht: Verschwinde aus meinem Haus! denkt Dina).

„Seit der Zeit, als mich mein Bruder dazu bringen wollte, in die Partei einzutreten, bin ich so ein Feind. Ich sagte es ihm gerade deshalb so unmißverständlich, weißt Du noch, meine liebe Dina. ‚Das Leben verbessern, okay, aber nicht mit Lügen und Bauernfängerei.' Denn das war das System meines Bruders, sein ganzes Leben. Aber genug über ihn. Sein System wird sich selbst entwaffnen. Jede Idee wird immer der Sache selbst weichen müssen. Und die Geschichte lehrt uns Menschen nichts, das ist wie die Erdkunde hier in London. Nichts. Nichts. Du mußt die Augen aufmachen, sehen, fühlen, doch dadurch verändert sich nichts. Das sind meine Gedanken. Ich denke an das *Verlangen*, Dina. Denn wir haben nicht viel mehr, wir armen, schwachen Menschen. Und doch es ist das Einzige, das wir besitzen, das uns gehört, weit weg von unserer Situation und der Politik und der Macht der Großen, die wir im Fernsehen sehen. Du siehst, liebste Dina, liebste Didi, daß ich mal wieder, wie Du immer sagst, vor mich hin philosophiere.

Wenn das *Verlangen* nur wahr und echt ist, sind wir nicht zu verletzen. Der Rest ist bis auf die Knochen krank. Ich bin auch oft krank, aber es kommt, liebste Dina, aus Wärme und aus dem *Verlangen*. Ich habe nur einen Platz, und der bist Du, Du und meine Didi. Der Rest ist Feind. Auch mein Reisegefährte, der wie ein Schutzengel schläft. Hätte ich je von Dir weggehen dürfen? Nein. In dem Augenblick, wo mich mein Liebling so nötig braucht? Nein."

(Dina merkt, daß Didi schon die ganze Zeit mit violetter Ölkreide über dieselbe Stelle reibt, den Giebel des Bauernhofs, daß sie sabbert, daß sie pinkeln muß.)

„Ich fahre mit meinen Gedanken fort, denn wenn ich daheim bin, wird nichts mehr daraus. Wenn ich was sagen will, sagt mir eine Stimme im Innersten: Schweig, Dummkopf, lerne erst ernsthaft zu denken und sprich dann. Wir, Dina, Du und ich, haben auch nie Zeit, habe ich recht, Dina? Wenn mein Kuli nicht austrocknet, schreibe ich weiter. Ohne Arglist! Arglist paßt zu meinem Reisegefährten, der immer wie der Hauptmann in einem Krieg ist und seine Soldaten, seine Waffen, seine Figuren wie beim Schach, beim Dame-Spiel oder beim *Stratego* weiterschiebt.

Vor euch beiden muß ich mich nicht verstecken. Vor ihm schon. Er lacht mich beim geringsten ernsthafen Wort aus. Wenn ich was erklären will, wird er nervös.

Ich versteck mich auch erst in letzter Zeit vor Dir, Dina, am Anfang war's *nicht* so, als wir frisch verheiratet waren. Weißt Du noch, wie ich mich ausgezogen habe und zu Dir sagte: schau mich an, das ist es, ich in meiner Blöße, das ist alles, was ich habe, es gehört Dir, wir haben soviel gelacht, und ist es nicht jammerschade, daß wir das im Lauf der Zeit und durch das Leid mit unserem Liebling vergessen haben? Ißt sie auch genug? Du mußt Entrecôte bei Buyltinck kaufen, das ist das frischeste Fleisch, und ganz in unserer Nähe."

(„Bei Vanderhagen ist das Entrecôte auch nicht schlecht", sagt der Vikar. „Doch das Problem bei Entrecôte ist, daß man immer so ein großes Stück bekommt, und für jemand, der, wie ich, ganz allein ist, ist es schnell zuviel..."

Didi reibt jetzt schon die ganze Zeit mit dem Mittelfinger über die violette Stelle ihrer Zeichnung. Dina trinkt ihren kalt gewordenen Kaffee aus, fängt mit dem nächsten karierten Blatt an, das aus einem Notizblock mit einer Metallspirale gerissen wurde. Dina weiß genau, daß es der Notizblock von Michel war, diesem Scheißkerl.)

„Sag ihr auch, daß sie, obwohl sie jetzt im Augenblick anders als die anderen Menschen ist, weil es ihr nicht gut geht, sie aber doch noch viel besser dran ist als viele andere, wie sie selber im Fernsehen sehen kann, Menschen, die von Hunger und Durst gequält werden oder von Erdbeben oder auch von faschistischen Generalen, und daß ihre Schwäche eine andere Stärke ist als unsere, und daß sie auch, da sie eine Frau ist, unsere komischen Männergeschichten nicht so ernst nehmen sollte. Und noch was zum Schluß, sie muß jeden Abend mit ihren Wasserfarben malen, das ist gut für sie, das ist bekannt."

(„Was ist bekannt?" fragt Didi.

„Was dein Vater sagt", sagt Dina.

„Was sagt er?"

Der Vikar zeigt auf ihre Zeichnung. „Papa meint, daß der Umgang mit Farbe für deine geistige Entwicklung gut ist. Aber Anwendungen farbiger Lichtstrahlen zum Beispiel sind auch zu empfehlen, Didi." Er berührt mit einem elegant tanzenden Zeigefinger ihren Rücken. „Guck, hier zentrieren sich die Kräfte, bei deiner Milz, die die Farbe Orange anzieht, und hier, über deinen Nieren, wird Gelb angezogen."

Sie dreht eine grüne Ölkreide zwischen ihren Fingern.

„Grün", sagt der Vikar, „ist die Natur, ist Gleichgewicht und Frieden. Grün verdrängt die Gefühlsproblematik. Grün ist gut gegen zu hohen Blutdruck, Kopfschmerzen, Grippe. Indigo dagegen..."

„Bitte", sagt Dina.

Didi kramt in ihrer Holzkiste und kritzelt dann den ganzen Bauernhof mit grasgrünen Strichen voll. Dina sieht, daß die Brüste ihrer Tochter unter dem Pullover wieder plattgedrückt sind. Didi schnürt sich Isolierstreifen um den Busen. Dina liest wieder vor, etwas lauter und nachdrücklicher.)

„Dieses *Verlangen* ist schwierig, weil es so tief in einem steckt und man es nur wahrnimmt, wenn man in der Misere steckt."

(„Ja", sagt Didi fast unhörbar. Ein Atemzug. Dina liest sofort weiter, schneller.)

„Es ist dumm wie ein Esel, das *Verlangen*, denn es ist nicht nur der Körper, der reagiert. Ich habe mir jetzt mit ganz anderen Augen die Stadt London angesehen, denn das *Verlangen* sitzt auf dem Weg, den meine Augen gehen, und Nein wird Ja, und Ja wird Nein, es ist wie Sterben, Dina. Jetzt rede ich bestimmt dummes Zeug, nicht wahr? Aber was kann ich sonst tun, als das alles zu sagen, denn wenn ich es nicht ausspreche, ist es weg. Denn eigentlich bin ich weggegangen, um es sagen zu können, man muß weg sein, sonst kann man es nicht sagen, denn ich könnte es Dir nicht ins Gesicht sagen, darum ist die Entfernung zwischen London und unserem Zuhause in unserer Straße das Maß des *Verlangens*, darum grüble ich mehr über das *Verlangen*, wenn es nicht anwesend ist, verstehst Du mich? Ich höre jetzt auf."

(„Nein", sagt Didi. „Es gibt noch mehr Seiten."

„Noch drei", sagt Dina.

„Das ist außerordentlich interessant", sagt der Vikar. „Die Anonymität seines Verlangens würde ich gern in der Nähe des Transzendentalen ansiedeln. Denn sein Verlangen kann auch als Gnade ausgelegt werden."

„Bitte", sagt Dina. Zum dritten Mal, denkt sie. Das dritte Mal wird angerechnet.)

„Alles was ich weiß ist, daß ich danach verlange, das *Verlangen* zu sehen, das *Verlangen* weiterhin verlangen möchte..." (Sie hört auf. Die Kaffeekanne ist leer.

„Dieses letzte, war das ‚verlangen' oder ‚verlängern'?" fragt der Vikar paffend. „Er meint wahrscheinlich ‚verlängern'."

„Ich weiß es nicht", sagt Dina müde. „Er spinnt."

Didi beginnt schallend zu lachen. Es ist wie eine Explosion. Ihre Ölkreiden kullern vom Tisch.

„Pardon", sagt Dina. „So hab ich's nicht gemeint." Didi hört genauso abrupt zu lachen auf, wie sie angefangen hat, sie schnauft hörbar, die verschmierten Finger auf den Lippen.

Der Vikar ist erschrocken. Er hebt die Stifte auf, und zu Dinas gewaltiger Erleichterung erhebt er sich, klopft die

Asche von der Hose und sagt: „Tut mir leid, aber ich muß jetzt zur Vesper. Ich weiß den Weg." Er verschwindet und mit ihm der süße Tabakgeruch.

Nach dem Abendessen und „Kojak" liest Dina weiter, diesmal sind größere Lücken zwischen den Buchstaben, die sie sieht, und ihren dünnen, launischen Klängen. Didi hat ein Glas Kakao in der Hand und blickt ununterbrochen auf ihre aufgeschürften Knie, wo sie immer wieder ein Häutchen oder eine Kruste abkratzt.)

„Was ich sage, kann ich nicht sagen, aber gerade das Nichtsagen ist das *Verlangen*. Gilt es Dir? Uns? Der ganzen Welt, in der ich sterbe? Von der Welt sehe ich, je mehr ich daran denke, so viele verschiedene Arten, und meist die unglücklichsten. Du doch auch oft, Dina? Jetzt lege ich den Kuli ein bißchen zur Seite. Ich habe einen Krampf in den Fingern."

(„Da sind noch zwei Seiten", sagt Didi.)

„Warum verachtet mich Michel? Genau wie Du! Weil das witzig und lustig ist? Ich bin ein Mensch, von Kopf bis Fuß. Und Du, Dina, Du verachtest einen Teil, einen Teil von mir. Ich alleine bin allein, während Du Dich vergnügst und mich verachtest. Jedenfalls häufig. Aber manchmal prallt Dein *Verlangen* auf mein *Verlangen*. Zumindest war das früher so. Aber heute ist mein *Verlangen* meist ein toter Körper, gut und gern 114 Kilo, und ich pfeife auf die Kilos, wenn ich bedenke, daß Du mich nicht mehr gern hast und haben *willst*, so oft. Und so wie Du ist auch meine kleine Didi..."

(„Didi nicht!" schreit Didi. „Bitte!"

„Sei still, komm, sei still", sagt Dina. Doch es ist zu spät. Didi trommelt auf den Tisch, tritt gegen die Beine, brüllt. „Didi verdammt noch mal nicht! Didi, Arschloch nicht! Didi, Kacke, Pisse, Scheiße, steck ihn in meinen Arsch, nicht!"

Dina möchte den Vikar zu Hilfe rufen, aber er ist nicht da, sie versucht, die um sich schlagende Didi festzuhalten, doch das Mädchen ist bärenstark und drückt ihre Mutter an die Wand, hält ihre Handgelenke fest und leckt ihr das Gesicht.

Dina rührt sich nicht. Dich vor allem nicht bewegen, Dina, ihr direkt in die Augen sehen.

Didi läßt sie brummelnd los und tanzt. Es ist ein Boogie-Woogie, wie vor noch nicht allzu langer Zeit, als sie nachts noch aus dem Fenster kletterte und erst gegen Morgen nach Hause kam und dann allein in der Küche tanzte und die Lieder summte, die sie in diesen scheußlichen Jugendkneipen aus der Musikbox gehört hatte. Als mit ihr alles noch in Ordnung war.

Didi tanzt langsamer. Dann setzt sie sich wieder an den Tisch und zieht über den grasgrünen Bauernhof blutrote Striche.)

18

Der Verrat, denn so müssen wir es nennen, geschah an dem Abend, als das Diner des Syndikats stattfand. Wer war alles dabei? Zu viele, um sie alle aufzuzählen, denn wenn es ein Abendessen umsonst gibt – und sei es nur eine Tüte Pommes für dreißig Franc – sind alle dabei. Wer nicht da war? Salomé, Doktor Verbraeke und Markske, die drei Grazien. Und das war auch besser so.

Wenn Sie eine Minute Zeit haben, werde ich Ihnen erklären, wie es zu diesem Diner des Syndikats gekommen ist.

Valère der Taube, der übrigens nicht tauber ist als Sie oder ich, aber so genannt wird, weil er immer so entsetzlich schwer und tief und lange nachdenken muß, bevor er eine Karte zieht, der haust, und das dürfen wir sagen, ohne ihn zu beleidigen, in einem Loch. Das oberste Stockwerk des Hauses sieht noch genauso aus wie damals, als Merelbeke zerbombt wurde, als die Engländer, die den Bahnhof treffen wollten, die ganze Stadt mitsamt seiner Bevölkerung ausgerottet haben. Im *Einhorn* hat fast niemand eine Träne vergossen, als Churchill an seiner letzten Zigarre erstickt ist.

Das Dach hat Löcher, alle Scheiben sind kaputt, enfin, ein Skandal. Und im Lauf der Zeit hat sich dort eine ganze Kolonie Tauben eingenistet. Valère dem Tauben und seiner Frau Marguerite bereitete das keine Kopfschmerzen, im Gegenteil, es gab ihnen das Gefühl, mitten in der Stadt auf dem Lande zu wohnen. Morgens die Tauben gurren zu hören, sei doch angenehmer als Valères Geschnarche. Valère fütterte sie mit altem Brot und Mais; manchmal hockte er den ganzen Nachmittag dort oben bei den Tauben; natürlich nur, wenn Marguerite nicht zu Hause war, denn sie ist – mit Verlaub zu sagen – schwierig. In den Wechseljahren. Und ein eifersüchtiger Charakter. Nein, eifersüchtig ist nicht das richtige Wort. Übertrieben anhänglich, klettenhaft, anschmiegsam, wie soll ich das beschreiben? „Valère, wo bist du? Valère, was treibst du? Valère, warum sagst du nichts? Beim Vögeln warst du viel freundlicher zu mir!" Und so weiter. Man kennt diese Art.

Nun plagte sich Marguerites Mutter in letzter Zeit mit dem Blutdruck herum, und Marguerite sagt: „Wäre das kein guter Gedanke, Mama zu uns zu nehmen, sie könnte oben, im obersten Stockwerk wohnen, sie hätte ihre Pflege und ein wenig Umgang, und abends um acht machen wir die Tür zum Gang zu und hören sie nicht mehr." „In Ordnung", sagt Valère, der natürlich an das Erbe dachte, denn Marguerite hat zwei Brüder und drei Schwestern, die alle an Mutters Rockzipfel zerren. Valère verfugt die Backsteine, setzt neue Scheiben ein, tapeziert die Zimmer. Aber, Meneer, die Tauben! Eine Taube, Meneer, ist noch schlau genug, um von Montpellier nach Gent zu fliegen, zu schnäbeln und zu vögeln, aber sonst kann man von ihr keine Höhenflüge erwarten. Diese Tauben, die es nun seit Jahren gewohnt waren, im obersten Stockwerk zu nisten, versuchten immer wieder, da reinzukommen, sie schissen das Dach voll und flogen direkt gegen die Scheiben. Ab und zu stürzte eine auf den Bürgersteig.

Nun steht auf der anderen Straßenseite von Valères Haus das Gebäude des Katholischen Syndikats, so ein moderner Betonklotz, der das ganze Gesicht unserer Stadt verschandelt, okay, das sind wir von einer Stadtverwaltung wie der unseren gewohnt, und in diesem Syndikat werkelt ein Haufen von Müßiggängern, die gähnend vor diesen großen modernen Fenstern hocken. Sie kauen nur auf ihren Bleistiften herum und tauschen die Sportergebnisse vom Wochenende aus. Oder schauen zum Fenster raus. „Sehen Sie, Herr Bürovorsteher, es bewölkt sich." – „Tja, mein lieber Octave, es sieht nach Regen aus." – „Tatsächlich, Herr Edgar."

So daß das Getue dieser unglücklichen, ungeduldigen Tauben auf der anderen Straßenseite auf einmal das Schauspiel ihres Lebens wurde, alle Büros waren in heller Aufregung, das ganze Syndikat stand vor den Fenstern und war empört. Sie haben eine Versammlung abgehalten und einen Abgeordneten geschickt. Valère müsse seine Fenster aufmachen, sagte der Abgeordnete, denn es sei nicht erlaubt, Tauben zu quälen und zu frustrieren. „Aber, Meneer, das sind nicht *meine* Tauben", sagt Valère. – „Meneer, sorgen Sie dafür, daß die Viecher wieder reinkönnen, oder bauen Sie einen neuen Taubenschlag! Die Tiere müssen gerettet werden." – „Meneer", sagt Valère, „Sie können mich am Arsch lecken."

Diskussionen, Palaver. Der Tierschutz, die Stadtverwaltung, die Polizei. Einige sprachen davon, die Angelegenheit vor den Europarat zu bringen. Unterschriften von verschiedenen Syndikaten, Fußballvereinen, kulturellen Vereinigungen wurden gesammelt. Es war sogar die Rede davon, vor Valères Tür mit Spruchbändern Wache zu halten. Ja, Meneer, wie damals in Chile, mit diesen Folterungen.

Der Kommissar des sechsten Bezirks mußte sich damit herumplagen. „Valère", sagt er, „das artet in eine politische Affaire aus, tu was, tu's für mich als Freund."

„In Ordnung, Herr Kommissar", sagt Valère. „Ich werde dafür sorgen, daß diese Tauben den besten Unterschlupf finden, den ich mir nur denken kann." Er ist hinaufgegangen, hat seine Fenster aufgemacht, und der ganze Taubenschwarm ist hineingeflogen.

Und so kommt es, daß es an jenem Abend im *Einhorn* Tauben *à volonté* gab. Zwei Tauben pro Mann.

Felix der Kater hat sie zubereitet, das heißt, er führte die Aufsicht, er gab die Anweisungen, wie es sich gehört, mit einer weißen Schürze um, und die anderen mußten die Tauben entzweihacken, weichklopfen, die Flügel unter den Füßen festbinden. Der Schulmeister Verbist, der daheim zum Abendessen meist nur Sauermilchbrei bekommt, wollte sich in die *Zubereitung* einmischen, aber er wurde weggejagt, und so hat Staf von der Peperstraat Felix beim Panieren und Einreiben mit Senf von *Tierenteyn* assistiert. Anschließend zerlassene Butter drauf und vorsichtig auf den Grill. Danach mit Teufelsoße übergießen, nein, nicht Taubensoße, zubereitet aus: Schalotten, Weißwein, Ketchup und viel Cayennepfeffer.

Wir sind beim Essen. Frans der Holländer hat seine beiden Tauben schon aufgegessen und lauert auf mögliche Reste des einen oder anderen, als plötzlich die Tür mit einer Wucht aufgerissen wird, die uns aufblicken läßt. Denn die Stammgäste vom *Einhorn* öffnen die Tür immer ganz vorsichtig wegen der Zerbrechlichkeit der antiken Bleiglasscheiben und um die Konzentration der Spieler nicht zu stören – selbst wenn sie veilchenblau sind. Und wer steht da im *Einhorn* zum erstenmal in ihrem Leben? Dina, Jaaks Frau.

Ich kann nicht in die Seele der anderen hineinblicken, obwohl man im *Einhorn* seinen Nächsten in- und auswendig kennt, ja, ich muß ehrlich zugeben, daß jeder im *Einhorn* Jaak und Michel in der Fremde glatt vergessen hat. Nie wurde darüber gesprochen, so daß es uns schwerfiel, Dina sofort, auf den ersten Blick zu erkennen, denn es kommt noch dazu, daß sie aussah, als käme sie direkt aus dem Fegefeuer. Bleich wie der Sensenmann, Haarsträhnen im Mund, große, blaugeränderte Augen, ein merkwürdiges Lächeln um die Mundwinkel. Und suchend, wen sie verschlingen könnte.

„Sieh einer an, wer da ist!"

„Man würde sogar Geld ausgeben, um dich zu sehen."

„Setz dich zu uns, Dina."

„Es gibt Tauben á la Felix le Chat."

„Du hast draußen bestimmt den Bratenduft gerochen?"

„Komm, Dina, nimm ein Flügelchen."

Sie aber bleibt stehen und sucht jemanden unter uns, der nicht da ist.

Gerard die Flöte, unser Berufscharmeur, geht auf sie zu, er wischt sich die Soße von den Lippen, bevor er spricht und sagt: „Dina, mein Engel, ich habe den ganzen Abend auf dich gewartet, warum schaust du mich nur so unfreundlich an?"

Quatsch in Dosen natürlich, aber das Lustige daran ist und

bleibt, daß die Frauen zuhören, wenn Gerard die Flöte mit seinem Clark Gable-Schnauzbärtchen und seinem altmodischen, komplizenhaften Lächeln so einen Unsinn sagt. Kurz, Dina zieht ihren Regenmantel aus, nimmt Platz, trinkt ein *Pale-ale*, sie ißt ein halbes Täubchen, sie taut auf, wir fragen, ob es Neuigkeiten von Jaak gäbe, sie sagt, daß sie nur einen Brief in der ganzen Zeit bekommen habe, und das auch noch aus London und mit großer Verspätung, wegen des Streiks der Engländer, wir nicken, denn das hat man davon, wenn die Gewerkschaften ein Königreich regieren.

Eigentlich sei dieser Brief der Grund, sagt sie, daß sie sich ein Herz gefaßt habe und zu uns gekommen sei, denn beim Vorlesen dieses Briefes habe sich ihre Tochter so aufgeregt, daß Doktor Verbraeke dringend kommen müsse, und sie habe gehofft, ihn im *Einhorn* anzutreffen.

Vielleicht kommt Doktor Verbraeke später, sagen wir. Sollen wir unterdessen Doktor Grootjans anrufen? Er ist zwar mehr für den Hals-Nasen-Ohren-Bereich zuständig, aber im Notfall...

„Nein", sagt Dina, „nur Doktor Verbraeke, der kennt ihr Krankheitsbild." Meneer Jules, der Dackel, beißt wütend in den Ärmel von Dinas Jacke. Zum Glück stimmt Frans der Holländer an einem anderen Tisch in diesem Moment das Lied „Der flämische Löwe" an, und wir können das Gespräch in eine andere Richtung lenken, denn wir fühlen uns gegenüber Didis Schicksal unbehaglich, hilflos; Didi, dieses arme Schaf, die wegen der Liebe einen Dachschaden bekommen hat. Das kann uns allen passieren, nur nicht so schnell. Auch nicht so heftig, erbarmungslos.

Mit vier oder fünf Mann und Dina landen wir später noch auf einen Digestif bei Hélène im *Saint-Tropez*, denn die Tauben waren ziemlich schwer gewesen. Dina trinkt ein *Pale-ale* nach dem andern. Hélène tröstet sie. Beim Würfelspiel schnappen wir auf, daß Dina ihre Tochter an die Gitterstäbe des Bettes binden mußte, obwohl sie ihr drei Schlafpulver in den Kakao geschüttet hatte.

„Allez, allez, Dina“, sagt Hélène. „Nimm's nicht so tragisch, trink noch einen, auf meine Rechnung.“

„Tournée générale“, ruft Frans der Holländer.

„Denkste, du Kaaskopp“, sagt Hélène. „Nur für diese Frau, die durch deine miesen Machenschaften so in die Bredouille gekommen ist...“

„Meine miesen Machenschaften?“

„Von euch allen“, sagt Hélène heftig, „und ich weiß, was ich sage.“

Wir protestieren. *Unsere* Machenschaften? Wir können unsere Unschuld jedoch nicht beweisen, denn dann müßte die ganze schmutzige Wäsche gewaschen werden, und das können wir Dina und, *a fortiori*, wie Schulmeister Verbist sagen würde, unserem Freund Jaak nicht antun. Zum Glück hat Hélène dies auch kapiert und redet über ihren kaputten Mixer, sie könne keinen richtigen Orangensaft mit Wodka servieren, sie müsse, wie die Amerikaner, Orangensaft aus der Dose nehmen. Doch Dina ist eine Frau. Sie riecht den Braten. Sie geht zwar auf Hélènes Geschwätz ein, aber inzwischen ist dieses merkwürdige Lächeln wieder aufgetaucht, das sie hatte, als sie ins *Einhorn* hereinkam, und sie beobachtet uns, einen nach dem andern. Wir spielen weiter, Frans der Holländer würfelt zweimal drei Sechser, Staf von der Peperstraat versucht wie immer einige Kreidestriche zuviel wegzuwischen, wir denken schon daran, wieder in unser eigenes stinkendes, sicheres, warmes Nest, ins *Einhorn* zurückzukehren, als Dina plötzlich aufsteht und Gerard die Flöte zum Tanzen auffordert. Bei einem *Slow* sehen wir im Spiegel, daß sie seinen Nacken küßt. Wir können ihn natürlich nicht an den Haaren wegziehen und ihn gemeinsam mit einem Tritt hinausbefördern, was wir am liebsten täten, denn es geschieht vor unseren Augen, dieser Scharlatan, gefallsüchtig, scharf wie kein Zweiter, glaubt, daß Dina, diese gerissene Person, wie die meisten Weiber verrückt nach ihm ist, und wir müssen ohnmächtig zusehen, daß er uns *verrät*. Wir können nicht hören, was er sagt, doch wir merken, wie Dinas Lächeln noch starrer, kälter wird, während sie auf seinem Schulterblatt Klavier spielt, wie über ihre ganze Erscheinung etwas Triumphierendes und Krampfhaftes fällt. Ihre blaugeränderten Augen sind weitaufgerissen. Die Musikbox hört zu spielen auf.

„Jungs, sollten wir nicht langsam gehen?" fragt Staf von der Peperstraat in die verqualmte Stille hinein.

„Warum?" sagt Dina. „Wo ich mich einmal amüsiere."

„Ich will heute mal früh schließen", sagt Hélène. Schulmeister Verbist möchte eine neue Platte drücken, doch Dina steht mit dem Hintern vor dem kleinen Metallschlitz an der Musikbox. Ist sie es, die mit den Zähnen knirscht? Es ist Hélène, die ihre Knöchel lang zieht, Gerard zufolge die Angewohnheit unbefriedigter Frauen.

„Ihr seid eine Bande", sagt Dina.

„Ja", sagt Hélène (die wir einmal bei einer Demonstration für Abtreibung auf dem Freitagsmarkt gesehen haben).

Gerard die Flöte, der unsere vorwurfsvolle Wut spürt, sagt in einem mißglückten beschwichtigenden Ton: „Du mußt uns nicht alle über einen Kamm scheren, Dina. Wir sind doch nicht für das verantwortlich, was ein einzelner..."

Dinas Augen werden größer, sie weint. Hélène, die Glucke, streichelt ihr über das Haar und reicht ihr ein halbes Glas *Pale-ale*, Dina verschluckt sich, setzt sich flennend in den Plüschsessel, in dem einige von uns Hélène manchmal auf den Knien reiten lassen.

„Du hast es die ganze Zeit gewußt, auch du", schnauzt Dina Hélène an.

„Ich weiß so viel", sagt sie gelassen.

„Jungs, die letzte Runde. Was trinkst du, Dina?" ruft Staf von der Peperstraat.

„Ein *Pale-ale*", sagt Dina. In sich versunken, abwesend, sagt sie mehr zu uns als zu Hélène: „Ich wollte nie wissen, wer es war. Nicht als sie glücklich war. Später auch nicht. Weil ich Angst hatte, etwas Furchtbarem in mir nachzugeben, alle Schuld dann auf den abzuladen, der Didi dies angetan hat, und mich selbst reinzuwaschen. Natürlich war ich neugierig. Als sie noch *in Ordnung* war, hab ich sie geschlagen. Ja. Als sie, außer sich vom Rauchen, morgens früh aus diesen Kneipen kam und lachte. Dumm lachte. Oder tanzte. Ich wußte, daß sie mit jemand ins Bett ging. Daß sie die Pille nahm. Daß es wahrscheinlich mehrere Männer gleichzeitig gab. Ich ohrfeigte sie, bis ihre Wangen rot waren. Wer? Wer? Obwohl ich es nicht, absolut nicht wissen wollte. Obwohl ich froh war, daß sie nichts sagen wollte, keinen Namen, keinen Ort, keine Zeit. Sie stand einfach da und lachte, benommen von dem Stoff, den sie geraucht hat und der in ihren Kleidern saß. Jaak hat das nie bemerkt, er ist so vernarrt in sie, aber er weiß nicht einmal, was für Röcke oder Pullis sie hat, welche Farbe Lippenstift sie aufgetragen hat, genau wie ich nichts von ihm weiß, das wird mir erst jetzt bewußt, nach all den Jahren. Denn warum schreibt er mir solche Dinge? Warum hab ich nie was Ähnliches von ihm gehört? Vielleicht hab ich's vergessen, vielleicht hat er genau das gleiche am Anfang unserer Ehe gesagt, und ich hab nicht zugehört. Und jetzt, wo er zum ersten Mal verreist ist, muß ich aus der Fremde solche Dinge hören. Manchmal denk ich, daß ich diesem Abschaum von Michel auf meinen bloßen Knien danken muß, weil er Jaak nach Amerika mitgenommen hat. Ja, noch ein *Pale-ale*, Hélène. Danke.

An jenem Morgen kam sie zur gewohnten Zeit nach Hause, und ich sah, wie an all den anderen Tagen, daß sie geraucht hatte. Und als sie an mir in der Küche vorbeiging, als ob ich ein Möbelstück wäre, dachte ich: sie bricht zusammen. „Ich habe solches Kopfweh", sagt sie und tastet sich zu mir vor wie zu einer Wand. Ich gebe ihr Aspirin-Brausetabletten, und sie spuckt sie aus. Ich mache ihr Haferbrei, davon könnte sie sonst drei Teller essen mit braunem Zucker, sie liebte Haferbrei, weil sie den als Kind immer von meiner Mutter bekam, aber sie will ihn nicht, ich steh da mit meinem Teller, und sie geht rückwärts, bis sie mit dem Rücken am Büffet steht, und ich seh, daß sie nicht sprechen kann, ihr Mund geht auf und zu. „Was ist los, Kind", sage ich, „du brauchst keine Angst zu haben", und das war das letzte Mal, daß sie mich wie ein Kind angesehen hat, wie ein richtiger Mensch, sie ist rauf in ihr Zimmer gegangen, und drei Minuten später hör ich sie brüllen wie eine Kuh, die ganze Nachbarschaft hörte es, ich renn in ihr Zimmer, ihre Zähne klappern wie Kastagnetten, ich steck ihr ein Taschentuch in den Mund, und dann hat sie sich hingelegt, wie ein Brett, keinen Mucks von sich gegeben, und so ist sie zwei Monate lang liegengeblieben. Künstlich ernährt, Bestrahlungen, Spritzen, Doktor Verbrake, eine ganze Reihe von Ärzten und Psychiatern, sie ist nie wieder gesund geworden. Es ist ein Phänomen, sagen die Ärzte. Die reden wie über jemanden im Zirkus."

„Die allerletzte Runde", schreit Schulmeister Verbist und drückt seine Platte ein. *Puppy Love* ist es, es paßt, aber Dina achtet nicht darauf. Hélène blickt uns mit offener Verachtung an.

19

Während Michel in der *Las Vegas Sun* das Phantomfoto eines der Würger von den Hügeln, dem mit dem olivfarbenen Teint (ein grobknochiges Oval mit fast zusammengewachsenen Augenbrauen, Kuhaugen und symmetrischen, rechteckigen Lippen) betrachtet und sich mit dem leeren, geglätteten Gesicht ohne Poren, Pickel, Bartstoppeln merkwürdig verwandt fühlt, hinter dem – laut *Sun* – einhundertachtzig Polizisten ununterbrochen her sind, ein Gesicht, das eher eine Summe von Andeutungen, Aufzählungen, vager Details ist als das Gesicht einer Person mit Mordlust oder anderen Leidenschaften, und er die Dollars des Kopfgeldes umrechnet und auf ungefähr vier Millionen Belgische Franc kommt, liegt Jaak – wie häufiger in den letzten Tagen – auf dem vibrierenden, brummenden Bett, das vom geheimnisvollen Mechanismus der „Magischen Finger" angetrieben wird. Auf einer Messingplatte neben dem Bett steht, daß diese magischen Finger für 25 Cent eine Viertelstunde eine entspannende Massage bieten und den Benutzer schnell in ein „Land der befreienden Ruhe" befördern. Jaak wirft seine 25 Cent-Münzen in letzter Zeit lieber in den Schlitz der „Magischen Finger" als in die Spielautomaten der Kasinos. Obwohl er bis jetzt alles in allem nicht viel verloren hat. Er spielt nicht nach dem Wahrscheinlichkeitsgesetz oder auch nur nach einem vernünftigen System, sondern einfach ins Blaue hinein, ein launisches, zuweilen übermütiges Dorfkind auf dem Rummelplatz. Die Stärke der Unschuld, beschließt Michel. Da muß was unternommen werden. Dies darf nie triumphieren.

„Was machen wir?"

„Noch zwei Minuten", sagt Jaak mit geschlossenen Augen. Sein weißer Leib vibriert. Mit seinen gefalteten Händen liegt er wie ein aufgebahrter Leichnam da, den man mit einigen rhythmischen Elektroschocks wieder zum Leben zu erwecken versucht. Das Bett brummt, die Zeit ist um. Jaak rappelt sich auf, schneidet sich die Fußnägel.

„Ja, was sollen wir machen?" sagt er. In den ersten Tagen wäre ihnen eine derartige Frage nie in den Sinn gekommen. Sie haben also von Las Vegas die Nase voll. Der Schaden hält sich in Grenzen.

„Ich will noch einmal versuchen, alle Stiche zu kriegen", sagt Michel. „Beim *Texas hold'em.* Damit ich wenigstens *quitte* spiele."

„Okay, boy", sagt Jaak.

Sie paddeln ein bißchen im Schwimmbecken herum, gucken sich einen Schwarzweißfilm im Fernsehen an, der von einer schwammigen Blondine handelt, die regelmäßig mit Hilfe einer aufregenden Melodie in ihre Vergangenheit zurückversetzt wird, was sie in den Selbstmord treibt. Sie stürzt sich von steinkohleartigen Felsen in die tosende Brandung.

Sie spielen *Manille*, aber ohne Begeisterung.

„Brauchen wir das noch?" fragt Jaak und zeigt ein Fläschchen Sonnenöl.

„Ich nicht", sagt Michel.

Worauf Jaak das Öl auf die Quadersteinschwelle ihres Zimmers schüttet, sie mit einem Badetuch trockenreibt. Er putzt den Stein, bis er gleichmäßig glänzt. „So ist es viel ordentlicher", sagt er. „Voilà." Sein nackter Fuß mit den winzigen Nägeln gleitet über die Schwelle. „Hier ist Jaak, der belgische Riese, vorbeigekommen und hat alles reinlicher hinterlassen, als es war."

Noch zwei Tage in Las Vegas, noch zwei Tage in Los Angeles, denkt Michel, länger halt ich es nicht aus. Ich komme wieder, dann aber auf jeden Fall allein.

Endlich wird es dunkel, und sie finden sich in der dünnen, kalten, chemischen Luft des *Circus-Circus* wieder. Michel spürt einen stechenden Schmerz über den Augenbrauen. Das ist natürlich der Schock des Übergangs von der Hitze draußen zur Air-condition. (‚Eigentlich ist es viel eher die Schuld dieses quabbeligen Klotzes von Jaak an meinem Bein, warum habe ich mir das nur eingebrockt, ich verdien's nicht anders, so kann ich nicht spielen, heute abend spiele ich nicht.')

Auf dem Weg zur *Texas hold'em*-Abteilung läßt er Jaak vorgehen und versucht, die Leute so wenig wie möglich anzurempeln. Jaak und Michel sind überrascht, als sie Amos als Croupier an einem Tisch frostig, würdevoll sitzen sehen. Sitzend ist er genauso groß wie die anderen Croupiers, nichts an seinem breiten Oberkörper verrät sein zerbrechliches, dünnes Untergestell. Der Tisch ist gut besetzt. Amos mischt und teilt effizient, unpersönlich, routiniert aus.

„Jetzt ist der Augenblick gekommen", sagt Jaak.

„Wieso?"

„Mit ihm als Croupier!"

„Vergiß es", sagt Michel.

„Ich werde spielen."

„Selbst wenn er das Austeilen beeinflussen könnte, was er nicht kann, würde er eher dich reinlegen als einen Amerikaner."

„Amos nicht", sagt Jaak und nimmt Platz.

„*Hi*, Amos", sagt er. Amos nickt ihm zu wie einem Fremden. „Spielen Sie?" Seine heisere Stimme klingt neutral, unpersönlich.

„Und wie!" ruft Jaak vergnügt.

Ohne sich im Verlauf des Spiels auch nur im geringsten anmerken zu lassen, daß sie sich kennen, teilt Amos, zu Jaaks völliger Verwirrung, die vernichtendsten Karten aus. Jaak verliert sechzig Dollar, hundertzehn Dollar. Dann steht er auf und lächelt Amos' rechte Hand mit dem farblosen Zirkon am Mittelfinger ungläubig an. „Herzlichen Dank, Amos", sagt er.

„Keine Ursache", sagt der Zwerg.

Weil er meint, einen flüchtigen Ausdruck der Erleichterung wie einen Schatten auf Amos' Gesicht bemerkt zu haben, weil er Jaak eine Lektion erteilen möchte, weil es doch ein merkwürdiger Zufall und ein Omen ist, daß sich der Prediger heute abend als ein mitschuldiger Diener der Sünde entpuppt hat, weil in seinem Zwerchfell etwas Begieriges prickelt, nimmt Michel am Spieltisch neben einem erschöpften, wettergegerbten Mann in Hemdsärmeln Platz, der gedankenlos einen Berg Chips neben sich aufstapelt, verstreut und wieder ordnet.

„Stell dich *nicht* hinter mich", sagt Michel. Im weiten Bogen geht Jaak herausfordernd-nonchalant an den anderen Tischen vorüber, kauft drei *Bountys* im Zeitungsladen und bleibt dann kauend zwischen einigen Japanern gegenüber von Michel stehen. Er sieht, daß Michel vorsichtig spielt, etliche Reihen ausläßt, ziemlich schnell paßt, keine Miene verzieht, wenn er gewinnt oder verliert.

Michel verliert.

Bei Jaak macht sich der Hunger bemerkbar, er versucht mit einer äußerst bescheidenen Handbewegung Michels Aufmerksamkeit zu erringen, was ihm aber nicht gelingt. Die Spieler kommen und gehen. Von den Spielern, die von Anfang an da waren, sind nur noch Michel und der Mann in Hemdsärmeln übriggeblieben, der mechanisch gegen seine sechs Chips-Türmchen klickt.

Amos holt einen kleinen elfenbeinfarbenen Zerstäuber heraus und sprüht sich ein Wölkchen zwischen Nacken und Hemdskragen, er wischt sich die Hände mit einem Kleenextuch ab und holt tief Atem. Er wartet auf einen neuen Satz Karten. Jetzt erst erkennt er offenbar Michel. „Es geht nicht so schlecht, wie?"

„Geht so, Amos", sagt Michel. „Wie ich sehe, bist du befördert worden."

„Ach, ich springe oft als Croupier ein", sagt Amos. „Ich hatte frei, weil das Känguruh krank geworden ist. Nix schlimmes. Eine Bauchgrippe. Aber so ein Tier ist empfindlich. Und sehr teuer. Deshalb läßt sich die Direktion auf kein Risiko ein."

Jaak möchte sich nach vorne drängeln, sich in dieses Gespräch einmischen, aber es wird bereits wieder ausgeteilt. Es sieht so aus, als würde Michel sich gerader hinsetzen, aufmerksamer, mit einem verbissenen Zug um den Mund auf seine Karten blicken.

(,Alle Stiche. Ich darf mir nicht erlauben, daran zu denken. Irgend etwas singt in mir, was nur ich höre. Beeil dich. Beeil dich, schäbiger Croupier, was hast du für mich? Zwei Asse. Bravo. Genau. Gut so. Ich setze hundert Dollar. Deck sie auf, Amos, beeil dich. Genau. Ein Herzas, ein Kreuzbauer, eine Herzsieben. Danke, Arschloch. Der Gewinner, der Klempner neben mir mit seinen Chipstürmchen, nickt. Klar. Klar geht er mit. Hundert Dollar. Er darf. Ich setze wieder hundert Dollar. Zwei Asse in meiner Hand, und vor mir noch so ein schönes, rotes As, ein plattgedrücktes Herz, wie es sich gehört. Drei Asse. Beeil dich. Amos deckt eine Pikdrei auf. Drei, drei Asse, summt jemand in mir. Ich will den Mann neben mir nicht sehen, nicht riechen. Was macht er? Ja, genau, dieser *Yankee-doodle-cowboy*, von Wind und Wetter gegerbt, geht mit. Okay, Boy. Hundert Dollar. Beeil dich, Amos, Bruder Hodensackkratzer, gib deinem Bruder was Schönes, zieh einfach dieses letzte As, nicht nötig, ich hab schon drei, aber man kann ja nie wissen, du Prophet meines Arsches. Eine Herzzwei. Macht drei Herzen, Pikdrei, Kreuzbauer. Wieviel Dollar habe ich noch? Nicht denken. Es muß fließen. Wie ein glänzender, glitzender Milchstrahl. Ich setze, siehst du es, Amos, du Flegel? Dreihundert Dollar. Mein Kumpel neben mir tut so, als müßte er nachdenken, die Buttermilch in seinem amerikanischen Hundsfotskopf befiehlt ihm, zu zahlen, er legt, bravo, richtig, dreihundert Dollar dazu. Jetzt nicht denken. Nein, keinen einzigen Gedankenblitz zulassen. Ich werde Salomé *kein* Telegramm wegen Geld schicken. Nein. Ich gehe mit. Meine Hose ist zu eng. Ich kann das Geld nicht schwungvoll herausziehen. Hier, die letzten geilen, widerwärtigen, leckeren Dollars. Dreihundert. Beeil dich. Beeil dich. Spritzen. Aufdecken. Hose runter. Herzeigen. NEIN. Rikkebot lacht. Er bleibt unsichtbar, läßt aber sein heiseres, schnarchiges Lachen hören. O, meine zwei lächerlichen, schwindsüchtigen Scheißasse. Nein!')

Jaak sieht Michels Lippen anschwellen, ein babyhaftes Saugen, ein tödliches Grinsen.

„Sorry, Partner", sagt der Mann in Hemdsärmeln und kratzt mit einem Chip über seine blauen Bartstoppeln. (‚Die ganze verdammte Zeit hatte er Herzvier und Herzacht. Fünf von derselben Farbe. Die Herzacht. Die Acht der Herzen.')

„Spielen Sie weiter?" fragt Amos unbewegt.

„Nein", sagt Michel. Wellenartig breiten sich seine Kopfschmerzen von den Schläfen über den ganzen Schädel aus, nisten sich im Nacken ein. Er steht auf, murmelt: „Ciao, Amos" und streckt die Hand aus.

Der Croupier mit den breiten Schultern und den rostroten Löckchen blickt auf die Hand, dann an Michel vorbei. „Sorry, es ist uns nicht erlaubt, den Kunden die Hand zu geben."

Jaak läuft hinter Michel her. „Sag nicht, daß es meine Schuld ist."

„Das sag ich nicht", flüstert Michel.

„Du hast Glück in der Liebe", sagt Jaak. Michel bleibt so abrupt stehen, daß Jaak mit ihm zusammenstößt. Das dunkle, verzerrte Gesicht Michels stottert etwas Unhörbares.

„Es ist nicht *meine* Schuld", sagt Jaak.

Blind, mit dem ohrenbetäubenden Lärm eines klimpernden *jackpot* im Gehirn geht Michel weg, läuft direkt in zwei Samtvorhänge hinein. Ein Flur mit Fotos und Plakaten, eine Reihe Schaukästen aus Glas und Aluminium. Er geht langsamer, schneuzt sich die Nase, um den Druck in den hämmernden Schläfen abzuschwächen.

„Wollen wir essen gehen? Ich lade dich ein."

Michel nickt. Er wird Salomé ein Telegramm schicken. „Zuhälter, Mörder, schicke mir Scheck via Lloyds über zehn, nein, fünfzehntausend Dollar, oder du hängst mit deinen

Eiern an einem Nagel beim BKA, nein, ausgeschrieben, beim Bundeskriminalamt. Unterzeichnet: Michel, der alles weiß. *With your balls on a nail.* (‚Nein, nicht in Englisch. In meiner Sprache. Nicht telefonisch aufgeben. Selber in Druckbuchstaben am Schalter schreiben.‘)

Die zuckersüße Musik vom Kasino, das metallene Geraschel, Klimpern und Stimmengewirr im Hintergrund, kommt nun gefiltert, präziser, schmalziger durch. Wenn ich sterbe, wird meine Mutter um mich trauern. Jan, ihr Mann, vielleicht auch, eine Viertelstunde. Ich habe nicht gelebt. Ich lebe nicht. Bin jedenfalls lang nicht so lebendig wie das watschelnde und sich unschuldig ergötzende Ding, das hier in eine Vitrine schaut und Hunger hat, also lebt und etwas erwartet.

„Schau dir das an." Jaak zeigt auf eine Violine, die – wie dem gedruckten Kärtchen neben der Vitrine zu entnehmen ist – aus mehr als zwanzigtausend Streichhölzern gebaut wurde. Daneben liegt eine aus einem Menschenschädel, dem Schädel eines tibetanischen Heiligen, angefertigte kleine Trommel.

„Kannst du mir morgen etwas Geld leihen?" fragt Michel. „Ich bin ein bißchen zu weit gegangen."

„Klar", sagt Jaak. Mit verhaltenen Ausrufen, billigendem Brummeln, erstaunten Schimpfworten betrachtet er die Schaukästen. Michel muß ihm ein paarmal bei der Übersetzung der Aufschriften helfen. Eine Ziege mit zwei Köpfen, ein Lamm mit sieben Beinen, einem Herz und zwei Verdauungskanälen, etwas, was man vor hundert Jahren für eine Seejungfrau gehalten hat, ein dunkler, verschrumpelter, gähnender Affenkopf und ein Affenbrustkorb, die listig und fachkundig an den Rumpf eines Fisches angenäht sind. „Das letzte Abendmahl", wie echt, aus sechstausend Briefmarken gemacht.

„Hier", ruft Jaak, der Geldgeber, und Michel stellt sich brav neben ihn. Hinter Glas steht Charles Charlesworth, ein wächserner, gebückter Greis mit einer Eulenbrille auf der Nase, verstaubtem weißem Haar, gestützt auf einen Spazierstock, der länger ist als er selbst. 1829 geboren. Bekam im

Alter von vier Jahren einen Schnäuzer. Mit fünf war seine Haut runzlig und ausgetrocknet. Mit sechs fing er an zu zittern und gebeugt zu gehen, bekam schneeweiße Haare und einen schneeweißen Bart. Mit sieben wurde er ohnmächtig und starb total verkalkt als sehr altes Kerlchen.

„Mannomann!", sagt Jaak. Michel hört seinen knurrenden Magen.

Plennie Wingo, der zweimal zu Fuß ganz Europa durchquerte, allerdings rückwärts mit Hilfe eines kleinen Rückspiegels. Die eiserne Jungfrau. Die geräuchterten Schrumpfköpfe der Jivaros, deren Köpfe gehäutet und dann gekocht wurden bis auf ein Drittel der Größe; Lin Min, der doppelte Pupillen hatte.

„Ist doch lehrreich", sagt Jaak. „Wenn ich das Dina und Didi erzähle."

„Ich geh nach Hause", sagt Michel.

„Du hast recht." Die großen Scheiben des Kasinos sind stumpf.

Es ist hell geworden, doch der Himmel ist schmutziggrau, als stünde ein Sturm bevor. Die Pockennarbigen, die Krüppel, die fettsüchtigen Kriegsveteranen ohne Beine, in Rollstühlen, spielen weiter. Junge Frauen, die ihr ganzes Geld verspielt haben, gähnen, lächeln ältere Herren an, ihr Lächeln geht an und aus wie die flackernden Neonlichter am Eingang.

Hinter den Pumpvorrichtungen der Schwimmbäder liegen betrunkene, lallende junge Leute im Plastikgras.

Jaak und Michel kommen an einem khakifarbenen Landrover ohne Reifen vorbei. Auf der Heckscheibe steht in durchsichtigen, weißen Lettern: *Buy me.*

(,In Ägypten war es mindestens so warm wie hier, aber trockener, die schmalen Straßen rochen nach Öl und Gewürzen und Kot, der *Muezzin* sang heiser über den Dächern. Der Junge, der mir mindestens dreimal seinen Namen gesagt hat, der mir jetzt aber nicht einfällt, etwas Arabisches mit einem *ch* und einem *i,* wog über hundert Kilo, er war höchstens vierzehn, er trug einen sehr schönen gestreiften *Djellabah,* er hatte ein Froschgesicht mit hungrigen, flehenden, widerwärtig dicken nassen Lippen, nicht im entferntesten wie meine, nie und nimmer, die Falten seines *Djeballah* schlugen gegen meine Beine. *Please, mister, fuck me,* rief er. In seinen Wimpern war Sand. Er schien gerade aus einem Käfig in einem Keller, wo er gemästet wurde, freigelassen zu sein. *One dollar, please,* rief er und später: *No dollar, please mister, I love you, fuck me.* Es war in Ägypten vor noch nicht so langer Zeit. Er hatte drei Tage gewartet, bis ich aus dem Hotel kam, er ging neben mir her, ich lief sehr schnell, schweißnaß, ein paar Straßen weiter kam er nicht mehr mit, der Ruf verfolgte mich, obwohl er nicht laut war, sondern innig, so irre nah, *Fuck me, please. Buy me.*')

An diesem Morgen essen sie in einer Snackbar Truthahn mit Minzsoße. „Zahnpasta zum Truthahn", sagt Jaak, „was denen nicht alles einfällt."

An diesem Morgen trinken sie Dosenbier und spielen *Manille* in ihrem Zimmer. Jaak sagt:

„Ist es hier nicht viel gemütlicher als in diesen Kasinos? Für mich kann das Flugzeug nach Hause schon bereit stehen."

„Für mich schon lange", sagt Michel.

An diesem Morgen, als sie zu Bett gehen wollen und Jaak seinen gelbkarierten Schlafanzug schon angezogen hat, aber noch seine Rechnung aufmacht und in sein Notizbuch schreibt und Michel gerade das Plastikschild *Don't disturb* draußen an den Türknopf gehängt hat, um die laut singende Putzfrau fernzuhalten, an diesem Morgen läutet das Telefon und, nach einigem undeutlichen Stimmengewirr der Telefonistinnen, ist Dina am Apparat.

„Jaak, bist du's?" Ihre aufgeregte Stimme ist ganz nah, als stünde sie in einer Telefonzelle um die Ecke.

„Ja. Dina. Was ist passiert? Ist was mit Didi?"

„Sie schläft."

„Ah. Zum Glück."

„Wie ist es in Amerika?"

„Gut. Aber ziemlich komisch."

„Ich kann nicht lange sprechen. Nur drei Minuten."

„Was ist passiert, Dina? Sag's mir lieber gleich."

„Ich mußte dich anrufen, ich konnte nicht warten. Ich kann schon nicht mehr schlafen. Ich muß – (Ihre Stimme wird von lauten Stimmen und Tanzmusik im Hintergrund übertönt. Sie ist in einer Kneipe.) – Und alle sagen es: Es war Markske."

„Markske? Ist er verunglückt?"

„Wenn's nur so wäre!" (Sie lacht wie ein ganz junges Mädchen. Dann folgt ein abgehackt hüstelndes Geräusch, nah am Hörer.) „Jaak, wie lang bleibst du noch?"

„Noch vier Tage."

„Jaak, es war Markske, der Didi ruiniert hat."

„Der, der Didi..."

„...ruiniert hat. Die vom *Einhorn* haben es mir erzählt."

„Wer?"

„Staf und Felix und Hélène."

„Woher?" (Die Hintergrundgeräusche sind weg, die Kneipe ist leer.)

„Was meinst du mit woher?"

„Woher wußtest du, daß ich hier bin? Meine Nummer?"

„Von Herrn Salomé. Das größte Motel der Welt, sagte er. Er hat mir geholfen, die Nummer rauszukriegen. Aber ich habe ihm natürlich nicht gesagt, daß ich es weiß, das von Markske."

„Natürlich."

„Jaak, ich muß auflegen. Du darfst nie mehr weggehen. Hörst du mich, Jaak? Nie mehr."

„Ich auch nicht", sagt Jaak ungeduldig, verwirrt, er muß was sagen, also sagt er halt was, er möchte seine Antwort ungeschehen machen.

„Allez. Merci, Jaak."

„Ja", sagt Jaak.

„Ich häng jetzt auf. Komm schnell."

„Ja." Piepen.

Jaak hält das Telefon in der Hand, die schwarze Gummistrippe ist ganz lang geworden. Er klopft mit dem Hörer an sein Knie, an sein Kinn.

„Es war Markske", sagt er. Er legt den Hörer auf die Gabel, klappt sein Notizbuch zu, legt es ins Nachttischchen zu *Penthouse* und *Bare Bottoms*, sitzt breitbeinig auf dem Bettrand.

„Es war Markske, der Didi kaputtgemacht hat."

Es ist eine Frage, ein Gebet.

Michel antwortet nicht. Am liebsten würde er den Fernseher anschalten, sich die grellbunten, billigen Werbespots ansehen, oder eine Viertelstunde Liegestützen, Übungen für die Bauchmuskeln und die Waden machen, oder Amos in seinem Croupieranzug zwanzigmal gegen den Kehlkopf treten. Als er zu Jaak hinschaut, wundert er sich, in dem ratlosen Gesicht weder Wut noch Verkrampfung vorzufinden, sondern eine großäugige, betrübte Unschuld.

„Jaak."

„Laß mich in Ruhe." Jaak steckt sich ein ganzes *Mars* in den Mund. Michel schaltet den Fernseher an. Ein Baseballmatch. Die Spielregeln wird er nie begreifen. Er zieht die Vorhänge zu. Das Bild wird kaum schärfer.

„Wer hat's Dina erzählt?"

„Felix und Staf. Laß mich in Ruhe."

Die Wahrheit, etwas Tastbares, etwas Sichtbares, ist im Zimmer anwesend. So konkret wie das Notizbuch, in dem Jaak mit kindlichen roten Zahlen seinen Gewinn und Verlust notiert. Wie die Scheckheft-Imitation, in der Michel jetzt blättert, die man jeden Morgen an der Kasse des größten Motels der Welt geschenkt bekommt.

Sie ist in Gelb, Kobaltblau, Backsteinrot gedruckt. Das ist eine Tatsache. Das ist wahr. Hintergründe, Ursachen, verschiedene Bedeutungsschichten können daran nichts ändern. Die Titelbuchstaben sehen aus, als seien sie mit einem Pinsel aufgetragen. *Motel Guest Book*. In der rechten oberen Ecke sitzt ein Gnom mit buschigem Haar und Spinnenbeinen. Auf seiner Brust steht: HAHA! HAVE FUN! ANYTIME! Das

Büchlein enthält einen Scheck für einen kostenlosen Cocktail, wenn man für zwei Dollar Spielmünzen kauft. Einen Scheck für einen durchsichtigen Plastikbecher voll mit Chips und *nickels* im Wert von zwölf Dollar für sechs Dollar. Mit diesen *nickels* gewinnt man garantiert den *jackpot.* Einen Scheck für ein kostenloses, grünliches Erfrischungsgetränk, das Glas mit den beiden geknickten Strohhalmen glitzert von den Eiswürfeln und den Sternen. Einen Scheck für kostenlosen Champagner von 8.00 PM bis 11.00 PM. Bedienen Sie sich selbst an der silbernen Fontäne! Einen Scheck für ein Lotterielos, Hauptgewinn: Urlaub für zwei Personen in Palm Springs, nur für Erwachsene. Schecks für ein Frühstück mit dreißig Prozent Ermäßigung, mit Brötchen, Obstsaft und beliebig viel Kaffee.

Die Luft draußen ist bleiern. Ein Sturm ist im Anzug. Der riesige Cowboyhut aus Neonlicht ist so gut zu sehen wie am Abend.

Michel schaltet den Fernseher aus, kriecht ins Bett. Jaak bleibt auf der Bettkante sitzen. Eine Zeitlang ist außer dem dünnen, synkopischen Gesang der Putzfrauen draußen nur sein schwerfälliger Atem, das Rascheln der Toffeepapierchen und ab und zu ein Furz zu hören.

„Es stimmt", sagt Michel im Halbdunkel. Der Atem geht schneller.

„Hätte auch jemand anders als Markske sein können", sagt Michel. „Egal, wer. Denn Didi war in jener Zeit ganz schön scharf, das weißt du selbst, sie hat es darauf angelegt. Es hätte noch schlimmer sein können. Ich meine, der Mann, der es verursacht hat, hätte von einer schlechteren Sorte sein können als Markske, der im *Grund* kein schlechter Mensch ist. So kannst du es dir vorstellen: Schließlich waren beide noch Kinder. Daß Didi in dem Augenblick, als Markske ihr sagte, daß es aus und vorbei ist zwischen ihnen – und wie man ihn kennt, hat er das bestimmt nicht gerade taktvoll gesagt, denn auch er steckte in einer Sackgasse – daß in dem Augenblick Didis ganzes Nerven- und Drüsen- und Gehirnsystem zusammenbrach, zerriß, schrumpfte, durchbrannte, das ist genau genommen nicht Markskes Schuld, der – hätte er die Folgen vorausgesehen, die niemand voraussehen konnte, nicht einmal Rikkebot – (Rikkebot wohl! Darum hat er es getan!) – der hätte nie im Leben, jedenfalls nicht auf so eine Art, so eine Entscheidung getroffen. Denn die Ärzte sagen ja jetzt auch, daß sie so etwas nicht voraussehen können. (Rikkebot wohl!) Daß das unmöglich ist. So ein Riß durch Leib und Seele ist bei fast jedem vorhanden, *zeitweilig*. Das kann man in den Statistiken lesen. Man wird wieder geheilt, sogar von den allerschlimmsten Rissen. Es war also mehr als nur Kummer oder Verzweiflung oder Unglück. Irgendwas in ihr brach heraus, was schon früher da war."

„Laß mich in Ruhe."

Michel kriecht aus dem Bett, öffnet zwei zischende Bierdosen und gibt eine davon Jaak. Jaak trinkt und rülpst.

„Zwei Kinder", sagt er. „Daß ich nicht lache."

„Du hast gewußt, daß da jemand war", sagt Michel leise im Dunkeln.

„Nein."

„Bestimmt nicht?"

„Dina sagte es manchmal. Es war eine Erklärung wie jede andere, für ihr merkwürdiges Benehmen, als sie noch gesund war und später für ihre, äh, äh, ihre Unzurechnungsfähigkeit. Ich hab's nicht geglaubt. Noch nicht, obwohl ich jetzt dazu gezwungen bin."

„Auch wenn du jetzt weißt, daß es Markske war, was macht das noch aus? Was ändert sich an der Tatsache, wenn du jetzt das Gesicht von einem, den du kennst, auf das Unglück draufsetzen kannst. Das Unglück ist passiert, die Nummer der Straßenbahn ist unwichtig."

„Zwei Kinder", sagt Jaak bitter.

„Für's gleiche Geld hätte es gutgehen können zwischen den beiden. Jedenfalls so lang ihr Verhältnis gedauert hat. Sie hatten sich gern. Markske mochte sie auch. Sie wollten heiraten."

„In ihrem Alter", sagt Jaak heftig, hoch.

„Sie war siebzehn. Oder achtzehn. Das ist heutzutage so, wie zu deiner Zeit zwei-, dreiundzwanzig. – Didi wollte heiraten, auf dem Standesamt und in der Kirche, das hat sie mir persönlich gesagt."

Dann sagt Michel, leiser: „Es war Rikkebot. Er allein."

„Wie das?"

„Auf seine Art", sagt Michel und verrät sein unmögliches Ebenbild, seinen unmöglichen Vater. „Rikkebot hat diese Heiraterei verhindert. Wir können schwer verstehen, warum, aber meiner Meinung nach aus dem ganz einfachen Grund: Rikkebot brauchte Geld, wie immer, ein Faß ohne Boden, und nur darum (‚Lügen, Lügen!' Ein Faß ohne Boden kann nie gefüllt werden!'), nur darum hat er Markske, den er als sein Eigentum betrachtete, Salomé übergeben, man kann sagen, daß er Markske an Salomé verkauft hat, ohne Leine, Kette oder Maulkorb, ohne Mehrwertsteuer.

„Ohne Didi", sagt Jaak.

„Ja."

Es dauert sehr lang, bis Jaak sich erhebt und in sein Bett kriecht. Wie immer knarrt das Bett.

„Ich gehe nie mehr ins *Einhorn*", sagt Jaak.

An diesem Morgen gibt Michel Jaak ein Glas *Seven-up* mit drei starken Schlaftabletten. Er wartet neben dem Kopfkissen, bis Jaak alles ausgetrunken hat.

An diesem Morgen und an diesem Tag erscheint Rikkebot nicht. Jaak redet im Schlaf, manchmal überschlägt sich seine Stimme.

20

„Nicht faulenzen", sagt Michel. Jaak trödelt schon die ganze Zeit herum, er hat keine Lust, in die Stadt zu gehen, möchte aber auch nicht im Zimmer bleiben. Er putzt sich zum erstenmal auf dieser Reise die Zähne. Er wäscht sich die Haare, zieht – auch zum erstenmal – seinen flanellenen Sonntagsanzug an, mit Weste und einer grauen Seidenkrawatte. Seine Augen sind zwei Schlitze, die Haut drumherum ist dick geschwollen, hellrosa.

„Hetz mich nicht", sagt er und reibt wie wild mit einem Zipfel der Tagesdecke über seine spitzen Schuhe.

Michel plumpst auf das Bett.

Jaak kramt in seinem Koffer, holt die Miniaturausgabe einer porzellanenen Suppenschüssel heraus, auf der, in Pastellfarbentönen, Königin Elisabeth von England, winkend im Hermelin, abgebildet ist. Ein Geschenk für Dina, das er in London gekauft hat. Er zieht das Wachspapier ab und pult mit dem flachen Griff der Gänsefeder aus Elfenbeinimitat, die bei der Schreibmappe des Motels liegt, Pastetenklumpen aus dem Schüsselchen, in drei Minuten hat er alles aufgegessen. Er leckt den Griff ab und legt ihn wieder zwischen das Luftpostpapier. „Voilá", sagt er und schiebt das bauchige Töpfchen unter das Bett.

Als sie beide zur Tür gehen, macht Michel den untersten Knopf von Jaaks Weste auf. „Wenn du schon im Sonntagsanzug auf die Straße willst, dann wenigstens richtig."

Er liebt mich, denkt Jaak.

„Du hast dir aber einen schlechten Tag ausgesucht, um auf dem Boulevard zu promenieren."

„Was willst du damit sagen?" fragt Jaak vorsichtig, mißtrauisch.

„Guck mal raus." Michel zieht die Vorhänge auf. Geschützt durch die dicken Vorhänge, abgeschlossen durch das unnatürliche Licht der roten Stehlampe, in der durch die Aircondition angenehmen Temperatur und von dem schon zu vertrauten Gedudel der Fernseh-Werbespots betäubt, haben sie nicht gemerkt, daß draußen Sturm aufgekommen ist.

„Komm", sagt Jaak.

Das Gras ist plattgedrückt. Auf dem Schwimmbad liegt eine dicke Staubschicht. Der Staub weht ihnen in die Augen, in die Ohren. Sie rennen gebückt am Getränkeautomat vorbei, gegen den Glassplitter prasseln.

Über den Boulevard fliegen Zeitungen und raschelnde Fetzen von Plastikverpackungen, leere Häute ohne Föten. Die bunten Neonlichter glänzen matt. Auf einem leeren Platz zwischen zwei Hotels weht ihnen eine rußige Windhose direkt ins Gesicht.

Außer Atem platzen sie in die Halle des *Circus-Circus.* Gewöhnen sich an das unveränderte Tingeltangel der Spielautomaten, an den roten Kokon, in dem sich die spielende Menge bewegt.

Michel kämmt sich das Haar.

Jaaks Zahnfleisch blutet. „Das hat man davon, wenn man sich die Zähne putzt", sagt er unwirsch.

Bei der „Silbernen Fontäne" stellen sie sich in die Reihe, bekommen einen kleinen Becher bitteren, müde perlenden Champagners. Sie werfen hier und dort Münzen in die Spielautomaten, drücken Hebel herunter, folgen achtlos dem Klappern des Gummirades. Sie spielen nicht mehr ernsthaft, der Verlust sitzt ihnen in den Knochen, sie sind keine Hosenscheißer, aber man soll nicht gegen den Strom schwimmen, und einen kapitalen Fehler haben sie gemacht – darüber sind sie sich denn auch sofort einig – sie haben nicht genug *Reserve* mitgenommen. Man braucht eine *Reserve* in der Brieftasche, auch dann, wenn man eher *Texas hold'em* spielt und die anderen Spiele mit ihren tödlichen Prozenten *für* das Haus und *gegen* einen, links liegenläßt.

Dann geht Jaak entschieden, gleichgültig ob Michel ihm folgt oder nicht, zu der Ausstellung. Diesmal richtet sich seine Aufmerksamkeit kaum auf die Kuriositäten, die Instrumente, die Gegenstände, er blickt unverwandt auf die Wachsfiguren, *Sankal-Walah*, der Mann, der sein Leben lang – außer Atem, ächzend – mit mehr als tausend Kilo schweren Ketten um den Leib herumgelaufen ist; der zornige Abraham, der das Messer erhebt, um es ins Schulterblatt seines Sohnes Isaac zu stoßen; und vor allem der „längste Mann der Welt", der mit seelenlosem, fahlen Blick, der nicht einmal mehr Melancholie oder Verzweiflung ausdrückt, auf Jaak herabsieht. Der Polyester ist stumpf, nur die Kunstaugen glänzen. Dennoch ist er in seinem Glaskäfig, seinen allzu neuen Kleidern, lebendiger, mehr präsent als auf dem Fernsehschirm neben ihm, wo man sehen kann, wie er – jedenfalls ein beweglicher, schwarzweißer Schatten des Mannes im Käfig – wie ein grinsender Totempfahl ein Dutzend johlender Pfadfinder mit Holzbeilchen von sich abhält, wie er auf der Straße herumläuft, wie ihm verblüffte Passanten nachgucken und gleich danach in die Kamera winken, wie er eine Verkehrsampel mit seiner Handfläche bedeckt, wie er in einer kurzen Hose mit ungeschickten, großen Schritten und sich sträubenden Gelenken zwischen den wahnsinnig emsigen Basketballzwergen herumläuft und einen Ball wie ein kostbares Kleinod in das Netz vor seiner Nase hineinlegt.

„Er starb im Alter von zweiunddreißig Jahren", liest Michel vor. „Und er wuchs bis zum letzten Tag."

Jaak kauft eine farbige Postkarte mit der Abbildung des längsten Mannes der Welt.

„Für Didi?"

„Für mich", sagt Jaak verlegen, grimmig. „Und für Dina. Sie wird sich freuen, wenn sie sieht, daß es noch seltsamere Gestalten als mich gibt." Er klemmt das Foto unter die Achsel, dann schiebt er es unter seine Weste.

Während sie Huhn mit trockenen, schon mehrfach gebratenen Kartoffeln essen, Jaak gieriger als je zuvor, kommt ein kahlgeschorener Bursche in einem safranfarbenen Gewand an ihren Tisch und legt eine Papierrose neben Jaaks Teller. Er wartet tolpatschig.

„Laß mich in Ruhe", sagt Jaak mit einem Mund voll Kartoffeln.

Der Junge nimmt die Blume wieder mit. Tränen rinnen aus Jaaks klein gewordenen Augen, glitzern auf den geschwollenen Lidern, auf der Nase, in der Rußpartikel sitzen.

„Ich muß nach Hause", sagt er.

Michel ruft die Bedienung.

„Nein, zu mir nach Hause", sagt Jaak und trocknet sich die Augen mit einer Serviette voll Senfflecken, erschrickt, flucht.

In einem Wirbelwind aus Kies bringt das Taxi sie nach Downtown. „Woher kommt ihr?" fragt der Negerchauffeur.

„Vom Mond", sagt Jaak. Der Chauffeur wiegt sich über dem Steuer hin und her, er gluckst vor Lachen. „Der ist gut", sagt er. „Mann, der ist gut. Manchmal fühle ich mich genauso!"

In einem riesigen Saal, dessen Wände mit griechischen Säulen, Sphinxen und Lotusblumen verziert sind und in dem sich fast nur Neger und Mexikaner aufhalten, sehen sie sich *Pussy Love* an, eine verworrene Geschichte über Backfische, die an einem Zentralheizungskörper festgebunden sind, pickelige Jungs wichsen sich einen ab, Finger wühlen sich in eine Poritze, die Bilder wackeln, die Kamera richtet sich auf ein Gemälde, auf eine Lampe, fällt auf ein nacktes, rosiges Knäuel auf einem Perserteppich, ein Vibrator gleitet über einen rasierten Venushügel, Jaak steht auf.

„War keine gute Idee", sagt er am Ausgang, wo mehr Farbige stehen. Michel denkt einen Moment, daß man ihren Besuch in diesem offensichtlich für Mexicaner und Neger reservierten Kino weitergemeldet hat, daß die farbigen Hungerleider endlich kurzen Prozeß mit ein paar Vertretern des

„weißen Übels" machen werden, er fühlt mit dem Ellbogen, wo sein Hitlerjugenddolch sitzt, doch sie werden kaum beachtet, die Männer paffen, träumen, kauen, warten.

In der Bar neben dem Kino bestellen sie doppelte Whiskeys, denn das werden sie doch im *Einhorn* erzählen, daß die amerikanischen Wirte nicht gerade großzügig beim Schnapsausschenken sind.

„Was du über Rikkebot gesagt hast, glaub ich dir", sagt Jaak. „Daß er Geld brauchte. Wenn er Geld brauchte, war dieser Kerl zu allem fähig. Wie oft hat er mich nicht um drei Uhr nachts angerufen. ‚Jaak, ich bin hier in Ostende, würdest du bitte direkt und unverzüglich zu Herrn Grootjans gehen und ihn in deinem Auto hierher bringen, er weiß Bescheid', und dann brachte ihm Grootjans fünfzig-, achtzig-, hunderttausend Franc, und wenn es hunderttausend waren, unterschrieb Rikkebot einen Zettel über hundertfünfzigtausend. Oder er sagte: ‚Jaak, komm sofort, und nimm Juliette, Leon und Staf von der Peperstraat im Auto mit, sie wissen schon Bescheid, sie warten auf dich im *Einhorn*, und beeil dich, die wollen in Blankenberge das Kasino schließen, aber denen werde ich die Satzung mal unter die Nase reiben, diesen Bauern aus Blankenberge', und während der Herr im ansonsten leeren Saal am Roulette stand und einen Espresso nach dem anderen schlürfte, mußten wir zu viert an den andern Tischen spielen, stundenlang, mit zwanzig Franc Chips, denn so lange fünf Kunden da sind, darf man den Spielsaal nicht schließen. Er war zu allem fähig, man mußte mit allem rechnen. Wieviel er von Vater de Bodt geerbt hat? An die sechzig Millionen, von denen vierzig Millionen an seine Mutter gegangen sind, die vor lauter Geld kaum noch stehen konnte. Wie lang er mit seinen zwanzig Millionen ausgekommen ist? Eineinhalb Jahre. Einen Panhard, einen Maserati, zwölf neue Anzüge an einem Nachmittag, ich war dabei, jeden Abend ins Parisiana, mit diesen Franzosen, Jungen und Mädchen durcheinander, Champagner für alle, und tagein, tagaus mit seinen zwei Diplomatenköfferchen ins *Einhorn*, eins voll mit

Pillen und eins voll mit Tausenderscheinen, seine Munition, wie er sagte.

Natürlich brauchte er Geld, so wie der auf alle Zahlen des Rouletts gesetzt hat, an vier Tischen gleichzeitig, wie Konfetti. Und wenn dann der Croupier rief: die Siebzehn, dann war er der glücklichste Mensch von Belgien, aber um Zwanzigtausend auf der Siebzehn zu gewinnen, hatte er Fünfzigtausend verspielt.

Natürlich brauchte er Geld, er am meisten von uns allen. Ich habe ihm sogar etwas geliehen. Sechstausend Franc. Er wollte einen Scheck über zehntausend ausstellen. Er hielt sein Büchlein fest, du weißt, wie er am Ende war, er konnte kaum mehr seinen Namen schreiben, nach drei Buchstaben rutschte ihm die Hand ab, es war nur ein Strich, man mußte seine Hand festhalten. ‚Gut, Zehntausend, in Ordnung Jakob?' Ich sage: ‚Nein, Herr de Bodt, sechstausend. Keinen Franc mehr. Ich bin nicht so.' ‚Esel', sagte er, mehr nicht."

Die zigste Litanei über Rikkebot. So häufig wiederholt. Ohne die geringste Spur von Neid oder Bitterkeit. Nur Wehmut und Verehrung. Und Läuterung, denkt Michel bei ihrem dritten doppelten Whiskey, Jaak hat sich allein durch die Erinnerung an Rikkebot mit den Umständen versöhnt, sieh nur, er lächelt der Herde zu, die mit ausdruckslosen Augen aus dem Kino in das harte, weiße Licht kommt.

Draußen, in der lebhaften, ärmlichen Einkaufsstraße, hat sich der Sturm gelegt. Nur ab und zu streift sie noch ein Windstoß. An einer Kreuzung wollen sie zwischen den fahrenden Autos die Straße überqueren, als ihnen plötzlich ein aus dem Nichts aufgetauchter Polizist den Weg versperrt. Ein zierlicher, junger, blonder Mann in einer Uniform voll metallener Pailletten. Seine untere Gesichtshälfte bewegt sich spastisch. Durch das Getöse der Autos können sie ihn nicht verstehen, bis Michel merkt, daß er nur leidenschaftlich Kaugummi kaut. Der klare, kindlich arrogante Blick heftet sich zuerst auf Michel, weicht dann zu Jaak aus. Der Polizist geht einen Schritt vor, er reicht Jaak bis an die Schulter, sein Zeigefinger in schwarzem Leder bohrt sich in Jaaks Magen. „Gehen Sie bitte zurück."

Jaak tut es, guckt ihn verdutzt an.

„Gut. Und jetzt bleiben Sie auf dem Gehweg stehen, bis ich Ihnen sage, daß Sie rübergehen dürfen."

Der Polizist wendet ihnen den Rücken zu. Die abscheulich glitzernden Autos, in denen sich langsam zerplatzende Leuchtraketen aus Neonlicht widerspiegeln, rauschen vorüber, hupen.

Michel sieht, spürt Jaaks ohnmächtige Wut. Jaak schnappt nach Luft, er möchte mit seiner ganzen, büffelartigen Masse nach vorn springen, den Polizisten gegen eine Motorhaube knallen. Statt dessen läßt er die Schultern sinken, wieder obsiegt sein überwältigend einsamer Kummer, seine andere, stärkere, tiefere Erniedrigung. Jaak macht zwei, drei fast schwankende Schritte in die entgegengesetzte Richtung, rennt in eine verdreckte, dunkle Seitenstraße hinein. Michel holt ihn ein, als er sein Tempo verlangsamt. Jaak sagt: „Ich habe Hunger. Und du?"

„Schon die ganze Zeit", lügt Michel.

Noel's Place, ein kahler, grauer Raum, Holzbänke, eine Wand voller Automaten. Neger in weißen Schürzen räumen Teller und Tassen weg. Vereinzelt herumsitzende Männer stieren vor sich hin. Die Neonröhren hängen sehr hoch, das Licht ist wie die Sonne an einem frostklaren Tag. Michel holt *hotdogs*, Salamibrötchen, vier Dosen *Schlitz Malt*.

„Du", sagt Jaak, „du hast auf mich eingeredet, als ich im Zimmer geschlafen habe. Glaub bloß nicht, daß ich so dumm bin und es nicht gemerkt habe. Du hast auf mein schlafendes Gesicht eingeredet, hast eine ganze Menge Dinge gesagt, von denen du wohl annahmst, daß sie mich beruhigen würden. Zieh nicht so ein Gesicht, Michel. Gib zu, daß es wahr ist. Nur einmal."

„Ich habe den ganzen Tag geschlafen. Wie du."

„Ich habe dich gehört. Für wen hältst du mich eigentlich?"

„Und was soll ich gesagt haben?"

„Daß ich kein Mann bin. Daß Dina so traurig ist, weil ich sie nicht jeden Tag bumse, bis sie an die Decke springt, daß sie sich jetzt, wo sie die Gelegenheit hat, mit anderen Männern rumtreibt. Du hast leise gesprochen. Du hast gesagt, daß Markske van Zichem viel männlicher war als ich. Denn anders sei es nicht zu erklären, daß Didi mit ihm gegangen ist."

Michel holt zwei Dosen Bier. Diesmal kein amerikanisches, sondern japanisches, *Kirin* heißt es. Aus Reis und Hopfen gemacht.

Jaak sagt: „Du brauchst es nicht abzustreiten. Es lohnt sich nicht."

Er zieht das Foto des längsten Mannes der Welt aus der Weste, schaut es an, trinkt sein Glas aus, zerreißt das Foto in viereckige Schnipsel und legt sie in den Aschenbecher. Neben Michels Fuß ist ein Fleck, dunkel und trocken, Blut und Erbrochenes in Form eines dicken Vogels mit schmalen Flügeln.

Draußen wird die Nacht lauter, Geschrei, aus Transistorradios ertönt Popmusik, Trommeln aus einer Nachtbar, Autogehupe als Signal, dreimal kurz, zweimal lang, das Lachen sehr junger Mädchen.

Vier geschminkte junge Männer treten in *Noel's Place* ein. Sie tragen silberne Joppen, ausgestellte Matrosenhosen aus Vinyl, Seidenschals, goldene Armbänder. Die verletzlichen, schmalen Gesichter sind weiß gepudert, einige haben sich unter die Wangenknochen grellblaue Schatten geschminkt. Kichernd und ausgelassen ziehen sie die Klappen der Automaten auf. Der jüngste trägt Ohrringe. Mit seinen Mandelaugen, falschen Wimpern und seinen vollen, roten Lippen, deren Konturen mit einem dunkelroten Strich nachgezogen sind, ähnelt er dem römischen Kaiser, der – vor einigen Wochen in einem Film im Fernsehen – so saumäßig verrückt war, daß er sein Pferd auf den Thron gesetzt hat. Er hält sich abseits, als wolle er mit den anderen, seinesgleichen in dem unnatürlichen Glanz, nichts zu tun haben, die plaudernd und heftig lachend Eis mit Schlagsahne essen. Er blickt Jaak an, der es nicht merkt. Er trocknet sich mit dem Ärmel die Augen.

„Am Anfang, als mir bewußt wurde, daß Didi nie mehr gesund werden wird, hab ich ganze Büschel Haare verloren", sagt er mit seiner hohen, versagenden Stimme.

Einige der Tänzer spielen ein Spiel, bei dem sie alle gleichzeitig die Faust, zwei gespreizte Finger oder die flache Hand ausstrecken. Sie brüllen vor Lachen. Goldene Staubpartikel glitzern in ihren wie gemeißelt wirkenden Locken und auf ihren Augenlidern.

„Das sind Tänzer von einer Revue", sagt Michel.

„Nein, sie sind vom *Circus-Circus*", sagt Jaak. „Ich hab sie auf der großen Treppe tanzen sehen, rauf und runter."

Warum stiert der sich zurückgesetzt fühlende jüngste unter ihnen, der mit der ebenmäßigsten Haut, Jaak weiterhin so hartnäckig an?

„Du hast Chancen", sagt Michel.

„Ich?"

„Ja, bei dem." (‚Bei dem mit der wehrlosen, einladenden Grazie von Markske van Zichem. Doch das sage ich ihm nicht.')

Jaak fängt den Blick auf, es sind zwei Edelsteine, geschliffen wie kleine Eier aus Opal, die Pupillen aus Aquamarin, in dicke, pechschwarze Wimpern gefaßt. Michel sieht, wie Jaaks Gesicht blutleer wird, im eisigen Licht sind die tiefen Falten neben seiner Nase, die Tränensäcke unter seinen Augen rußschwarz wie auf einer Schwarzweiß-Fotografie.

„Möchtest du amerikanisches oder japanisches Bier?" fragt Michel, dem das Schlucken schwerfällt.

Jaak schiebt den Tisch weg.

„Bleib hier", zischt Michel. Jaak hört es nicht. Wie ein Schlafwandler geht er haarscharf an den Tischen entlang, an einem alten Herrn, der seine Zeitung fünf Zentimeter vor der Nase hält, in den offenen, länglichen Raum, wo die Automaten stehen und erreicht den Tänzer, der den Blick keine Sekunde von ihm abgewendet hat. Als er um Armeslänge von dem Jungen entfernt ist, hört Michel, der wie festgenagelt auf der Bank sitzen bleibt, wie Jaak fragt: „Wer bist du? Wie heißt du?"

Der Gesichtsausdruck des Jungen verändert sich nicht. Neben ihm hört das Spielchen mit den Fingern auf, die zwei lächerlich gespreizten Finger eines Tänzers bleiben wie eine offene Schere in der Luft hängen.

Jaaks Stimme überschlägt sich. „Sag mir wie du heißt! Ich muß wissen, wer du bist!"

„Warum sagst du's ihm nicht, Engel?" fragt einer der Tänzer, der mit angezogenen Knien an der Wand sitzt.

Der Junge schüttelt den Kopf. Mit einer unvorhergesehenen, entschiedenen, jedoch fast verlangsamten Bewegung greifen Jaaks Hände den Hals des Tänzers. Jaak zieht den Jungen am Nacken von der Bank. Bevor die abwehrenden, silberfunkelnden Arme mit den krallenden Fingern Jaaks Sonntagsanzug erfassen können, hängt das weißgepuderte, vor Todesangst verzerrte Gesicht in der Luft, einen Kopf höher als Jaaks Kopf. Ein, zwei, drei Sekunden. Dann schlägt Jaak den Lockenkopf gegen den Metallrand des Automaten, der Schlag erinnert an das Echo einer Axt in einem Baum, weit weg in einem Wald. Die Joppe macht ein ratschendes Geräusch, als der Junge mit unelegant weit auseinandergleitenden Knien zusammensackt. Sein Kinn schlägt auf dem Boden auf. Die Locken triefen, glänzen schnell dunkelrot.

Einer der Tänzer kreischt wie eine Frau. Ohne sich umzublicken, fast achtlos, geht Jaak zum Eingang. Michel sieht, wie sein Schatten an der Mattglasscheibe vorbeikommt. Er springt auf, läuft an den gellenden Tänzern vorbei, die sich auf den reglosen, unwiederbringlich gebrochenen Jungen gestürzt haben, an einem alten, bebenden Negerkellner vorüber, der eine Tranchiergabel auf ihn richtet.

Michel rennt zum anderen Ende von *Noel's Place*, landet im heißen Dunst der Küche, Neger an zischenden Herden schreien, er erreicht eine Gasse, stößt sich die Hüfte an aufgestapelten Kisten, zieht keuchend seinen Dolch heraus, doch niemand erscheint, er findet die belebte Straße wieder mit dem schrillen Gedudel, *country and western* aus den Lautsprechern der Spielzeug- Elektro- und Jeansgeschäfte, er springt in ein Taxi, noch bevor es richtig stehenbleibt.

21

Die ersten fünf Minuten in ihrem Zimmer packt Michel in Panik seine Klamotten ein. Dann führt er Selbstgespräche und beruhigt sich. Langsamer, sytematischer faltet er Hosen und Hemden zusammen, packt sie sorgfältig in den Koffer. „Die Toilettensachen lassen wir stehen", sagt er. „Die werden wir im Extremfall noch brauchen. Stimmt's?" Rikkebot sagt: „Trottel." – „Halt den Mund", sagt Michel.

Ab und zu lauscht er an der Tür.

Er legt die Füße auf den kleinen Glastisch und blättert in *Penthouse.*

„Ja, meine Herren, der angeklagte Jaak oder Jakob ist mein Freund", sagt er in einem Schauspielerton. „Ja, es stimmt, im gewissen Sinn bin ich mitschuldig, meine Herren Geschworenen, mein Freund und Bruder wurde provoziert, ein Anschlag auf seine Ehre wurde verübt. Wie würden Sie, Pioniere, Vollblutamerikaner, reagieren, wenn so ein widerlicher Perversling Ihre Männlichkeit in Frage stellen würde?"

„Saukerl", sagt Rikkebot.

„Kein größerer als du", sagt Michel.

„Leider, mein Junge, ist es so. Kein größerer als ich. Nie."

Michel sieht sich die *Late-late show* an, unzählige identische Szenen, in denen Hausväter, Hausmütter ein Spülmittel empfehlen. Gegen vier Uhr morgens läßt er die Tür einen Spalt offen und geht ins *Circus-Circus*. Er sucht Jaak im Menschengewühl in allen Abteilungen, füllt *Keno*-Formulare aus, gewinnt vierzig Dollar, trinkt wäßrigen Whiskey an der Bar, wo blutjunge Huren sitzen. Endlich wird der Boxring aufgebaut, und von Applaus und Trommelwirbeln begleitet erscheint das Känguruh.

Während das (wieder gesunde?) Tier seine Vorderpfoten um den Hals eines dicken Mädchens im Ballettröckchen legt und seinen Bauch an sie drückt, ermuntert Amos in Livree die kichernden Zuschauer. „Applaus für unsere tapfere Lucy. Auf, auf, meine Damen und Herren, Applaus, wenn ich bitten darf!" Als Michel zu ihm hingeht, sagt er mit einer Handbewegung: „Dort. Die zweite Tür rechts. Es geht ihm schlecht. Warte auf mich. Wenn man dich was fragt, sag nur, daß ihr von der Europäischen Kirchengemeinschaft seid."

In einem großen Abstellraum, zwischen farbigen Brüstungen, Aluminiumleitern, Reifen, zusammengeklappten Metalltischen, zwei Käfigen mit weißen Tauben schläft Jaak zusammengekauert, eine zu kleine Sonnenbrille auf der Nase. Er sieht rosiger und fetter aus denn je, aber seine Bewegungen sind, als er aufsteht, träge, unbeholfen.

„Wir müssen weg", sagt Michel.

„Bist du mir böse?" Auch die hohe Stimme klingt angegriffen, unbeholfen.

„Ich wußte schon bei unserer Abreise, daß ich mit dir in Schwierigkeiten geraten würde", sagt Michel, aber es klingt nicht vorwurfsvoll. „Was sagt Amos dazu?"

„Daß wir blitzschnell aus Las Vegas verschwinden müssen. Über die Grenze von Nevada. Daß sie wahrscheinlich alle Busbahnhöfe und Flughäfen überwachen."

„Amos kann mich am Arsch lecken", sagt Michel. Auch zum erstenmal seit vielen Jahren. Er verabscheut derartige Kraftausdrücke.

Applaus hallt wider. Ob das Känguruh windelweich geschlagen wurde?

Jaak sagt: „Amos hat es schon im Radio gehört. Der Junge hat eine Schädelbasisfraktur und wird nicht durchkommen."

Als Amos erscheint, hat er seine Kleidung gewechselt: Statt des Zirkuskostüms trägt er nun einen weißen Jeansanzug mit Epauletten. Seine Beine sind krummer und dünner, stecken in kurzen Stiefeln mit Sporen. Er setzt sich auf einen Eimer. „Gut", sagt er. „Ich habe getan, was ich konnte. Ihr könnt binnen einer Dreiviertelstunde abreisen. Ein guter Freund von mir sorgt dafür. Mit einer Convair 240." Er gibt Jaak eine Rolle Lakritze. Der Riese kaut, reibt sich die Augen. Durch einen Spalt in der Tür fällt ein Lichtstreifen ein, dessen Farbe sich von rot in blau in grün in gelb verändert.

„Ich danke dir, mein Freund", sagt Jaak.

„Ich muß jetzt gehen", sagt Amos. „Komm bald wieder, dann zeige ich dir meine Maulbeerbaumplantage."

„Ich versprech es dir", sagt Jaak. „Und dann werden wir garantiert mehr *Reserve* mitbringen."

„Der Messerwerfer wartet auf mich", sagt Amos geschäftig. Mit dem eleganten Schwung der Zirkusleute, ohne etwas, das noch an das Stahlkorsett des Croupiers oder an den Zorn des Predigers erinnert, springt er auf, schlägt Jaak auf die Schulter und verschwindet. Michel hat er die ganze Zeit keines Blickes gewürdigt.

Der kleine Flugplatz liegt mitten in der Wüste, sieht aus wie ein Erholungspark mit Grünpflanzen und Rock 'n' Roll-Musik. An der Bar, die als Schalter dient, stehen etwa zwanzig Passagiere, unter ihnen eine lebhaft gestikulierende und immerzu lachende Gesellschaft, die rotsamtene Mützen in Form von Kegelstümpfen mit goldenen Quasten und goldenen Keilschriftlettern trägt.

„Die da", zischt Jaak und dreht sich brüsk um, als ob seine Rückseite nicht genauso verdächtig wäre wie sein Gesicht.

„Wer?" Aber Michel hat die Ursache von Jaaks Angst bereits erraten. Schweigend, beunruhigend ruhig, halten sich drei junge Männer mit Kurzhaarschnitt und steifen, schwarzen Anzügen bei der Glastür auf, durch die man das Flugzeug sehen kann. Sie haben schwarzlederne Diplomatenköfferchen bei sich, einer von ihnen trägt einen Tennisschläger in einer Hülle.

„Nein", sagt Michel. Er trinkt an der Bar ein Glas eiskaltes Bier. Jaak möchte nichts. Sein verschlossenes Gesicht ist das eines Fremden. Die Zigarette in seinem Mund hat er nicht angezündet. Die Sonne scheint durch seine großen Ohren, Äderchen wie bei einer Rose. (‚Ich kann ihm nicht helfen, selbst wenn ich es wollte. Davon werde ich später träumen, von der Hitze, dem bauchigen, zweimotorigen Flugzeug, das mindestens dreißig Jahre alt ist, die Propeller drehen sich schon. Ich werde zeitlebens alles mit Fernbedienung gesehen haben, ein kurzer Knopfdruck, und ein anderer Sender mit anderen Farben, anderen Dekors, merkwürdigeren Gestalten huscht über meine Linse.')

„Amos ist ein Freund", sagt Jaak.

„Ich nicht?"

„Du nicht", sagt Jaak. „Du bist was anderes."

„Wie was anderes?"

Jaak zuckt die Achseln, runzelt die Augenbrauen.

„Amos ist mehr ein Freund wie Koko-der-Motor," sagt er. „Jemand, der ohne lang zu fragen einem Freund einen Gefallen tut. Davon gibt's nicht viele. Weißt du, warum er auf seiner Farm keine Kühe halten will? Weil er als Kind bei seinen Eltern Kühe gesehen hat, die so lang in der Wüste stehen mußten, daß sie von oben bis unten staubig waren, und dieser Staub, durch die Sonne und den Regen, ließ Gras auf ihrem Fell wachsen. Das hätte er als Kind nicht ertragen können, sagt Amos."

Ein Polizist im kurzärmligen Khakihemd gesellt sich zu ihnen. Michel freut sich riesig, als er merkt, daß Jaak sich näher an ihn heranschiebt, ihn fast berührt, als suche er Schutz, Halt.

„Seid ihr die Männer vom *Circus-Circus*?" fragt der Polizist, ein weißhaariger Mann mit einem unverschämten Lächeln.

Mit trockenem Mund sagt Michel: „Wir haben reserviert."

„Habt ihr Feuerwaffen dabei?"

„Nein", sagen Jaak und Michel gleichzeitig.

„Ja-a", sagt der Polizist spöttisch. Während er Michel mit der distanzierten Aufmerksamkeit eines Arztes ansieht, nimmt er seinen Walkie-talkie, fragt: „Yes?" Er nickt. „*Yes. One o nine o. Right on. Bye.*"

„Eigenschwiller!" ruft einer der steifen jungen Männer an der Glastür. Der Polizist dreht sich sofort um. Der junge Mann zeigt auf seine Armbanduhr. „*Three minutes*", sagt der Polizist und hält drei gespreizte Finger hoch.

Jaak und Michel müssen ihre Namen angeben. Der Polizist angelt einen von fünf Kugelschreibern aus seiner Brusttasche und schreibt die Namen in ein abgewetztes Notizbüchlein.

„Amos sollte sich in acht nehmen", sagt er. „Eines Tages wird man ihn hochnehmen."

Er steckt das Notizbüchlein in die Tasche und sagt: „*Okey, let's move. Follow me.*" Er geht zur Glastür. Es stellt sich heraus, daß er der Pilot der Convair ist. Sie laufen über die aufgerissene Zementfläche.

Im halbleeren Flugzeug möchte Jaak nicht neben Michel sitzen.

„Stink ich?"

„Nein. Aber ich muß nachdenken."

„*Okay, boy*", sagt Michel.

Als sie in der Luft sind, dreht sich Michel nach ihm um. Jaak zieht dreimal die Augenbrauen hoch, die kleine Sonnenbrille wippt auf und ab.

Er ist aschgrau und umklammert die Lehne des Vordersitzes.

„Geht's?"

„Ja."

„Hinten ist ein W.C."

„Ich warte noch. – Michel!"

„Ja?"

„Hast du uns versichert?"

„Nein."

„Um so besser."

Einer der steifen jungen Männer, der vor Michel neben einem Mann mit einem *Fes* sitzt, sagt: „Bruder, ich bin ein

Shriner seit meinem sechzehnten Lebensjahr. Und was Schöneres ist mir in meinem ganzen Leben noch nicht passiert. Wo hast du übernachtet, Bruder?"

„Im *Flamingo Inn*, Bruder."

„Und hast du gewonnen, Bruder?"

„Ich komme von einem Kongreß über Pyramidologie, Bruder", sagt der Mann bissig.

Die rosafarbenen, unwahrscheinlichen Berge entlang. Die Motoren stottern.

22

„Was machen wir?" sagt Michel im Zimmer. Zum soundsovielten und zum letzten Mal.

„Sag du mal was."

Das Zimmer bietet Aussicht auf das türkisfarben gekachelte Schwimmbecken, drumherum stehen zehn Gipsfiguren von Venus und David und ähnlichen Typen. Die Wände des Zimmers sind aus ockerfarbenem Stuck, mit Rissen hier und da. Die Stühle haben Sitze aus Plastikstroh. Neben den vergoldeten Spiegeln hängen Bronzefackeln mit flammenförmigen Lampen. Nachttischchen aus Ebenholz, neuneckig, zu eckig, zu nah am Bett. Auch die Aschenbecher sind schwarz und neuneckig.

„Was machen wir? Ich hab zuerst gefragt, du mußt antworten."

„Auf keinen Fall ins Kino", sagt Jaak. „Kein Pornofilm, kein Lustfilm, kein trauriger Film, kein Abenteuerfilm."

An der Rezeption wechseln sie ihr letztes belgisches Geld. Sie beschließen, es jedenfalls nicht für Dummheiten auszugeben.

Apropos, was ist hier eine Spielbank? Ein stinknormales Gebäude inmitten einer Häuserreihe, man kann genauso gut ins Kasino in Blankenberge gehen. Was sage ich? Tausendmal besser!

Auf der Straße in einer Stadt, die plötzlich europäisch anmutet, wo nicht ein einziger haushoher silberner Damenschuh in der Sonne funkelt und nachts keine tausend Neonlichter flimmern, gehen Jaak und Michel dicht nebeneinander, als seien sie in einen normalen Kreislauf geraten, der in

Familien, Monatsgehälter, Beförderungen, Überstunden eingeteilt werden kann. Sie vermissen das Sandschloß mitten in der Wüste, das durch den Kreis meeresblauer und rosaroter Berge geschützt ist, das liegt nun hinter ihnen, ein Loch aus Licht in der fahlen Luft von Los Angeles.

Sie trinken Kaffee. Zwei Tassen hellbraunes, durchsichtiges, glühendheißes Naß. „Pferdepisse", sagt Jaak.

Was nun? „Wir könnten Ansichtskarten abschicken, bevor es zu spät ist."

„Ist schon zu spät. Sie kommen an, wenn wir längst zu Hause sind", sagt Michel.

„Ich hätte meinem Vater eine schicken sollen", sagt Jaak vorwurfsvoll. „Ein Kärtchen hätte ihn gefreut. Er hockt nur rum in diesem Heim. Er kann kaum noch sehen, aber doch genug für ein Kärtchen aus Amerika. Das einzige, was er noch macht, ist essen. Er ißt alles, was er sieht. Ganze Keksdosen."

„Wie du."

„Nein!" ruft Jaak sofort. „Das ist nicht das gleiche. Ich esse aus Nervosität."

Wahrscheinlich ist Jaak Didi ein guter Vater, denkt Michel. Geduldig, nachgiebig, voll guten Willens. Aber kann er seinem Kind etwas beibringen, ihm ein Vorbild sein? (‚Zum Glück werde ich diese Rolle nie spielen, nie spielen müssen. Lebe ich dann nur für mich selbst? Ja, für das, was kommt, egal, was. Aber ich bezahle dafür. Mit der teuersten Münze. Mit meinem Phantom, meinem Wunschtraum, mit Rikkebot. Rikkebot ist nicht etwas, was ich will. Etwas in mir will ihn, unabhängig von meinem Willen, wie eine Erektion oder ein Lachkrampf.')

Sie gehen an den Geschäften entlang. Was gibt es hier, was man bei uns nicht findet? „Diese Bohnen in der roten Soße", sagt Jaak und kauft zehn Büchsen im Supermarkt, auch ein porzellanenes Whiskeyfläschchen in Form eines kunstvoll nachgemachten Motorrads.

„Für Koko-den-Motor", sagt er. „Er fällt um, wenn er es sieht."

Das ist wahr. Koko-der-Motor stellt nachts sein Motorrad neben das Bett, an seinem Hosengürtel baumeln drei Ketten für den Fall, daß eine zerreißt, er hat auch immer ein Töpfchen Lackfarbe dabei, um eine eventuelle Schramme auf einem seiner Motorräder zu überpinseln. Das einzige Mal, als Michel auf dem Rücksitz seiner Yamaha saß, winselte er vor Angst, denn an den Kreuzungen in der Veldstraat ließ Koko-der-Motor das Gerät sich aufbäumen, das Vorderrad sprang in die Luft wie die Vorderbeine eines Pferdes, und auf der Autobahn fuhr er mit hundertneunzig an einem BMW vorbei, ging vom Gas, fuhr ganz nah neben dem BMW her und holte den Ölmeßstab aus dem Motor heraus, er leckte genüßlich an der glühendheißen schwarzen Stange, wobei er den Autofahrer herausfordernd angrinste. In seinem Schlafzimmer donnert das Gedröhne der schwarzen Motorräder aus vier Lautsprechern, während auf einer Gasflamme Maschinenöl zischt, das Dämpfe verbreitet.

Jaak wiegt das Porzellanmotorrad in seiner Hand.

„Der wird sich freuen", sagt er. „Aber es ist zu schwer."

Er schraubt den Verschluß ab und trinkt den Inhalt in drei Zügen aus, schaudert, seine Hängewangen blubbern.

„Igitt, was für ein scheußliches Gesöff."

In der Scherzartikel-Abteilung möchte er eine Gummimaske von Nixon kaufen. „So werde ich ins *Einhorn* gehen."

„Ich dachte, daß du da keinen Fuß mehr reinsetzen wolltest?"

„Stimmt", sagt er leise, auf einmal trübsinnig.

Im Schaufenster eines Juwelierladens sitzt eine untersetzte, als Krankenschwester verkleidete Dame, die mit einem Küchenmesser Austern öffnet, dann zerhackt sie die Auster im mechanischen Rhythmus, ihre roten Wurstfinger in durchsichtigen Gummihandschuhen holen eine prachtvolle Perle heraus und halten sie ans Licht. Danach überreicht sie die Perle einem der sich drängelnden Kunden.

„Wär das nix für Dina?" fragt Jaak.

„Sieht sie den Unterschied zwischen so einer Perle von hier und einer vom *Grand Bazar*?"

(‚Es klingt verächtlicher als ich es meine.')

„Nein."

Das rundliche Frauchen zerhackt eine neue Auster.

„Ist doch furchtbar", sagt Jaak. „Die schönen Austern in Stücke zu schneiden. Das ist Mord."

„Was sagst du da?"

Jaak erstarrt. „Es ist wahr. Ich hatte es glatt vergessen."

(‚Da das Wort nun ausgesprochen ist, zwischen uns beiden steht, hat es eine Bedeutung bekommen. Für Jaak bedeutet es etwas Konkretes, Unumstößliches, Furchtbares. Und für mich ebenfalls.')

Ein paar Straßen weiter sagt Jaak: „Es war ein Unfall."

Die Straßen riechen manchmal nach Gas.

„Was ist der Unterschied zwischen hier und der Veldstraat bei uns?" sagt Jaak. „Was eigentlich? Die gleichen Klamotten, die gleichen Jeans, die gleiche Musik in den Läden, Perry Como von vor zwanzig Jahren, oder in den Transistorradios die *Ramones,* im Kino die gleichen Geschichten über Liebe und über Autos, die sich gegenseitig verfolgen, die *Wimpys* sind die gleichen, die Friseure, die Autos..."

(‚Er sieht den Unterschied nicht. Nicht mehr. Ich auch immer weniger. Den Unterschied zwischen uns und richtigen Reisenden. Richtige Reisende tauchen richtig ein, stürzen sich hinein, vertiefen sich in die Fremde, in das Fremde, nehmen die Farbe des Fremden an. Wir sind nur Touristen, höchstens auf der Suche nach etwas Komischem, etwas Pikantem, was wir möglichst bald im *Einhorn* erzählen können, oder was er Dina erzählen wird und ich meiner Mutter erzählen werde.')

„Heutzutage weiß jeder alles über alles und jeden, und jeder imitiert jeden", sagt Jaak.

Im Chinesenviertel zeigt er auf ein blaurotkariertes Wollhemd, das von eine gelbhaarigen Schaufensterpuppe mit strammer Holzfällerfigur getragen wird.

„Wäre das nichts für mich?" fragt er zweifelnd, bescheiden.

„Das paßt genau zu deinem Typ", sagt Michel.

„Oder ist es eher was für den Winter?"

„Meinst du, daß es nie mehr Winter wird?"

In einem zu engen Raum, der von den Jeans, Pullis, Jacken überquillt, in grellem Licht und feuchter Hitze probiert er das Hemd an. Ein alter Chinese zieht an den Zipfeln.

„Sitzt wie angegossen", sagt Michel.

„Das kann man wohl sagen. Ich krieg keine Luft."

Michel verlangt ein größeres.

„*This is Jumbo-size*", sagt der Chinese.

„*King-size*", sagt sein Sohn.

„*He needs Emperor-size*", sagt der Vater kichernd.

„Willst du mich verarschen?" sagt Jaak. Sie reagieren erschreckt auf den unwirschen Ton, zwängen ihn zu zweit in ein weißrotkariertes Baumwollhemd. Jaak zieht den Bauch ein, er ist knallrot und stinkt nach Schweiß, die Knöpfe zerspringen fast. „Gut, gut", sagt er hastig.

„Es wird sich noch dehnen", sagt der alte, ausgemergelte Chinese.

„Dieser Stoff dehnt sich beim Waschen noch", sagt der Sohn.

In einem Restaurant, dessen Wände weinrot lackiert sind, essen sie Fleisch, Fisch, Huhn, Garnelen, Rippchen, Tintenfisch, mit kantonesischem Reis und süßsaurer Soße, jeder trinkt zwei Liter chinesisches Bier, vierundzwanzig Dollar, es ist billiger als in der Vlaanderenstraat. Kaffee und öligen, zuckersüßen Likör.

Sie wickeln die Papierstreifen von den Mandelkeksen ab, auf denen Sprüche stehen.

„Die Last, die du trägst, ist schwer, doch dein Herz klopft bei der Herausforderung", liest Michel vor.

„Ich versteh gar nix mehr", sagt Jaak. Er guckt eine Minute lang auf seinen Papierstreifen.

„Gib her. Ich werde es übersetzen." Jaak schiebt seine Hand weg.

„Nein", sagt er, „ich versteh nicht, daß sie es so treffend

sagen können. Als ob die Chinesen in mein Gehirn gucken könnten."

„*I willingly*, also: ich bin willens..."

„Gern", sagt Michel.

„*...accept love's agony*, ich akzeptiere gern von der Liebe den... den Todeskampf. Hu-Shih. Im Jahr Neunzehnhundertzehn."

„Todeskampf, oder die Qual."

„Genau was ich sage", ruft Jaak.

Der grimmige chinesische Kellner bleibt an ihrem Tisch stehen. Was ist los? Er sagt, daß das Trinkgeld, ein Dollar, zu wenig sei.

„Hier", sagt Jaak und gibt ihm drei Dollar. „Voilà, *willingly!*"

Draußen kauft er an einem Büdchen eine enorme Portion weiße Zuckerwatte. Er beißt noch in die Flocken, als sie in der Türöffnung eines Tempels einem dick bebrillten Chinesen in der Kleidung eines Mandarins zusehen, der vorgebeugt dasitzt und Blumen zeichnet. Er taucht den spitzgefeilten Nagel des kleinen Fingers in die Tinte und zieht einen äußerst zarten und treffsicheren, schwungvollen, zierlichen Strich über das saugfähige Papier, noch zwei Striche, und vor ihren verblüfften Augen entsteht ein Ast mit Zweigen und Blättern. Dann berührt der dunkle, krumme, gegerbte Mittelfinger die Oberfläche eines roten Tintenschälchens und in derselben Bewegung die richtige Stelle an einem kleinen Zweig, und schon hängt eine vollendete Kirsche auf dem Papier.

„Verdammt", sagt Jaak voller Respekt. „So aus dem Handgelenk... Wenn man so was kann..." Er leckt das Stöckchen der Zuckerwatte ab und steckt es in die Brusttasche. Er kauft das Blatt mit der Kirsche, der Mandarin drückt einen Stempel mit seinem Namen darauf. „Chung Soon", sagt er. „Das bedeutet: Ehrlichkeit." Er schiebt die kleine Rolle zwischen die Bohnenbüchsen und das Porzellanmotorrad in Jaaks Plastiktüte.

„Herr Ehrlichkeit", sagt Jaak, „Sie sind der größte Künstler, den ich je gesehen habe."

„Ja", sagt der Mann würdevoll. „Auch in Kanada."

„Meine Tochter malt auch. Aber mit Ölkreide."

„Mein Onkel malt mit der Zunge. In der vierzehnten Straße", sagt der Mandarin und legt mit seinen andächtigen, behutsamen Fingern ein neues Blatt Papier zurecht.

„Das kann nicht gesund sein", sagt Jaak. „Allez, Herr Ehrlichkeit, alles Gute!" Er möchte dem Mandarin die Hand geben, aber der verbirgt sie in seinem weiten, bespritzten Seidenärmel und verbeugt sich tief.

Es wird dunkler. Aber nur dort oben, über den viereckigen Türmen.

Eine blonde Hure in Regenmantel und Stiefeln und einem sich drehenden, orangefarbenen Regenschirmchen auf der Schulter sagt: *„Hi, fatso."*

„Den mußt du haben", sagt Jaak und zeigt auf Michel. „Er ist richtig scharf."

Sie lacht Michel an. „Ich wohne ganz in der Nähe."

„Hast du keine Angst vor mir?"

„No. Should I?"

„Ich bin der Würger von den Hügeln", sagt Michel. „Der olivfarbene, siehst du das nicht?"

Das Regenschirmchen mit den vielen Punkten beendet seine Drehung.

„No kidding!"

Sie gehen weiter.

„Dieser abscheuliche Whiskey im Mitbringsel für Kokoden-Motor ist mir in den Kopf gestiegen", sagt Jaak.

Im Drugstore hat er Probleme mit der Kaffeemaschine.

„Du mußt den Griff in einem Ruck runterziehen, schnell, amerikanisch", sagt Michel. Der Riese zerrt am Griff, das ganze metallene Monster wackelt, droht umzukippen. „Nonono", sagt ein breitlachender Japaner im gestreiften Anzug und zeigt nach oben. Mit einem von Haß und Scham verzerrten Gesicht zieht Jaak den Griff nach oben und bringt die zwei Becher Kaffee an den Tisch.

„Du hast nur einen einzigen Gedanken im Kopf", sagt er.

„Mich auszulachen. Mich klein zu machen. Mich von so einem gelben Affen beleidigen zu lassen. Nur deshalb wolltest du, daß ich mitkomme."

„Glaubst du das wirklich?"

„Nein", sagt Jaak. Er trinkt. „Pferdepisse", konstatiert er.

Am Nebentisch sitzt ein eleganter Mulatte, der die Zeitung fünf Zentimeter von seiner Brille weghält (wie kürzlich der alte Herr bei dem Automaten in der eisigen Halle unter der frostigen Sonne). Auf dem Tisch, neben seinem Ellbogen, rauscht, von der Zeitung bedeckt, ein Miniaturfernseher.

„Der letzte Abend", sagt Jaak abwesend.

„Wenn du noch ein Geschenk für Dina kaufen willst, mußt du es jetzt tun."

„Du hast recht. Du bist ein Freund."

In einem angenehm kühlen Wäschegeschäft kauft Jaak ein kurzes, schwarzes, durchsichtiges Nachthemd mit lilafarbenen Bändern. Die beiden jungen Verkäuferinnen sind übertrieben eifrig und hilfsbereit. Jaak hält das Hemdchen ans Licht. Der Ernst, mit dem er das zarte Dessous zwischen den dicken Fingern hält und betrachtet, entlockt den Mädchen ein unterdrücktes Lächeln.

„Was meinst du?" fragt Jaak. Michel zögert. „Vielleicht."

„Wenn es für den Herrn bestimmt ist, würde ich eine kleinere Größe empfehlen", sagt eine der Verkäuferinnen wohlwollend. Die andere dreht sich sofort um und vergräbt ihr Gesicht in einer Boa.

Jaak wird hochrot. „Nein, meine Dame", murmelt er. „Nein", sagt er beim Bezahlen. „Nein, es ist ein Geschenk für meine Frau."

Während sie an der Kasse beschäftigt ist, reibt er sich die Augen, die feuerrot und naß sind.

„Ich habe eine Wimper im Auge", sagt er, zieht ein Taschentuch heraus und geht zur Tür.

„Warten Sie!" ruft die Verkäuferin. Es ist ein Befehl. Jaak erstarrt. „Sie vergessen Ihren Bon", sagt sie mit einem liebevollen Lächeln.

Draußen schneuzt er sich trompetend die Nase. „Bei diesem Wetter und mit diesem Baumwollhemd habe ich mich erkältet. Ein Schnaps würde mir guttun."

In einer übervollen, dunklen Bar dreht er mißtrauisch sein Whiskeyglas hin und her. „Die schütten da irgendwas rein", sagt er, „und dann fällt man um und wacht in einer Mülltonne wieder auf, ohne Geld und ohne Papiere, ohne Schuhe. So sind die hier."

Die Musikbox spielt *Puppy Love.* Die Neger an der Bar haben fröhliche, rauhe, sich überschlagende Stimmen, sie stoßen einander an, keine Sorgen in der Welt.

„Michel", sagt die bedrückte, dünne, helle Stimme. „Jetzt kannst du es mir doch sagen, wir sind Freunde, und heute ist der letzte Tag. Warum hast du mich nach Amerika mitgenommen?"

„Weil ich gewinnen wollte. Ein Anfänger hat immer Glück im Spiel. Und ich wollte davon profitieren." (‚Wieder lüge ich. Ich kann nicht anders. Eines Tages wird sich mir die eine blendend helle Klarheit offenbaren, die Wahrheit, deutlich sichtbar, bis ins kleinste Detail.') („Trottel", sagt Rikkebot.)

„Bin ich ein Anfänger? Ich? Ich, der in seinem Leben Vermögen verspielt hat?" (‚Sein Vermögen!' kichert Rikkebot.)

„Ja", sagt Michel. „Nein. Du bist eher ein Unschuldiger."

„Merci", sagt Jaak. „Ist doch nett, daß du es mir gebeichtet hast. Merci."

Sie werden beide betrunken. „Die Neger haben alle Rasiermesser bei sich", sagt Jaak. „Der da garantiert." Er nickt zu einem langen, sehr schwarzen Mann mit hellen Schrammen auf den Wangen. „Gleich, wenn Vollmond ist, macht er sich auf den Weg. Vor morgen früh muß er sein Opfer gefunden haben. Egal, wen. Wenn es nur ein Weißer ist. Ritsch, ratsch. Mit dem Rasiermesser in den Hals. Kein Pardon. Willingly."

„An dir hätte er einen schönen Brocken. Mit all den schönen, fetten Speckwülsten."

„Ja", sagt Jaak, bedächtig reibt er sich über die Hüften, den Bauch. „Der Kerl könnte zufrieden sein heute nacht."

Draußen wirft er fünf Dollar in das Tamburin eines blassen, sommersprossigen Mädchens, das von Gott dem Herrn, *Allelujah* singt.

Im Gehen guckt er scheu auf die himmelhohen Wolkenkratzer mit den vielen beleuchteten Fenstern. „Von da oben dürfte es nicht schwer sein", sagt er. „Mit einem guten Fernglas auf deiner *long-rifle.*" Er reißt seine Jacke auf, schwenkt die Plastiktüte und brüllt hinauf: „Hej. Hier steht er." Er zeigt auf eine runde, weiße Stelle über seinem Nabel, wo ein Hemdknopf abgesprungen ist.

„Hier! Allez! Zielen! Feuer!" Michel zerrt ihn weiter.

„*Willingly*", schreit Jaak.

Sie zockeln weiter, durch breitere, verlassene Straßen. Jaak läßt sich auf den Rand eines Betonkübels beim Eingang eines Bankgebäudes fallen. Neben ihm wachsen Geranien in feuchter, ockerfarbener Erde.

„*Willingly.*"

„Komm mit ins Hotel", sagt Michel. „Wir können noch eine Partie Karten spielen, und dann ins Bett. Dann sind wir morgen ausgeruht. Wir müssen spätestens um elf weg." (‚Ich bin wie eine herrische, besorgte Tante.')

„*Willingly.*" Er bewegt sich nicht.

(‚Der schwammige König zwischen den Blumen. Seine Unschuld ist nicht zweifelhaft, sondern idiotisch. Idiotisch wie die Welt. Die Schwerfälligkeit, dieser reale Klotz da vor mir, ist unerträglich, ohne Spiegelbild oder Doppel, eine Wahrheit ohne Schlüssel.')

Gleichzeitig mit einem sauren Aufstoßen sagt Michel schnaubend: „Steh auf, du altes Weib, mit deinem dummen Geplärr die ganze Zeit..."

„Das darfst du nicht sagen." Jaak steht halb auf, streckt seine Hand wie für ein Streicheln aus, doch Michel dreht sich um, biegt sofort in eine Seitenstraße ein, er wartet auf ein Rufen, ein Heulen, aber außer dem elektrischen Gesumme der großen Gebäude ist nichts zu hören.

23

Jaak nimmt einen Bus. Noch einen. In der Nähe rauscht das Meer. Santa Monica? Wegweiser. Malibu. Nein, nein.

Es war ganz in der Nähe. Oder nicht? Ist hier je etwas in der Nähe? Die Stadt ist nicht zu überblicken, dehnt sich in alle Richtungen aus. Er geht an Palmen entlang, aus denen ein laues Lüftchen weht. Er stammelt was zu einem Taxifahrer. Das Taxi fährt eine Dreiviertelstunde an Villen, Alleen mit hohen Gewächsen vorbei. „Hollywood", sagt Jaak. „Das ist Hollywood", sagt der Chauffeur. „Der Boulevard!" – „Das ist der Boulevard."

„Es ist doch verdammt noch mal einfach, Armleuchter, Hollywood, der Boulevard, wo die Bars sind, wo die Mädchen sind, da geht's hoch her!"

Jaak erkennt Spielzeugläden, einen Supermarkt wieder. „Halt!" Der Chauffeur zieht eine Anzahl Dollars aus seiner Faust, tippt sich an die Schläfe. „Good luck!"

Bei den Zeitungsbuden, wo die Zeitungen aus der ganzen Welt zusammenkommen, findet er die Sonntagszeitung von vor drei Wochen mit grellen Schlagzeilen. Die Zeitung ist klamm. Was da nicht alles drinsteht. Die Wahrheit über Miss World. Graue Fotos. Als Jennifer Hosten den Titel gewonnen hat, war ihr Geburtsland Grenada so begeistert, daß für sie eine Sonderbriefmarke herausgegeben wurde. Professor kommt dahinter, warum manche Leute so schlecht schlafen. Rita Hayworth Opfer eines Nervenzusammenbruchs. John Lennon sagt: Musik ist wie eine Mikrobe.

Jaak steckt die Zeitung in die Plastiktüte. Sucht. Erkennt ein Kino mit orientalischen Türmchen. War es nicht hier, wo ein paar Leute ihre Hände und Füße in den Zement gedrückt haben?

(‚Ich kann keine zehn Meter mehr laufen. Ich bin zu schwer. Das Herz, mein Herz ist von Fett umgeben. Das Fett erstickt mich. Auch mit den Adern in meinen Beinen sei was nicht in Ordnung, sagte Doktor Verbraeke. Rikkebot konnte Doktor Verbraeke nicht riechen oder sehen. Das fand Doktor Verbraeke herrlich, toll, aufregend. „Pétiot, Doktor Pétiot, das war noch ein richtiger Doktor. Du bist nur ein Quacksalber, mehr nicht.“ Doktor Verbraeke sagte: „Aber für deine Pillen brauchst du doch diesen Quacksalber, nicht wahr, Rikkebot?“ und Rikkebot sagte: „Wenn ich du wäre, Verbraeke, würde ich einen Patienten wie mich verrecken lassen.“

Ein trockener Hals. Zunge wie eine Brotkruste. Wo war es? Ich kann nicht mehr.‘)

Mit schlurfenden, bleiernen Füßen geht er den Boulevard hinunter. Dann auf der andern Seite in die entgegengesetzte Richtung. Und dann, unerwartet, erhofft, aber nicht geglaubt, sieht er sie und reibt sich die brennenden Augen, in seinem trockenen Hals pocht und hämmert es, da stehen sie, die Jungs, ihre Jungs, arrogant und pickelig bei ihren Motorrädern. *Aryans* liest er auf dem ledernen Rücken eines der Jungen, der an sein Motorrad gelehnt mit schiefem Nacken schläft, ein gefallener, vernichteter Engel. Er schlurft näher, bleibt vor ihnen stehen, am liebsten würde er in die Knie sacken und sich in den Schatten der nahen Häuserfassade legen, doch dafür ist er nicht gekommen, zurückgekommen nach der langen Zeit, die Sonne ist schon kräftig, die Luft flimmert, wo ist sie?

„Hi, man!“ sagt Jaak. Er hört seine eigene Stimme, einfältig, verzweifelt.

„Hi“, sagt ein listiges Gesicht. „Wenn du *score* willst, bist du *on the wrong track.*“ (‚Ich bin zu müde. Ich kann diese Sprache nicht mehr verstehen. Warum sprechen sie nicht wie ich?‘)

„Fuck off man.“ (‚Das verstehe ich. Ich gehe nicht weg.

Noch lange nicht. Ich habe das Recht, auf dem Boulevard zu stehen. Wo ist sie? Der Anführer, der mit den rasierten Augenbrauen, ist nicht dabei. Er hatte rotes, zurückgekämmtes Haar. Stimmts, Michel? Ich kann mir mehr merken, als du denkst, Verräter.')

Mit den runden, harten Beulen in seiner Plastiktüte im Arm und an der Wange sitzt er mit schmerzenden Füßen auf der Bordsteinkante, mit dem Hintern auf dem Bürgersteig, nah an den vorbeieilenden Passanten, die auf ihn herabsehen, etwas von ihm wollen.

(,Die Aryans feixen. Sie zeigen auf mich, auf meinen nackten, weißen Bauch. Drei, ich zähle sie, eins, zwei, drei, vier Knöpfe sind abgesprungen, die Knopflöcher sind ausgefranst. Mein nagelneues Hemd. Es saß wie angegossen, sagte der Verräter.')

„Ist das eine Einladung zu einem Walzer?" fragt ein vierzehnjähriger Aryan.

„Willingly."

„Huhu! Die Kraft ist in ihm!" kreischt das Milchgesicht.

Sie brüllen. Wo ist das Mensch? Sie ist das einzige, was mir in Amerika zugestoßen ist, das einzige, was mir zustoßen konnte. Was sagte der Verräter sonst noch? Daß nur elf Prozent der Verbrechen in Kalifornien aufgeklärt werden.

(,Die Aryans finden mich zu gering, zu schäbig, sonst hätten sie mir schon längst die Eier mit ihren Messern aufgeschlitzt, meine Dollars und meinen Paß gestohlen. Ich kann die Augen nicht offenhalten.')

Er wird wach, die Sonne hat mehr Kraft, auf dem Boulevard schreien die Hupen, die Sirenen, und er sieht sie in einer Telefonzelle stehen. Nein, sie ging nur in die Zelle hinein, fummelte am Münzeinwurf herum und verschwand wieder.

Jaak umfaßt die Plastiktüte mit beiden Händen, trägt sie wie eine glänzende weiße Ausbuchtung vor dem Bauch und rennt in die Seitenstraße, in der er, wieder mit begierigen, freudetrunkenen Augen sieht, wie sie in der glühenden Sonne an einem Zigarettenautomaten steht. Sie trägt eine hüftlange

Pelzjacke. Wo ist die Armeedecke, die sie wie ein Cape umhüllte? Er kommt näher. Um ihren Hals hängt die ihm bekannte (die ganze Zeit blitzartig in der fernen Wüstenstadt aufgetauchte) Hundekette mit kupfernen Nieten, über ihre Nase zieht sich ein breiter rosaroter Strich, wie mit Ölkreide gemalt. Sein Herz klopft, er ist so müde. Das helle Weiß ihrer Augen zwischen den vielfarbenen Wimpern. Sie erkennt ihn nicht.

„It is me."

„Hi, doll", sagt sie, und die wiedergefundene, von Alkohol und Kummer gezeichnete Stimme macht ihn froh.

Ob er einen Dollar hat?

„Dollars, soviel du willst", sagt er.

„Dann gib mir zwanzig."

„Okay, Rachel."

„Kennst du mich denn?" (‚Wie sollte ich dich nicht kennen, wiedererkennen an deinen so gleichmäßigen, schönen Zähnen, deinem mädchenhaften Lächeln!')

„Bist du ein alter *lover of mine*?" (‚Ich verstehe jede Silbe ihrer amerikanischen, abgrundtiefen Stimme.')

„Ja", sagt Jaak. „Erinnerst du dich nicht?"

„Sure."

„Ich bin aus Belgium. Erinnerst du dich nicht?"

„Gib mir zwanzig Dollar, und ich *suck the hell out of you.*"

„Die Hölle?"

„Die Hölle, *sweetie.*"

Er läßt die bleischwere Plastiktüte auf den Boden knallen, zieht ein paar Eindollarscheine aus der Hosentasche, schlägt ihre ausgestreckte Hand weg und hält ihr das grüne, zerknitterte Päckchen vor die Nase. „Du darfst daran riechen, swietie."

„This way." Sie nimmt seinen Arm.

Sie ist viel kleiner als er und zierlicher als in seiner Erinnerung. Neben ihr herschlurfend, über sie hinausragend, fühlt er sich wie ein plumper Menschenfresser, der von Rotkäppchen durch den undurchdringlichen, unermeßlichen Urwald geführt wird. Ihr heller Blick ist stur nach vorn gerichtet. Sie hat zierliche, kleine Ohren.

Sie bleibt bei einem Pepsi-Automaten stehen, stochert mit einem Finger in dem Schlitz unter den Buchstaben RETURN. „Nichts", sagt sie. „Geduld und *fortitude.*" (Fjor-tie-tut. Michel fragen, wenn ich ihn je wiedersehe, ich möchte ihn nicht wiedersehen.')

„I love you", sagt er.

„Du bist *sweet"*, sagt sie sofort. Dann scheint es, als würde sie die Straßen erforschen, um eine bestimmte Richtung zu finden und gleichzeitig, ohne sich umzudrehen, auszukundschaften, ob ihre Lederjungs sie nicht belagern.

Sie haut ihm mit einem federleichten Händchen auf den Hintern. „Wir sind gleich da", sagt sie.

Ein brachliegendes Grundstück, ein Drahtzaun um den Innenhof eines Gefängnisses oder einer Schule, ein Berg Bierdosen, halbnackte Kinder, die sich Lassos aus Stromkabeln zuwerfen. Eine riesige Kaserne. Pfeile, Namen, Kreise auf die Wände geschmiert. Treppen. Ich zähle sie nicht. Der vierte Stock. Sie hat schmale Hüften. *„I love you, Rachel."*

„I know", sagt sie und rüttelt an einer farblosen Tür, die nicht aufgehen will, die von unten klemmt. Er möchte seine Schulter dagegenstemmen, als die Tür auffliegt, eine zerquetschte Zigarettenschachtel lag dazwischen.

„Silly Jeff", sagt sie.

Der Geruch nach Ammoniak, Katzen, Erbrochenem ist überwältigend. Sie geht durchs Zimmer, macht eine Tür auf und springt wie ein Kind auf ein Eisenbett, das knarrt und quietscht.

„Warte", sagt er.

„Ich kann nicht warten", sagt sie heiser.

„Ich gebe dir zehn Dollar extra."

Sie kommt wieder in das Zimmer mit den kahlen Wänden und dem überall herumliegenden Kram, darunter Autoreifen, Bleirohre, eine Schachtel mit unzähligen Taschenspiegeln, der Lenker eines Motorrads. Auf dem Kaminsims liegt neben dem eingerahmten Foto eines Soldaten ein bernsteinfarbenes gebratenes Huhn aus Pappe.

Er setzt sich in einen zu schmalen Sessel. Sie lehnt an einem Tisch, auf dem ein Brotmesser, eine Bohrmaschine, eine Säge und ein Häufchen Sägespäne liegen. Durch die grauen Scheiben ist der Schatten eines Turms zu sehen.

„Ich habe nicht oft *foreigners*", sagt sie und zieht die Pelzjacke aus. „*Foreigners* mögen mich nicht."

(‚In diesem Zimmer, ganz nah, ist sie jünger. Ich möchte nicht wissen, wie alt sie ist.')

„Du bist so still", sagt sie. „Rede mit mir."

Sie läßt den Tisch los und kniet vor einer wackligen Kommode, kommt seufzend mit einem Flachmann in der Hand hoch. Dieses Zeug ist noch widerlicher und stärker als der Whiskey in dem für Koko bestimmten Porzellanmotorrad.

„*Home made*", sagt sie, Lachfalten auf dem sonderbaren Gesicht. „Ich hatte schöne *furniture*. Früher. Aber Jeffie hat alles verkauft, als ich *went to jail. For possession.*" Sie zeigt auf das Foto, blickt es verwundert, zärtlich an. „Das ist Joe, mein Mann. Er sieht dir ähnlich."

Der Soldat ist höchstens dreißig. Er posiert fröhlich, hat jedoch einen etwas hinterhältigen Blick, der dem von Rachel ähnelt, hell und starr. „Getötet in *Nam*", sagt sie. „In seinem letzten Urlaub hat er eine *bench* gemacht. Aus *redwood. Terrific.* Wie heißt du?"

„Jakob", sagt Jakob.

„*You a Jew?*" (‚Dschu? Was ist das?') Jack nickt aufs Geratewohl.

„Habe ich mir gleich gedacht", sagt sie, lügt sie.

„Ich habe eine Tochter", sagt er. „Sie ist nicht ganz richtig im Kopf. Ich weiß mir keinen Rat mehr. Meine Frau auch nicht. Sie sollte in ein Heim, dort gepflegt werden, aber sie sagen, daß die Mädchen in so einem Heim Dienstmädchen spielen müssen." Er sagt alle Wörter ganz langsam, vorsichtig. (‚Ich kann es besser sprechen als verstehen.')

„Gene Tierney hatte auch so eine Tochter", sagt sie. „Sie spielte Tennis mit anderen *celebrities,* als sie im vierten Monat war, und eine Frau, eine von der *crowd there,* die sie bewunderte, weil sie ein *lovely star* war, sehr *distinguished,* bat sie um ein Autogramm und umarmte sie, und später bekam Gene Tierney ein *maimed child, you understand?* und später traf sie auf einer Party dieselbe Frau, und die sagte, daß sie sie kenne, ihr schon mal begegnet sei auf einem *tennis court,* daß sie damals aber gar nicht hätte rausgehen dürfen, weil sie *smallpox* hatte, *you understand.* Solche Frauen müßte man *strangle. To crucify a lovely star like Gene Tierney like that."* Eine Spüle in der Ecke macht gurgelnde Geräusche. „Shit", sagt sie. Der Geruch nach Ammoniak wird stärker. (‚Warum habe ich meinem Vater keine Ansichtskarte geschickt? Er sitzt im Heim und ißt einen Mandelkeks nach dem andern. Nur Onkel Leo besucht ihn, dann spielen sie Karten, aber er kann die Karten nicht mehr sehen, Onkel Leo läßt ihn meistens gewinnen. Hat sein ganzes Leben in der Gasfabrik gearbeitet. Der langsame Tod, heißt das dort. Die Leute, die in der Nähe der Gasfabrik wohnen, sind nervös, werden aggressiv. Untereinander kämpfen sie wie die Hähne.')

„Du bist dick", sagt sie. „Das ist schlecht für dich."

„Das habe ich von meinem Vater. Er ißt, bis er platzt. *Burst."*

„Ich habe nie Hunger", sagt sie. (‚Sie erinnert sich, warum ich hier bin, und zieht ein lüsternes Schmollmündchen; wie diese Tänzerin, jetzt ähnelt sie dieser Tänzerin, die ihr ähnlich sah.') „Jedenfalls nicht auf was zu essen", sagt sie nuttig.

„Hör auf", sagt Jaak gereizt.

„Was hast du in deinem *bag*? Ein *present* für mich?"

Sie lacht sich kaputt über die Bohnenbüchsen. Warum? Sie holt Kokos Motorrad heraus. *„That's cute."*

„Porzellan", sagt er.

„Nein", sagt sie. Sie geht in ihr kleines Schlafzimmer, kommt mit einem Teller wieder, zeigt auf die blauen gekreuzten Schwerter. „Das ist Porzellan. *Meissen. Onion pattern, dinnerware.*" (‚Das kann ich nicht verstehen, nicht übersetzen.') „Von Joes Großmutter." (‚Das schon.')

Verglichen mit dem zarten, zerbrechlichen Teller sieht das Motorrad, das ihm so zierlich vorkam, richtig plump aus. Jaak schämt sich. Seine Augen brennen. (‚Steh auf, du altes Weib, mit deinem dummen Geplärr die ganze Zeit.')

„You ready to fuck now?"

Jaak zieht vier Fünfdollarscheine aus der Tasche, dann noch zwei.

„Noch zwei", sagt sie. „Du wirst es nicht bereuen." Sie rollt das Geld zusammen und steckt es sich in die Bluse.

„Meine Frau", sagt Jaak, „kommt aus ganz einfachen Verhältnissen, aus Merelbeke. Das kann sie einfach nicht vergessen. Deshalb verlangte sie so viel von Didi, *my daughter Didi.* Sie mußte zusäzlichen Matheunterricht bekommen und Klavierspielen lernen. Weil sie wollte, daß aus Didi mal was Besseres werden sollte. *Understand,* Rachel?"

„Ich habe ein Geschenk für sie gekauft. Leberpastete, speziell in England gemacht zum Jubiläum der Königin von England."

„Wie ist eure Königin in Belgien? Ist sie nett?"

„It goes well", sagt Jaak.

„Liebt sie ihren Mann, den Prinzen?"

„Er ist kein Prinz, sondern König."

„Well", sagt sie. Jaak fällt es immer schwerer, Englisch zu verstehen. (‚Ich muß aufpassen. Zuhören. Ich kann nicht.')

„Wir sollten sie alle erwürgen, *the whole lot, all them fucking princes and kings, shitty bastards.* Und ihre Kinder zur *Salvation Army* schicken oder zum *Municipal Shelter,* genau wie wir alle."

(‚Das können die Amerikaner nie begreifen, was es ist, einen König zu haben. Rikkebot hat es mir mal erklärt: Es geht nicht um die Person, Jaak, sondern um die Idee. Die Idee einer Macht, die man nicht bestechen kann, weder mit einer Anzahl Stimmen noch mit Gewalt oder Geld.')

„Alles nur Monster. *Shit, Government*, das ist der einzige Feind", sagt sie.

Ein knochiger junger Mann kommt herein. Er trägt eine lederne Bierbrauerweste auf dem nackten Oberkörper. Über dem rechten Ellbogen steht in meerblauer Schrift: MOM. „Hat er schon bezahlt?" fragt er.

„Ja. Siehst du nicht, daß ich beschäftigt bin", sagt sie, aber nicht heftig genug.

Der Junge nimmt die Bohrmaschine in die Hand, dreht an der Spitze.

„Did you fuck with this here nozzle?"

„No", sagt Jaak. Müdigkeit überkommt ihn in aufdringlichen Schüben, feuchte Finger in der Schläfengegend. Hat Rachel ein Mittel in dieses scheußliche Gesöff getan?

„Laß die Finger von ihr oder ich dreh diesen *nozzle* in deinen *schnozzle*", sagt der Junge. Im Schlafzimmer schmeißt er sich mit einem Knall auf das Eisenbett, der das Papphuhn auf dem Kaminsims zum Wackeln bringt. Dann das Rascheln einer Zeitung.

„Er meint es gut", sagt Rachel. „Er wurde gerade aus einer *Institution* entlassen. Konnte sich nicht eingewöhnen. *Too mutch fatty foods.*" (‚Fette Füße?')

„Man gewöhnt sich an alles, außer an Ruhe und Glück, *you bitch*", schreit der Junge.

(‚Auch nicht an das Verlangen. Was ist das amerikanische Wort dafür? Ich muß es wissen.') Jaak fragt. *„Want?"* sagt er. *„To want?* Das *word for want?"*

„You want it? You'll get it", sagt sie mit einem fetten Lachen.

„I feel want", sagt er und legt wie ein Opernsänger im Fernsehen die Hand auf die Brust. (‚Mein Verlangen ist wie ein Boxkampf, der jeden Tag aufs Neue beginnt, gegen das Alleinsein, gegen das Verlassenwerden, gegen die unvergleichliche Müdigkeit, wie jetzt, gegen die Langeweile, wie jetzt.')

„American word for want", sagt er. Im Schlafzimmer

schlägt der Junge gewaltig auf seine Zeitung. Er steht in der Türöffnung, seine dünnen Haarsträhnen sehen aus wie Braunwurz auf einer Düne. Auf seinem spitzen Gesicht erscheint ein leicht amüsiertes und spöttisches Lächeln.

„Die-saai-eer", sagt er. „Das ist das amerikanische Wort. *Right?*" Er hat den gleichen Blick wie seine Mutter.

„Danke."

„Jeffie ist sehr gut in *cross-words*", sagt Rachel gerührt. Der Junge nimmt das Porzellanmotorrad in die Hand. Jaak windet ihm das kühle, zerbrechliche Fläschchen aus den knochigen Fingern. Jeffie baut sich sofort breitbeinig auf, den Rücken gebeugt.

„Geh schlafen, *shit*", schnauzt Rachel ihn an. (‚Jeffie ist der Würger von den Hügeln, das ist sicher.')

Jeffie sitzt auf dem Rand des Sessels, im Geruch von Schweiß und Maschinenöl schlägt er den Arm um Jaaks Schulter. „Du und ich", sagt er. Rachel schimpft mit ihm in einer fließenden, unverständlichen, etwas Deutsch anmutenden Sprache. Jeffie antwortet genauso heftig in derselben Sprache. Jiddisch. Dschu.

„Komm", sagt Rachel. Jaak folgt ihr die Treppen hinunter. Sie hält sich wie eine alte Frau am Geländer fest. „Schlechte Freunde", sagt sie. „Wenn Joe noch da wäre", murmelt sie.

Draußen, im furchterregenden weißen Sonnenlicht, sieht sie lächerlich aus, eine Vogelscheuche, die mit einem Arm auf einen Schuppen zeigt, ein Häuschen ohne Fenster, mit gewellten Asbestplatten als Wände und Dach.

„Let's get it over with", sagt sie schlecht gelaunt.

(‚Hoch oben in der Luft, zwischen der weißen Sonne und diesem Brachland, verlangsamt jetzt ein Satellit mit elektronischen Abhörgeräten seine Geschwindigkeit, die starken Linsen sind direkt auf uns gerichtet.')

Rachel stößt die Aluminiumtür auf, geht zu einem Auto ohne Reifen. (‚Was war das für ein Auto?' wird Staf von der Peperstraat fragen. Ein *Oldsmobile*. Aber eins, das seine heilige Kommunion schon hinter sich hat.) Sie drückt die Lehne nach vorn, fällt vornüber und dann seitlich auf den Rücksitz, wo flache, viereckige, kleine Kissen liegen. Jaak probiert, sich zwischen die Lehne und den Rücksitz zu zwängen, es gelingt nicht. Nach Atem ringend kriecht er hinters Lenkrad, wo er sich kaum bewegen kann. Völlig erschöpft, den Hinterkopf reglos ihr zugewandt, sagt er mit einem Seufzer, der ihm im knochentrockenen Hals steckenbleibt:

„*I love you.*“

„*Shit*“, sagt sie, rutscht nach vorne, stützt sich auf seine Schulter, klettert halb über die Lehne, das Gewicht ihres Oberkörpers drückt ihn nach vorn, doch er stemmt sich gegen das Lenkrad, während sie mit zittrigen, hartnäckigen Fingern seinen Hosenschlitz öffnet.

„*Fuckin'* Lügner", sagt sie. „Du bist kein *Jew*!" und zupft spielerisch an seiner Vorhaut. (‚Oder sagte sie: Du bist kein Joe, mein mißtrauisch lächelnder Krieger, Liebhaber, Mann?‘) Sie zerrt an dem schlaffen Glied, es tut weh. Neben dem ausgeschlachteten Auto steht ein Automat. *Ice-Magic,* Eiszapfen aus Buchstaben.

„So geht es nicht", sagt sie.

Sie kriechen, beide nach Atem ringend, aus dem Auto. Sie kniet auf dem staubigen Zementboden, fällt auf die Seite, liegt auf dem Rücken und hebt ihr Kleid hoch. Jaak streift die drei Lagen Strümpfe bis zu den Waden ab, ihre Haut ist hellviolett.

„*Bad circulation*“, sagt sie und krault sein Haar. „Hab keine Angst", sagt sie, „ich hab schon lange keinen *clap* mehr gehabt. *Come on. Patience and fortitude.*“ Sie lacht, zeigt die prachtvollen Zähne, zeigt die üppige weiße Fläche ihres Bauches, das wollige Dreieck, die dicken, leicht lilafarbenen Lippen.

„Was ist los?" fragt sie.

„*Willingly*“, sagt Jaak.

„*Lover*“, sagt sie. „Ich weiß, was du willst." Sie kramt neben sich und legt sich dann ein leicht nach Benzin riechendes, ölbeflecktes Tuch auf das Gesicht.

„Lover", sagt ihre erstickte Stimme unter dem Tuch, das sie mit einer liebkosenden Hand in die Vertiefungen ihres Gesichts drückt. Jaak zerrt den Lappen weg. Von ihrem unabwendbaren, hellen Blick angezogen, starrt er in die kleinen Eier aus Opal, die flockigen, aquamarinfarbenen Pupillen des Engels, den er totschlug, und dringt in ihre glatte, weiche Wärme ein. *„Darling, Jakob"*, sagt Rachel.

Er wird wach, weil ein Zug vorbeirast, der Ice-Magic-Automat neben ihm leise scheppert und eine Stimme sagt: „Mister, Mister, Sie haben was vergessen."

Jeffie, der jetzt einen Jeansanzug trägt, gibt ihm die Plastiktüte. „Mom schläft", sagt Jeffie. „Den Schlaf der Gerechten."

Jaak angelt das Porzellanmotorrad aus der Tüte und gibt es dem Jungen. „Kommen Sie bald wieder", sagt Jeffie mit einem Zwinkern.

„Yes, sir", sagt Jaak. Er wollte sagen: *„Yes, boy."*

Um halb elf hält ein Taxi vor dem Hotel. Michel sitzt in der Halle und ißt einen riesigen Becher geleeartigen Eises mit phosphoreszierenden, glasigen Scherben kandierter Früchte. „Du bist pünktlich", sagt Michel, untertänig, gefährlich. „Ich wollte dich gerade von der Polizei suchen lassen."

24

Ich, der Ihnen das alles erzählt, Meneer, als gehörten Sie zur Familie des *Einhorns*, ich mache mir meine eigenen Gedanken über die Reise der beiden, aber wer bin ich, sie vom Kirchturm herunterzuposaunen?

Hin und wieder sehen wir Michel noch im *Einhorn*. Er ist nicht mehr derselbe. Wir-reisen-um-zu-lernen hat ihm anscheinend doch das eine oder andere beigebracht. Wir haben Michel noch nicht rausgeekelt, doch viel fehlt dazu nicht mehr. Denn seit sie gemeinsam aus dem „Land des Verheißung" zurückgekehrt sind, und seit wir Jaak nicht wiedergesehen haben, der doch ein alter Freund war, seither ist Michel hier nicht mehr gern gesehen. Denn obwohl wir die Einzelheiten nicht kennen, wissen wir alle, daß es seine Schuld gewesen sein muß, daß Jaak in der Woche seiner Rückkehr umgezogen ist.

Als Michel etwa drei Tage nach ihrer Rückkehr ins *Einhorn* gekommen ist, kam er uns gleich verändert vor. Wir haben ihn mit dummen Fragen bestürmt, wir legten es darauf an, daß diese Falte aus seinem Gesicht verschwindet. Jede Antwort war ihm fast zuviel.

Nein, Indianer hat er nicht gesehen.

Ja, Cowboys schon. Aber nicht zu Pferd.

Und diese Ormonen, diese Vielweiber, diese Vielreiber?

Auch nicht.

Ob sie gevögelt haben? Wieviel es gekostet hat? Ob es stimmt, daß die Weiber dort so zappelig sind, wenn es länger als eine Viertelstunde dauert?

Michel hat uns angestarrt wie die wilden Tiere im Zoo.

„Allez, Junge, erzähl schon", sagten wir. „Was hast du gespielt, wieviel hast du verloren, hast du nicht wenigstens einmal alle Stiche gekriegt oder mindestens gesehen, wie es passiert ist?"

„Und Jaak?" fragte Salomé.

„Jaak", sagte Michel, „der hat sich schlecht benommen."

„Warum?"

Michel nahm den verlausten Meneer Jules auf den Schoß und ließ ihn aus seinem Glas *Stout* trinken.

„Das mußt du ihn selber fragen", sagte er.

Nun gehören wir nicht zu der Sorte Menschen, die jemanden ausquetscht, wenn er keine Lust hat. Also haben wir nicht weiter gebohrt.

Michel blickte uns an diesem Abend beim Spiel über die Schultern.

Nach einer Weile sagte er: „In Amerika spielt man doch anders."

„Geh dann mal ganz schnell wieder hin, nach Amerika", sagte Felix der Kater, und sein spröder Schnauzbart sackte nach unten.

„Ist das was für mich, dieses Amerika? Sollte ich da mal hingehen?" fragte Valère der Taube und legte ein *full-house* hin.

„Wenn du genug *Reserve* mitnimmst", sagte Michel.

„Sind die Kasinos dort schicker als bei uns? Ich meine, darf da ein Arbeiter wie ich rein?" fragte Staf von der Peperstraat, der Sozialist ist.

„Da darf jeder rein", sagte Michel. „Da machen die keinen Unterschied. Sie mögen leicht vulgär sein, die Amerikaner, aber jeder wird da gleich behandelt."

Wenn Michel nervös ist, verschluckt er die Wörter und lispelt wie Armand der Lügner, der im Fernsehen das Wetter vorhersagt. Er ist natürlich nicht so jovial wie der Wettermann, sondern eher prätentiös. Denn Sie müssen zugeben, Meneer, daß es eine verrückte Prätention ist, daß jemand, nur weil er mit einer Chartermaschine gut zehn Tage in Amerika war, die *Demokratie* des *Einhorns* in Frage stellt. Bei uns kann man doch auch den Bürgermeister von Vijve Sint Elooi mit einem Fensterputzer beim Kartenspiel antreffen. Nicht, daß der Bürgermeister es unbedingt darauf anlegen würde, aber wenn es ihm gelegen kommt, spielt er mit *jedem* Karten.

Später am Abend sagt Michel: „Ich hab euch ein Geschenk mitgebracht", und gibt Schulmeister Verbist eine Nummer des *Penthouse,* die von der belgischen Regierung nicht bearbeitet wurde.

„Thank you, sir", sagt Schulmeister Verbist, und nach ihm dürfen auch wir darin herumblättern, es ist ein Vergnügen, da wurden keine Tinten- oder Acetonflecke auf dem Gestrüpp angebracht, man sieht die Mäuse wie sie sind, wir sind zufrieden.

Außer Markske, der – wie gesagt – Michel nicht ausstehen kann. Hinter dem Rücken von Salomé und Doktor Verbraeke streckte er Michel die Zunge heraus, Markske-das-Kind. Michel schien es nicht zu bemerken. Daraufhin stimmte Markske boshaft *„Michelle, ma belle"* an, das Lied, das die Beatles seinerzeit gesungen haben. Dann ist Michel an diesem Abend weggegangen. Von mir aus kann er wegbleiben. Doch wenn er auch in Zukunft hier herumhängen möchte, bitte schön, das bereitet uns keine Kopfschmerzen, denn ab und zu kommt er uns sogar gelegen, wenn man zum Beispiel ein Fernseh- oder Fotokopiergerät mit schönen Prozenten kaufen will. Aber gern sehen wir ihn nicht.

Wohin Jaak umgezogen ist? In eine Stadt in der Provinz Limburg. Um näher bei seiner Tochter zu sein, die dort in einem Heim ist. Denn während seiner Amerika-Reise scheint sich ihr Zustand plötzlich verschlechtert zu haben. Von Hélène aus dem *Saint-Tropez* haben wir gehört, daß Didi sich in letzter Zeit Klopapier in den Mund, die Nasenlöcher, die Ohren, und auch unten rein gesteckt hat, kurz gesagt, in all ihre Öffnungen.

Und doch ist es merkwürdig, daß Jaak uns nicht wenigstens *au revoir* gesagt hat. Wir vergießen deshalb keine Träne, aber merkwürdig ist es doch, wenn man sich im Feuer des Spiels vergißt und Patrick, dem Wirt, zuruft: „Drei Pils“ und „Jaak, was darf ich dir spendieren?“, und unser Riese nicht am Tresen steht.

Tja, draußen hagelt es. Wir sitzen hier doch schön im Warmen und Trockenen, nicht wahr, Meneer? Was draußen passiert, interessiert uns nicht. Das Wetter ist wie die Regierung, man kann doch nichts daran ändern, habe ich nicht recht? Schauen Sie, Meneer, Jules wedelt mit dem Schwanz, er ist einverstanden.

Patrick! Ein *Worthington Stout* für Meneer Jules!

Klett-Cotta
Die Originalausgabe erschien
unter dem Titel „Het Verlangen"
bei Uitgeverij De Bezige Bij, Amsterdam

Printed in Germany
Schutzumschlag: Klett-Cotta-Design
Gesetzt aus der Trump von multimedia , Konstanz
Auf säure- und holzfreiem Werkdruckpapier gedruckt
und gebunden von Ebner, Ulm

Die Deutsche Bibliothek - CIP-Einheitsaufnahme
Claus, Hugo:
Jakobs Verlangen : Roman / Hugo Claus. Aus dem Niederländ.
übers. von Rosemarie Still. - Stuttgart : Klett-Cotta, 1993
Einheitssacht.: Het Verlangen <dt.>
ISBN 3-608-93193-7